薛爱华作品

Edward H. Schafer

神女

唐代文学中的龙女与雨女

［美］薛爱华 著

程章灿 译 叶蕾蕾 校

生活·讀書·新知 三联书店

图书在版编目（CIP）数据

神女：唐代文学中的龙女和雨女 /（美）薛爱华著；
程章灿译 . — 2 版 . — 北京：生活·读书·新知三联书
店，2024.1
ISBN 978-7-108-07774-5

Ⅰ.①神… Ⅱ.①薛…②程… Ⅲ.①中国文学－古
典文学研究－唐代 Ⅳ.① I206.42

中国国家版本馆 CIP 数据核字 (2023) 第 246614 号

The Divine Woman: Dragon Ladies and Rain Maidens in T'ang Literature
by Edward Hetzel Schafer
ⓒ Floating World Editions, by permission

本书翻译获得江苏高校优势学科建设工程项目、
南京大学中国文学与东亚文明协同创新中心项目资助。

责任编辑　冯金红　钟　韵
装帧设计　薛　宇
责任印制　卢　岳
出版发行　**生活·讀書·新知** 三联书店
　　　　　（北京市东城区美术馆东街 22 号　100010）
网　　址　www.sdxjpc.com
经　　销　新华书店
印　　刷　河北鹏润印刷有限公司
版　　次　2014 年 10 月北京第 1 版
　　　　　2024 年 1 月北京第 2 版
　　　　　2024 年 1 月北京第 1 次印刷
开　　本　880 毫米 × 1230 毫米　1/32　印张 7.75
字　　数　172 千字
印　　数　0,001－5,000 册
定　　价　59.00 元
（印装查询：01064002715；邮购查询：01084010542）

献给菲莉斯（Phyllis）

目　录

代译序

四裔、名物、宗教与历史想象

美国汉学家薛爱华及其唐研究

第一次接触到薛爱华汉学研究著作的英文本，是1995年在哈佛大学访学的时候，他的著作的第一部中译本《唐代的外来文明》，也恰好在那一年由北京的中国社会科学出版社出版。屈指算来，距今将近二十年了。初次接触，我便爱不释手，于是便着手搜集他的论著，并乐此不疲地向学术界和出版界的朋友推荐。今天，终于有机会向汉语读书界介绍他的另外两部汉学著作，亦即《神女》和《朱雀》，与大家分享我个人的偏爱，我在欣喜之余，得感谢三联书店的大力支持。为了帮助读者更好地了解薛爱华其人，阅读其书，我将前两年撰写的一篇论文略作修改，作为代译序。[1]

一 薛爱华的生平与学术经历

1991年2月9日，美国柏克莱加州大学教授、著名汉学家薛

---

〔1〕 此文原载《陕西师范大学学报》，2013年第1期。

爱华（Edward Hetzel Schafer，1913—1991）因病去世，享年 78
岁。[1]在我看来，这位学者的去世，是美国汉学史上具有双重标
志性意义的事件：它标志着以他为主要代表之一的柏克莱加州大
学汉学研究鼎盛时代的结束；同时，它也标志着深受传统欧洲汉
学影响、重视历史语言文献研究、学识渊博的那一代美国汉学的
式微。

　　1913 年，薛爱华出生于美国华盛顿州西雅图市，后随家庭迁
往加拿大温哥华，在那里完成中学学业之后，又回到美国上大
学。在 1929—1933 年美国经济大衰退（the Great Depression）中，
他的父亲失业，家庭经济情况恶化，所以，在上大学之前，薛爱
华曾有过几年打工的经历。他先进入洛杉矶加州大学，主修物理
学与哲学，继而因为对人类学感兴趣，而转学柏克莱加州大学，
师从著名人类学家亚弗列·克鲁伯（Alfred Kroeber）和罗伯特·
罗维（Robert Lowie），并于 1938 年获得柏克莱加州大学学士学
位。大学毕业之后，他远赴夏威夷大学深造，并于 1940 年获得夏
威夷大学硕士学位。其间他对中文产生了浓厚的兴趣，并开始学
习。其时，著名学者、语言学家赵元任和著名汉学家陈受颐正执
教于夏威夷大学，他们曾经指导过薛爱华的中文学习。

　　硕士毕业之后，薛爱华进入哈佛大学继续攻读博士学位。
1941 年 12 月 7 日，珍珠港事件爆发，美国宣布对日宣战，薛爱
华被征入伍。由于掌握日语，他被安排在美国海军情报局，负责

---

〔1〕　Edward Hetzel Schafer 的汉名，吴玉贵先生在其所译《唐代的外来文明》中
　　　译作"谢弗"。据我向认识 Schafer 的诸位美国学者咨询，薛爱华本人及美
　　　国汉学界对"薛爱华"这一汉名是认可的。

破解日本海军密电码。二战结束后，他于 1946 年退伍，回到大学校园，在柏克莱加州大学卜弼德（Peter A. Boodberg）教授指导下继续学业，并在 1947 年以关于南汉研究的论文获得该校东方语言学博士学位。

从战后到 1980 年代，柏克莱的汉学研究十分活跃，成果可观，有一支实力雄厚、富有特色的研究队伍。这支队伍中，不仅有赵元任、陈世骧、卜弼德等享誉美国汉学界的响亮名字，而且涌现出一批美国汉学研究的后起之秀，薛爱华就是其中的佼佼者。博士毕业后，他即加入柏克莱加州大学，成为这一研究团队的新成员。自 1958 年起，他开始担任柏克莱加州大学东方语言学教授，1969 年升为讲座教授，1983 年到 1984 年间被授予柏克莱最高荣誉奖，1984 年退休。退休之后，他依然焚膏继晷，笔耕不辍。他以层出不穷的新著和精湛的研究，为柏克莱的汉学学术史增添了新的荣光。

在教学和研究之外，薛爱华还积极参加美国东方学界与汉学研究界的学术组织活动，做出了突出的贡献。这主要体现在两个方面：一方面，他是美国东方学会的活跃会员，是学会事务积极的参与者和领导者。美国东方学会（the American Oriental Society）创立于 1840 年代，历史悠久，会员众多，涉及学科领域广阔，在学术上积累了丰富的资源和良好的声誉。其学术刊物《美国东方学会会刊》（*Journal of the American Oriental Society*，简称 *JAOS*），创刊于 1842 年，是美国东方学家发表研究成果、交流心得的最为重要的园地，享有崇高的学术声誉。薛爱华是这一刊物的积极撰稿者，他的单篇论文大部分都是在这份刊物上发表的。从 1955 年开始，他就担任这一学刊的东亚研究的编辑。从 1958 年到 1964

年，薛爱华担任这一刊物的主编，为学刊的发展付出了诸多心力。他还被选为美国东方学会会长（1974—1975），这份荣誉正是对他的学术贡献与学术地位的肯定。1986 年第 1 期的《美国东方学会会刊》，就是向薛爱华致敬的专号。此卷共收录 17 篇论文，均出自他的学界友人和弟子之手，旨在表彰他长久以来对学会以及相关学术领域的贡献。[1]

另一方面，1951 年，他与卜弼德教授一起，创立了美国东方学会西部分会（the Western Branch of the American Oriental Society，简称 WBAOS）。严格地说，西部分会所聚集的学者，基本上只是美国中西部研究传统中国学问的学者，其范围有限，甚至可以说，有些名大于实。但是，六十年来，西部分会学者定期召开学术会议，以文会友，不仅继承了薛爱华所倡导的学术投入的热诚和激情，还有效地促进了美国汉学的学科发展和学术进步。此外，薛爱华对美国的《唐研究》（*T'ang Studies*）和《中古中国研究》（*Early Medieval China*）这两份汉学专业的学术刊物，也有着重要的影响。因此，柯睿教授在其所撰讣告中称薛爱华是"过去四十年美国中古中国研究的同义词"。[2]按我的理解，这意味着薛爱华的中古中国研究，不仅持续时间长，而且代表了这四十年

----

[1] *Journal of the American Oriental Society*（《美国东方学会会刊》），Vol. 106, No. 1 (1986)。

[2] 以上关于薛爱华生平和学术经历的介绍，参考了两篇《薛爱华讣告》（*Obituary*），一篇是 R. J. Z. Werblowsky 所撰，刊于 *Numen*（《元神》），Vol. 38, Fasc. 2.（Dec.，1991），pp. 283 – 284，另一篇出于薛爱华私淑弟子、著名汉学家柯睿（Paul W. Kroll），载 *Journal of the American Oriental Society*，Vol. 111, No. 3.（Jul. -Spt.，1991），pp. 441 – 443。本文此节所论，多据柯睿教授所撰讣告。

间美国汉学研究这一领域的最高水准。具体地说，薛爱华之中古
中国研究，于唐代用力最勤，成就也最为突出。他不仅是 20 世
纪下半叶美国唐代研究的领军人物，也是整个西方唐代研究的领
军人物。这一点，看一看他的学术成果要目，便可不言而喻。

二 薛爱华的学术成果

与绝大多数同辈学者相比，薛爱华学术成果的数量是相当惊
人的。下面分专著和论文两类介绍。

薛爱华的专著共有十种，大多数是有关唐代研究的，只有两
种与唐代没有直接关系：

1. *Ancient China*（《古代中国》）, New York：Time-Life
Books，1967.

2. *Tu Wan's Stone Catalogue of Cloudy Forest：A Commentary and
Synopsis*（《杜绾〈云林石谱〉评注》）, Berkeley：University of Cali-
fornia Press，Cambridge：Cambridge University Press，1961. Floating
World Editions：2005.

第一种分若干专题介绍古代中国，涉及中国人对于战争、家
庭、艺术以及生活等的态度，并配有彩图。这不是严格意义上的
研究专著，而是面向一般读者的读物，但从专题的选择上，仍可
以看出薛爱华的独特匠心，如其中有介绍唐代王室生活的专题，
即从一个角度反映了薛爱华对古代中国的理解。第二种则是关于
南宋杜绾所撰《云林石谱》一书的译注和评释。杜绾字季扬，号

"云林居士"，山阴（今浙江绍兴）人，是宰相杜衍的孙子。此书
成于南宋绍兴三年（1133），"汇载石品凡一百一十有六，各具出产
之地，采取之法，详其形状、色泽，而第其高下。然如端溪之类，
兼及砚材，浮光之类，兼及器用之材，不但谱假山清玩也。"[1]从
内容来看，这是一部相当奇特的书，因为"此谱所品诸石，既非
器用，又非珍宝，且自然而成，亦并非技艺，岂但四库中无可系
属，即谱录一门，亦无类可从，以亦器物之材，附之器物之末
焉"。[2]尽管四库馆臣最终将其列入子部谱录类，但他们同时也
承认，很难对此书作出恰当的目录学分类。同时，作为一部古典
文献，此书并不广为人知，甚至还有些生僻。薛爱华非但注意到
此书，而且格外重视，还就此开展专题研究。这说明他独具慧
眼，认识到该书有不可替代的价值，也说明他对中国古典文献涉
猎相当广泛，对古代中国的名物研究早已情有独钟。

其余八种则与唐代研究直接相关。依其初版时间之先后，录
列如下：

1. *The Empire of Min*（《闽帝国》），Rutland Vt：Charles E. Tuttle
Company，1954.

2. *The Golden Peaches of Samarkand：A Study of T'ang Exotics*
（《撒马尔罕的金桃：唐代舶来品研究》），University of California
Press，1963.[3]

3. *The Vermilion Bird：T'ang Images of the South*（《朱雀：唐代

---

[1] 纪昀撰，《四库全书总目》，卷115，中华书局，1965年，页988。
[2] 同上。
[3] 此书及以下各书初版皆由加州大学出版社出版，为省篇幅，以下不一一标注。

的南方意象》），1967.

4. *Shore of Pearls*：*Hainan Island in Early Times*（《珠崖：早期的海南岛》），1970.

5. *The Divine Woman*：*Dragon Ladies and Rain Maidens in T'ang Literature*（《神女：唐代文学中的龙女与雨女》），1973.

6. *Pacing the Void*：*T'ang Approaches to the Stars*（《步虚：唐代对星空的探讨》），1977.

7. *Mao Shan in T'ang Times*（《唐代的茅山》），1980.

8. *Mirages on the Sea of Time*：*the Taoist Poetry of Ts'ao T'ang*（《时间之海上的幻景：曹唐的道教诗歌》），1985.

《闽帝国》或译作《闽王国》，是薛爱华最早出版的一部汉学专著。闽国（据有今福建省之地）与南汉（据有今广东广西，其国号初为越，后改为汉，史称南汉）一样，都是国史上所谓"五代十国"中的十国之一，其所据皆是唐人所谓的"边鄙"之地。对这十个独立王国作专题研究者历来不多，现代中外学者专力于此者亦少[1]，薛爱华此书可以说是现代学者第一部全面研究闽国史的专著，有开拓之功，至今在学术界仍有影响。从南汉到闽国，可以看出薛爱华对五代十国这一学术兴趣的延续。而五代十国介于唐、宋两代之间，完全可以看作是唐代的延续。换一个角度来看，薛爱华的学术兴趣也可以说是从五代十国上溯至唐代

---

[1] 有人将此书误译为《五代时期的唐闵帝》（见中国社会科学院文献情报中心编，孙越生、陈书梅主编《美国中国学手册》[增订本]，中国社会科学出版社，1993年，页385）。按：这一错误显然是因为译者误看 empire 为 emperor，而唐代没有闵帝，后唐则有闵帝李从厚，故译者加上"五代时期"以自圆其说。另一方面，产生这一错误也表明译者对"Min"（闽）的陌生。

的。在后来四十年的学术生涯中，唐代中国让他着迷，让他流连忘返、殚精竭虑，写出了其他七部唐代研究专著。

《撒马尔罕的金桃：唐代舶来品研究》今有中译本，题作《唐代的外来文明》。此书从名物入手，考察唐代的舶来品，着重从物质文化的角度，呈现外来文明对唐代社会文化的影响。原英文正标题中的"撒马尔罕"和"金桃"这两个意象，很能凸显"唐代舶来品"这一主题，而中译本改题"唐代的外来文明"，虽然概括性有所加强，但其文学形象性则明显减弱。不过，中译者吴玉贵先生凭借其于隋唐史以及中外交流史的深厚学术功底，对薛爱华原书中的材料与观点有所订补，很值得专业读者注意。此外，这部著作还奠定了薛爱华唐代研究系列作品的命名模式：以一个富有形象性的词语为正题，再加上一个说明性或限定性的副标题。以上所列著作中，从第三到第六种都遵循了这一模式。

从命题格式上看，《朱雀：唐代的南方意象》与第二种尤其相似。朱雀本来就是象征南方的一个最具代表性的意象。书名中所谓"南方"，实际上指的是南越，包括岭南（广、桂、容、邕四管）和安南之地。所谓"意象"，则是指唐代人在诗文创作、生活习俗以及历史文献中，所体现出来的对于南方的人（尤其是土著）、宗教、风土、名物等的认识。全书分十二章，最后一章曲终奏雅，直接点明"朱雀"一题，从气味、风味、声音、颜色等角度展开论述。从所涉及的地理区域来看，薛爱华这部著作与其博士论文之选题南汉研究之间的关系，也是显而易见的。

《珠崖：早期的海南岛》是《朱雀：唐代的南方意象》一书的后续之作。在地理上，海南岛位于岭南之南，其南方、蛮越的色彩更为浓厚。与《朱雀：唐代的南方意象》一书不同的是，此书更着重海南岛的开发历史，是关于这一地理区域的专题研究。全书共分五章，分别从历史、自然、土著、交通及贬谪五个方面，探讨了宋代及宋以前海南岛的情况。苏轼的海南经历及其海南诗作是此书最主要的文献依据之一。

从书名来看，《神女：唐代文学中的龙女与雨女》一书是以唐代为论述对象，但实际上，书中也涉及唐以前的龙女与雨女形象。除了唐诗，尤其是李贺以及中晚唐诗人李群玉等人的诗歌备受关注之外，唐代民间传说与传奇故事，也是本书所依据的重要史料。龙女与雨女的形象，推而广之，就是与水相关的女性形象，这些形象在不同时代、不同文体、不同文献语境中如何有不同的发展和变形，是该书论述的重点。需要指出的是，薛爱华对这一问题的兴趣在此书出版后，仍然持续了很久。1979 年，他还发表了一篇文章，题为《南中国的三位神女》，讨论猴仙姑、卢眉娘和南溟夫人这三位中古女仙。[1]

《步虚：唐代对星空的探讨》当然与唐代的天文学有关，但与其说这是科学史或天文学史的研究，不如说是思想史与文化史的研究。与薛爱华其他作品一样，此书的视野也不是单一的，实际上，"星空"只不过是他的切入点之一，当他追随唐人的目光而仰望星空的时候，他重点关注的其实不是唐人眼中的星空体系及其样貌，而是唐人之所以有这种眼光的心理与文化依据。换句话说，他从唐代文人（尤其是诗歌和小说作者）和神秘主义者（尤其是道教人士）对于星空、天体以及天体运动的认知入手，

---

〔1〕 Three Divine Women of South China, *Chinese Literature：Essays，Articles，Reviews*（*CLEAR*，"中国文学"），Vol. 1，(Jan.，1979)，pp. 31－42.

探讨唐人对于星空世界的丰富想象，探讨隐藏于这些认知背后的文化意识形态。此书对于道教文献的发掘与利用，很值得道教研究者关注。

从《步虚》开始，薛爱华的学术跋涉，更进一步深入到道教研究的文献丛林之中。其第七种著作《唐代的茅山》和第八种著作《时间之海上的幻景：曹唐的道教诗歌》，都是关于道教的专题研究，与《步虚》一脉相承，前后联系至为明显。这三部书代表了薛爱华在道教研究领域的开拓，以及他所达到的学术高度。茅山原名句曲山，在今江苏西南部，是道教所谓"第一福地第八洞天"。相传西汉茅盈、茅固、茅衷三兄弟在此修道成仙，因名"三茅山"，简称"茅山"。东晋许谧曾在此修道。齐梁之时，著名道士陶弘景于此筑馆，传授弟子，尊奉三茅真君为祖师，主修《上清经》，从而开创了道教茅山派，亦称"上清派"。唐代著名道士吴筠也曾修道于此。《唐代的茅山》一书就是研究这处道教圣地的。在《时间之海上的幻景》中，晚唐诗人曹唐的诗歌也只是作者的切入点、出发点，他真正的目标是这些诗歌中所体现出来的道教传说和道教想象。换句话说，曹唐诗歌只是道教诗歌的一个案例，作者更关心的不是这些诗歌的文学艺术属性，而是其作为思想文化史料的特殊意涵。

以上八部著作，构成了薛爱华的唐代研究系列。在主题、结构和风格等方面，这八部书体现了鲜明的一致性和整体性。这些著作的最初版本，绝大多数是由加州大学出版社出版的，从1950年代到1980年代，薛爱华每隔三四年就有一部新作产生。这是一位目标明确、矢志追求独特学术风格的学者，他在富有个性的学术道路上稳步前行，硕果累累。他的大多数著作后来都有重版，其中多种由 Floating World Editions 重版。除了《撒马尔罕的金桃》一书已有中译本之外[1]，他至少有两种著作被译为日文，日译本版本信息如下：

《神女：唐代文学における龙女と雨女》，西胁常记译，日本东海大学出版社，1978；

《サマルカンドの金の桃—唐代の异国文物の研究（単行本）》，吉田真弓译，勉诚出版社，2007。

薛爱华的论文大多数是札记体，篇幅不长，但文笔活泼，话题也往往引人入胜。这些论文又可以分为两大类。一类已在刊物上发表，其中大多数发表在《美国东方学会会刊》上，约二十多篇，因为是札记体，故其题目中常见 note 或 notes。[2]其论题包括唐代茉莉花的名称（素馨）、道教的月宫之旅、中国的洗浴习俗、祥鸟、食龟、扶桑、榕树、汉语词句结构、年号起源及其意义、合浦珍珠等，涵盖的领域相当广泛。另一类则是未刊稿，包括 38 篇札记，基本上是薛爱华晚年的作品。薛爱华退休之后，治学不辍，时有所得。最初，他只将这些治学心得寄送十位好友和以前的弟子，后来，这些文章被越来越多的学者传阅，并以《薛爱华汉学论文集》（Schafer Sinological Papers）的总名在美国汉学界逐渐传播开来。这一论集包括如下文章：

1. The Oriole and the Bush Warbler（《黄鹂与丛林鸣禽》）

---

[1] 中译本书名改为《唐代的外来文明》，有吴玉贵中译本，中国社会科学出版社，1995 年。2005 年，陕西师范大学出版社又出版了此书的彩色插图珍藏版本。

[2] 下文所引《薛爱华汉学论文集》中，即有多篇例证。

2. Notes on T'ang Geisha, 1：Typology（《唐妓札记之一：类型》）

3. Kiwi Fruit（《猕猴桃》）

4. Notes on T'ang Geisha, 2：The Masks and Arts of T'ang Courtesans（《唐妓札记之二：唐代妓女的化装与伎艺》）

5. Cosmic Metaphors：The Poetry of Space（《宇宙隐喻：太空诗歌》）

6. Notes on T'ang Geisha, 3：Yang-chou in T'ang Times（《唐妓札记之三：唐代的扬州》）

7. Notes on T'ang Geisha, 4：Pleasure Boats（《唐妓札记之四：妓船》）

8. The Anastrophe Catastrophe（《倒装句的灾难》）

9. Brightness and Iridescence in Chinese Color Words（《中文颜色词中的亮度与色变》）

10. The Fibrous Stars（《纤维状的星辰》）

11. The Other Peach Flower Font（《另一个桃花源》）

12. Table of Contents to Wang Hsuan-ho, San tung chu nang（Tao tsang 780－782（HY1131））—A T'ang Taoist Anthology（《道教文集王悬河〈三洞珠囊〉（〈道藏〉卷780—782）目录》）

13. Annex to Combined Supplements to Mathews' Part I（《马守真字典综补附录之一》）

14. Annex to Combined Supplements to Mathews' Part II（《马守真字典综补附录之二》）

15. Ts'ao T'ang and the Tropics（《曹唐与热带》）

16. Annex to Combined Supplements to Mathews' Part III（《马

守真字典综补附录之三》)

17. The Tourmaline Queen and the Forbidden City (《碧玺皇后与紫禁城》)

18. Annex to Combined Supplements to Mathews' Part IV (《马守真字典综补附录之四》)

19. An Early T'ang "Court Poem" on Snow (《一首咏雪的初唐宫廷诗》)

20. Annex to Combined Supplements to Mathews' Part V (《马守真字典综补附录之五》)

21. The Eight Daunters (《八威》)

22. Annex to Combined Supplements to Mathews' Part VI (《马守真字典综补附录之六》)

23. The Moon's Doubled Wheel (《月重轮》)

24. Annex to Combined Supplements to Mathews' Part VII (《马守真字典综补附录之七》)

25. Mildewed Apricots (《霉梅》)

26. Annex to Combined Supplements to Mathews' Part VIII (《马守真字典综补附录之八》)

27. Notes on Lord Lao in T'ang Times (《唐代的老君札记》)

28. The Moon Doubles its Wheel Once More (《再谈月重轮》)

29. Notes on Translating T'ang Poetry, Part One: Words (《唐诗翻译札记之一：词汇》)

30. Passionate Peonies (《多情的牡丹》)

31. Notes on Translating T'ang Poetry, Part Two: Poetry (《唐诗翻译札记之二：诗歌》)

32. The World Between：Ts'ao T'ang's Grotto Poems（《两界之间：曹唐的洞天诗》）

33. Notes on Translating T'ang Poetry, Part Three：Deponents（《唐诗翻译札记之三：作证者》）

34. The Moth and the Candle（《蛾与烛》）

35. A Vision of Shark People（《想象蛟人》）

36. Moon Cinnamons（《月桂》）

37. A Chinese Chough（《中国的乌鸦》）

38. The T'ang Osmanthus（《唐代的桂》）

从上列论文题目中可以看出，薛爱华晚年仍然保持着其早年的研究兴趣，因此，有些论文完全可以看作是对之前专著的补充，如《宇宙隐喻：太空诗歌》一篇可以看作是对《步虚》一书的补充，而《两界之间：曹唐的洞天诗》一文则应该看作是对《时间之海上的幻景》一书的补充。此其一。薛爱华对唐代研究情有独钟，终生不变，这 38 篇论文不少是关于唐代研究的，从名物到语言到诗歌，无不涉及。此其二。虽然这些文章多为札记体，但是，有不少札记已成系列。无论从其问题的重要性，还是从其讨论的深度，都可以看出作者态度之严肃、治学之严谨及立论之审慎。此其三。

三　薛爱华的治学特点及贡献

薛爱华对唐代中国专注而持久的研究，极大地拓展了西方汉学界唐研究的范围，提高了西方汉学界的学术水准，丰富了中国古代文史研究的视角与方法。对于西方汉学界的后学而言，他的研究既是样榜，也是标杆。作为20世纪美国汉学界的一流学者，薛爱华在四十多年的学术历程中，形成了鲜明的学术个性，他的治学方法不仅为其学术成就奠定了基础，也给后人带来了丰富的启迪。

第一，就其治学的时间范围来看，薛爱华的研究集中在中国中古时代，也就是通常所谓汉魏六朝隋唐这一时段，英美汉学界常以Medieval 或者 Middle Ages 来指称这一时段。从薛爱华的学术经历来看，他最初的学术研究兴趣，集中在唐王朝覆亡以后的五代十国，特别是其中的南汉与闽王国。他早年对宋代也有兴趣，故不辞辛劳，对杜绾《云林石谱》进行注释解析。换句话说，他是由后往前，逐渐进入唐代研究这一领域的。但一旦接触唐代，唐代文化的多姿多彩就让他流连忘返，唐代文化这座富矿也给了他丰厚的回报。

第二，就其治学的空间范围来看，薛爱华着重的是所谓"华裔研究"。这里的"华裔"一词，是借用汉学史上著名的学术刊物《华裔学志》（Monumenta Serica）的用法，指"中华及其四裔"，也就是"中国及其周边"。注意中国及其与周边民族文化的关系，也就是注重中外文化来往与文明交流。作为东亚地区一个开放、强大的国家，唐朝与周边民族以及国家之间的文化往来极其活跃，而且形式多样。用今天学术界使用的术语来说，薛爱华早就具有了一种自觉的"从周边看中国"的视角。他研究南汉和闽国，关注的是五代十国时代的边疆。他研究唐代的舶来品，意在透过外来文物，观察唐代中国与周边世界的联系，尤其是与西域、南亚和东南亚的联系。在《撒马尔罕的金桃》一书出版之后，他又以《朱雀》和《珠崖》二书，深入探讨唐代中国的南部边疆，探讨中原汉族文化与四裔异族文化之间的互动。在《神女》和《步虚》二

书中，他也经常涉及中原汉文化与周边异族文化的互动关系。由于
自身文化立场和文化背景的关系，海外汉学家往往比中国学者更自
觉、更主动地关注与中外关系、中西文化交流相关的课题，但是，
环顾 20 世纪欧美汉学界，像薛爱华这样自觉而持久地关注这个研
究方向，并且形成独特的研究思路和学术风格的人，则寥寥无几。
另一方面，海外汉学家也倾向于将中国作为一个流动的、发展的、
历史的概念，注意从中原汉文化与周边民族文化的融合过程中，观
察中国的塑造与成形。无疑，唐朝为他们提供了一个进行这种历史
观察的适宜的立足点，而薛爱华本人的语言功底及学术素养，又使
他能够从这种观察视角中收获丰厚的回报。

　　从学术传承上看，薛爱华深受欧陆传统汉学的影响。他在柏
克莱加州大学的导师卜弼德教授，服膺欧陆汉学重视语文文献学
（philology）训练的传统，并按照这种模式在柏克莱培养学生。他
们相信，穿过语言，才能进入古典文献，才能进入古代历史丰富
而生动的世界；通过周边各民族语言的比较、古今语言的比较，
可以窥探历史文化的真相。从大学时代开始，薛爱华就在语言学
习方面刻苦用功，除了法语、德语、意大利语、西班牙语之外，
他还精通古埃及文、拉丁文、希腊文、古英文、阿拉伯语、日
语、越南语等十几种古今语言，积累了深厚的语言学功底，展现
了不凡的语言才华。他特别强调汉学家的语言能力，1982 年，在
一次题为 "What and How is Sinology?"〔1〕的学术讲演中，薛爱华

---

〔1〕　1982 年 10 月 14 日，薛爱华在科罗拉多大学东方语言及文学系做此演讲，原
　　　文载 Tang Studies（《唐研究》）第 8—9 辑（1990—1991）。有周发祥中译本，
　　　题为《汉学：历史与现状》，载《传统文化与现代化》，1993 年第 6 期。

语重心长地对年青一代汉学家提出语言能力方面的要求。他的学术成就的取得，与他的语言能力是分不开的。

第三，就其治学方法而言，薛爱华既继承了欧洲汉学家的语文文献学传统，又注意吸收现代西方人文社会科学的发展成果。早在大学本科阶段，他就受到良好的人类学专业训练，因此，他的每种学术著作都或多或少地体现了他的这种学术背景。以人类学的方法为核心，他的著作既关注民族语言、民间习俗、宗教祭祀，尤其关注民族的迁徙、语言的变迁、习俗的源流以及信仰的传承，同时，又能注意到不同民族人群在这些文化节点上的互动关系。在某些图书馆的分类目录上，他的著作被标注为涉及文学、历史学、人类学、民族学、宗教研究、东南亚研究等多个学术领域，从上述角度来看，是不足为奇的。在他的笔下，诗文作品、小说传奇以及民间故事，都被当作人类学与历史学研究的材料。在正史和诗文文献之外，他特别重视民间传说、志怪小说等亚文化层面的文献资料，甚至还会参考现代东西方人类学者的田野调查成果。他的著作，往往展现出开阔视野与多样视角的融合。甚至他的道教研究，也不只是将道教当作一种宗教，而是作为某一人群的社会文化现象来解剖。

第四，就其研究视角而言，薛爱华特别爱好并且擅长从名物的角度切入。中国传统学术也十分重视名物。《周礼·天官·庖人》："庖人掌共六畜、六兽、六禽，辨其名物。"唐贾公彦疏云："此禽兽等皆有名号物色，故云'辨其名物'。"《周礼·地官·大司徒》："辨其山林、川泽、丘陵、坟衍、原隰之名物。"汉郑玄注云："名物者，十等之名与所生之物。"[1]从某种角度来说，

---

〔1〕　清阮元校刻《十三经注疏》本，中华书局，1980 年影印本，页 661、702。

所谓名物研究，其实有些近似当今史学界所谓"物质文化研究"。《杜绾〈云林石谱〉简释》是最能体现其物质文化研究旨趣的著作。除此之外，薛爱华几乎在其所有著作中，都贯彻了名物研究的视角。最突出的是《撒马尔罕的金桃：唐代的舶来品研究》一书。撒马尔罕的金桃是舶来品的象征，同时也是唐代外来文明的象征。唐代的外来文明不仅体现于唐朝的各色人等、各种宗教与书籍之上，而且烙刻于家畜、野兽、飞禽、毛皮和羽毛、植物、木材、食物、香料、药物、纺织品、颜料、宝石乃至各种金属制品、世俗器物等各类名物之中。当他研究一个时代、一个区域、一个主题的文化现象之时，名物成为他无往不利的切入点，《朱雀》、《珠崖》和《神女》等书，无不如此。从学术史的角度来看，薛爱华的名物研究至少有如下三方面的意义：首先，这种名物研究其来有自，在较早一辈的欧美汉学家的中外文化交流研究中，已有成功的范例，其中最值得一提的是劳费尔的《中国伊朗编》。[1] 薛爱华将这种研究方法发扬光大，运用于更多的研究领域，其角度也更为多样。其次，他的研究涉猎广博，有明显的博物学色彩，展现了学术大家的渊博学识和博雅情怀。再次，薛爱华的诸多研究，都令人信服地表明：表面上，名物似乎只关乎人类的日常生活，而且似乎是庸常生活中的琐碎细节，无足轻重，甚至不值一提。而实质上，在漫长的历史进程中，名物无声却又具体而微地说明着人类的生活方式，承载着诸多文化史、精神史

---

[1] Berthold Laufer. *Sino-Iranica*：*Chinese Contributions to the History of Civilization in Ancient Iran*，*with Special Reference to the History of Cultivated Plants and Products*. Chicago：1919. 中译本为：[美] 劳费尔著，林筠因译，《中国伊朗编》，商务印书馆，1964 年。

与制度史的意义。

第五，就其表达方式而言，薛爱华的论著注重文采，文笔生动，故其历史想象栩栩如生，其重构历史之叙述娓娓动听，优雅可读。具体来说，他常用的方法主要有三种：

其一，薛爱华精心选择书名，选用意象优美而富有吸引力的词汇，先声夺人，吸引读者。这是从《撒马尔罕的金桃》一书开始的，其后，《朱雀》、《珠崖》、《神女》、《步虚》、《时间之海上的幻景》诸书的标题都是如此。由于书名形象鲜明，富于暗示性和联想性，所以比较容易抓住读者的注意力。这些著作不仅吸引了专业读者，也吸引了不少诗人、艺术家、小说家、历史学家等等。[1]这固然与其研究对象及其专题选择有关，更与其精心构撰与叙述方式密不可分。

其二，薛爱华喜欢在每一章节之前引证西方诗歌作品，为西方读者营造一种文学的气氛，同时又通过引证诗歌和章节内容之间的类比与对照，在中西之间架设一座会通的桥梁。薛爱华本人热爱文学，博览群书，对西欧文学尤其是英国文学情有独钟，其著作中大量征引英国诗篇，从莎士比亚到当代诗人德·拉·梅尔（Walter John de la Mare，1873—1956）。他甚至引用福楼拜（Gustave Flaubert，1821—1880）的《圣安东尼的诱惑》（*The Temptation of Saint Anthony*，法文原书名作 *La Tentation de Saint Antoine*）[2]，足见其对西欧文学之谙熟。

---

[1] 参看柯睿撰，《薛爱华讣告》，*Journal of the American Oriental Society*，Vol. 111，No. 3，（July-Sept. 1991），pp. 441 – 443。

[2] *Vermilion Bird*，p. 9，p. 18. 见《朱雀》中译本页 16，页 40。

　　其三，薛爱华用词雅洁，令人惊叹。特别值得一提的是，对于汉英翻译尤其是专有名词的翻译，他有一套独特的理论和方法。也许可以借用严复当年的"信、达、雅"三字，来概括他的翻译观点。在翻译中，他要求最大限度地忠于汉语原文，最大程度地表达原文的意涵，并且尽可能呈现原文的用字风格与意味。比如，他将华清宫译为"Floriate Clear Palace"，以"Floriate"对应"华"，就是出于古雅的考虑。为了达到这样的目的，就不免要调用大量词汇，包括某些较为生僻的词汇，所以，他的译诗偶尔会显得严谨过度，通俗不够；古雅有余，流畅不足。为了求"信"，他坚持直译，例如将"刺史"译为"Inciting Notary"。[1]这种译法只是为了解释汉语中"刺史"二字的本义，其是否确切以及有否必要，是可以商榷的。作为一个汉学家，薛爱华这样做，或许有其不得已之处。实际上，这种翻译可能导致过度阐释，追根究底，还可能是沾染了所谓"东方主义"的影响。对薛爱华这套翻译方案，学术界并非没有异议[2]，但总体来看，他在翻译中所体现出来的对于"信"的痴迷，对于文本细读的执着，仍然令人肃然起敬。

　　柯睿在《薛爱华讣告》中认为，薛爱华的学术功底，直追欧洲老辈汉学家伯希和、劳费尔、马伯乐等人。其言信然。不仅如此，他的学术研究还能够与时俱进，将人类学、文化学、形象学

---

〔1〕　*Vermilion Bird*，p. 7.

〔2〕　宇文所安（Stephen Owen）为薛爱华《时间之海上的幻景：曹唐的道教诗歌》一书撰写书评时，就曾提出这样的看法，文载 *Harvard Journal of Asiatic Studies*（《哈佛亚洲研究学报》），Vol. 46，No. 2（Dec. ，1986），pp. 654 - 657。

等多种研究方法与视角融入其中。他的学术影响了一批后学，其中最值得一提的，也许就是他的私淑弟子、科罗拉多大学教授柯睿。在道教研究和唐诗研究方面，柯睿直承薛爱华之衣钵，而道教研究也是柯睿唐研究的重要组成部分。[1] 总之，可以说，薛爱华为 20 世纪美国汉学界开拓了唐代研究的新局面，然而，中国学术界对他的学术贡献的认识还严重不足，希望这次三联书店新推出的这两种译著，能够在一定程度上弥补这一缺憾。

程章灿

2014 年 1 月 15 日，时客居台北

---

[1] 〔法〕索安著，吕鹏志、陈平等译，《西方道教研究编年史》一书中有言："在文学领域，薛爱华和他的几位弟子取得了重大成就。"中华书局，2002 年，页 83。

引　言

　　这本书论述的主题是各种各样的变相。它与中古早期的诗人以及神话记录者所描述的各种变化有关。它讲述一个溺水而亡的女子怎样变成神女，神女又是怎样变成溺死的女子。它讲述在文学风尚不断变化的潮流中，仙女们如何被降格，改造成了平凡的女人身。它讲述的是那些形象如何降格变形，而且与此同时，那些隐喻如何被创造、如何被再次赋予新的含义。龙变形为虹，或者虹化身为神女，对这类转化，古代中国是习以为常、信以为真的。但是，在唐代作家们所描述的各种奇迹般的变相面前，这类转化就不免相形见绌了。

　　所以，这本书旨在讨论文学作品中开掘过的一个主题，而不是讨论这一主题的文学作品，也不是讨论这类文学作品的某一特定类型。它不是理论批评的论文，而是试图探讨一个神话主题的形形色色的体现方式，它不但体现于迷信崇拜之中，而且体现于文学作品，特别是体现于叙事小说以及抒情诗歌之中——叙事小说靠的是人物角色，而抒情诗歌中最重要的人物角色便是戴上面具的诗人自身。因此，本书往往会从有关历史学和文献学的文本，游离到有关意象和阐释方面的文本，有时显得有些随意。有时，本书试图通过历时性的方法来阐明共时性的问题；有时，它又会暂停下来，以一种不偏不倚、差不多是"新批评"的那种方式，沉思一首诗内在的运作方式；有时，它则采用诺斯诺普·弗莱[1]所提倡的方式，抓住一个已经变得苍白的"原型"，作为相互关联的原则。简言之，我丝毫没有特别宣扬某种观念的企图，我倒是更喜欢采用一种更温和也更容易让人混淆的做法，即不管是什么样的探索方法，只要它看上去有可能剥去神女们的种种伪装，探明她们的内心世界，并获得相应成果，我就拿来使用。最重要的是，不管这项研究可能存在什么样的优点或缺点，我很不愿意让别人觉得，我认为这项研究与那种虚弱不堪、不学无术的，然而可以一劳永逸、而又十分流行的，因而最终显得细碎琐屑的对文学的虔诚论述，有任何关系；在大多数研究中国作品的当代西方学者中，这种论述被错误地当成是"文学批评"，表现得尤为突出。

本书第一章是引论，是浅尝辄止的论述。它处理的是上古时代，而不是中古时代。我并不认为自己是先唐文学的权威，而且，这一部分的论证是高度压缩过的。其结果是，我发表的关于古代的龙及其原本存在阴性属性的看法，读来有点像无关紧要的附论。[2]我希望它们多少有些说服力。

楚 辞

《楚辞》是有关古代水中神祇的词语及观念的重要史料。这

---

[1] 译注：诺斯诺普·弗莱（Northrop Frye, 1912—1991），加拿大著名文学批评家，代表作为《批评的解析》。

[2] 译注：原书此处用拉丁文 obiter dicta，意为"无关紧要的附论"。

部文学选本选录的是口头歌曲（尤其是各种巫术吟唱）的文学写定本，其编定与出版约在纪元初年。[1]它包含的材料五花八门，可能出于众手，而传统看法认为其与古代南方的楚国有联系。其书名取义，如霍克思已正确指出的，正是"楚国的言辞"。也就是说，它将能够代表楚国文化的文学传统的那些残存篇章编纂成集。霍克思将这一选本译成英文时，把书名意译为"南方之歌"（The Songs of the South）。[2]

女 巫

本书将多次提到男巫和女巫，特别是女巫。男巫是一些有能力在神灵世界穿行的男人，他们代表人间的委托人，将人类的请求和命令传递给超自然的存在，因此，他们有能力帮助人类，疗治创伤。女巫则是女性巫师，这类巫师在中国占主要地位。Shamanka（女巫）这个词，我是从艾利斯·戴维森那里借用来的[3]，中文写作"巫"。本书中引人注目的神女之一，就是巫山神女，依我个人的臆断，也可以称为"女巫之山"的神女。

---

〔1〕 霍克思（David Hawkes），《神女之探寻》，《大亚细亚》，卷13，1967年，页72。
〔2〕 霍克思，《楚辞：南方之歌》，波士顿：1962年。
〔3〕 戴维森（H. R. Ellis Davidson），《北欧的神与神话》，企鹅丛书，1968年，页118。

河

这条伟大而乖戾的河流从西藏东北发源，蜿蜒而下，流经沙漠，来到干旱的中原大地，那里是中国人古老的家园。在中古时代，它被称为"河水"（Gha Water）。[1]我们今天则称之为黄河，意为"黄色的河"。在本书中，我会经常径称其为"河"，这在古籍中是颇有先例可循的。

江

同样，这条伟大、深沉、壮丽的江流也是从西藏流淌而出，穿过川西高原，流经浪漫的三峡，融入华中大地温润的气候和青翠的景色。在上古时代，它被称为"江水"（Kaung Water）。[2]此后它逐渐被称为长江，意即"长长的江"，到了非常晚近的时代，它又被人尤其是被外国人称为"扬子江"。在本书中我通常

---

[1] 译注：《说文解字》十一上："河水出敦煌塞外昆仑山，发原注海，从水，可声。"此处作者称其为"Gha Water"，其音盖从"可"来。

[2] 译注：《说文解字》十一上："江水出蜀湔氐徼外岷山，入海，从水，工声。"《释名》曰："江，公也，小水流入其中，所公共也。"此处以"江"音"kaung"，盖据此。

只称之为"江"。[1]

神女的名号

这篇论文指称主要人物，一般都采用其中文惯用名称的常规译名。他们包括：

神女，亦即"巫山神女"。

帝子，湘水女神，或者是湘水姐妹神中的一个。如果是后一种情况，那么，它指姐妹神中较年幼的那个。

湘妃，亦作"湘娥"；指湘水女神或女神们。如果姐妹俩同时出现，有时候称她们为"女英"、"娥皇"。

洛神，指洛水之女神。

汉女，指汉水之女神。

---

[1] 蒲立本（E. G. Pulleyblank）提出有说服力的证据，他认为"江"这一名词最初来自非汉语语言中指称"江河"的一个词，是从汉族人成功地控制长江流域之前的那个时代存留下来的。这个名词很可能与占语中的 kraung、孟语中的 krung 以及其他词语同源。

译注：孟（Mon）人是居住在缅甸东部和泰国西部的人种，其语言孟语属于南亚语系孟—高棉语族；占（Cham）人居住在柬埔寨和越南中部，其语言占语亦属于南岛语系印度尼西亚语族，受孟—高棉语族影响。又，"扬子江"一名，至少宋代已开始出现。

中文专用术语

书后附录的中文词语和专有名词表，省略了一些语词，因为任何一位略通中文的读者对这些语词的字形都应该一目了然（例如，"唐"，以及"山海经"等汉字）；也省略了论文行文中已作英译的某些语词，因为读者根据译文即可联想到其字形（例如，"云梦"已译为"Cloud Dream"）。除此之外，我相信术语表已相当完备了。[1]

---

[1]　译注：书末原附四个中英文对照的词汇表，中译本删除。

第一章　女人、仙女与龙

你漂浮的队伍踏着海面的涟漪，
从他软泥的海床上吹送来潮湿的空气，
水的仙女们！
——你们率领着这看不见的行军
插上翅膀的水气直上天穹，
每一片宽阔的云彩上有千帆招展，
载着阴翳的宝藏驶过地面，
聚集的水滴在春日的天空融解，
落成温柔的雨点，或降为银色的露珠。

——伊拉斯穆斯·达尔文，[1]
《植物的系统》

---

〔1〕译注：伊拉斯穆斯·达尔文（Erasmus Darwin，1731—1802），英国诗人、医生，曾创立植物园，是著名博物学家查尔斯·达尔文的祖父。

女人与仙女

在本章开头所引诗行中，令人惊异的伊拉斯穆斯·达尔文医生呈现了一篇关于云、雨、雪、冰雹以及露水如何形成的诗意的寓言。他把水在自然界展现的各种不同形态的精灵，都形容为女性，对古代中国人来说，这种做法再自然不过了。山林仙女、水中仙女以及海中仙女，不管多么充满异国情调，不管多么奇怪，都会让古代中国人着迷，而他们也会轻而易举地在他们自己云遮雾罩的各式神女和尊贵的江河女王中找到与此类同的人物。

达尔文医生的目的在某种程度上是"科学的"，但在这方面它对中国人来说却是晦涩难解的，因此，他的诗歌有一种与古代诗人宋玉（或者是那些旧题宋玉作品的真正作者，不管是谁）、与中古诗人李贺截然不同的格调，这两位诗人都曾精心描写水中神女们所呈现的各种不同形态。当达尔文医生把自然界中的植物和矿物人格化时，他选择把它们写成身着异教神祇的装束，或大或小，它们的形体曾凝固于文艺复兴时代古典大理石雕塑之中，它们的轮廓也曾在启蒙时代纯净的水晶雕像中棱角分明。例如，当这个好医生开始叙说地底的泉水如何穿透石灰质的地面，给瘠薄的土壤补充了"明亮的宝藏"，亦即灌注了石灰的水源，他是这么写的：

> 啊，你们这些仙女！穿透她那大理石的岩脉，再携提
> 她那喷涌的泉水流向干渴的草地；
> 横越那些耀眼的溪谷，和流动的山丘
> 把明亮的宝藏洒向一千条小溪流。[1]

与宋玉和李贺不同的是，达尔文医生没有将神奇的光芒贯注于其人格化的因素中；与他们相同的是，他也能够理解那些江河神女们和水中下女[2]的可信的形象，这些形象既戏剧性地表现出其女性化自然的真实性，也同样戏剧性地表现了水分循环的真实状况。

公元813年夏天，唐帝国遭受了一次严重的洪灾。有人劝谏当时在位的皇帝、死后庙号宪宗的李纯，说这场灾难的起因，是由于在宇宙的二元结构中，阴气太盛。宇宙间的这种阴阳不调，可以通过人类行为——最重要的是通过天子的行为——来纠正，至少是部分纠正。7月21日，皇帝作出回应，从宫中放出了二百

---

[1] 达尔文，《植物园：诗二章》，伦敦：1795年，页535。

[2] 译注："下女"二字出自《楚辞》，《离骚》有"相下女之可诒"，《湘君》
有"将以遗兮下女"，此词兼有"水下之神女"与"神女之侍女"之意，
此处原文作 Water maids，故译为"下女"。

车多余的宫女。〔1〕宫女代表的是形而上学意义的水，只不过是以人类形式体现出来而已。

在这两个极端——被放出的宫女和猛涨的河水——之间，横亘着一大群神灵，其外表是女性或者部分女性，但实质上则是水性。这就是那些远东的仙女，她们像印度的仙女一样〔2〕，经常在湖边河畔出没。她们现身的时候，要么是幸福和乐，要么是破坏一切，可能全看其一时的兴致如何，一如在通俗故事中看到的；又或者取决于对自然力量平衡作必要的再调整，一如在人们早已接受的形而上学观念中体现出来的。所以，这些神灵可能现身为有治疗作用的温泉的守护者，如同在达尔文医生笔下，许革亚站在"她那圣洁的泉井边"〔3〕；抑或现身为那位中国神女，她常常出没于能够去疾消病的骊山温泉池旁，治好了秦始皇的一种恶疾，据说她后来还成为秦始皇的妃子。〔4〕

但是，从抽象方面来说，对中国人而言，女人本质上代表着

---

〔1〕　《资治通鉴》，卷239，页4a。
　　　译注：《资治通鉴》卷239元和八年："夏，六月，大水。上以为阴盈之象，辛丑，出宫人二百车。"辛丑当公元813年7月21日。又，原书未言有人谏说唐宪宗。

〔2〕　哈斯廷斯（James Hastings），《宗教与伦理百科全书》，纽约：1962年，卷12，页717。

〔3〕　达尔文，《植物园：诗二章》，页130。
　　　译注：许革亚（Hygeia），希腊神话中的健康女神，是医药神 Asclepius 的女儿。

〔4〕　薛爱华（Edward Schafer），《中国上古中古沐浴习俗演变与华清宫之历史》，《美国东方学会会刊》，卷76（1956年），页73。
　　　译按：宋敏求《长安志》卷15引《三秦记》："骊山汤，旧说以三牲祭乃得入，可以去疾消病，不尔即烂人肉。俗云：始皇与神女戏，不以礼，神女唾之，则生疮，始皇怖，谢神女，为出温泉而洗除，后人因以为验。"

繁殖、潮湿以及接受等天性。在神话传说和文学作品中，她们化
身为潮湿的土地，以及滋润土地的水道，有了具体可见的外形。
相对于男性化的太阳那种炽烈的孕育万物的光线，以及横亘于
上、熠熠闪光的仁慈的天空，无论是土地还是水道，都是处于接
受地位的。女性象征着伟大的水分循环，她从海洋和湖泊中汲取
湿气，然后将其转变为云和雾，再洒落到干旱的土地上，使大地
硕果累累。冬至，阴气臻于极盛，此后，受无数大小洪水的哺
养，女性的大地容许藏在其体内的生物胚芽不断软化，等待春夏
热气渗进土壤，让庄稼生长起来。

在宇宙中，这种女性天性的表现，有其他多种形式，但对
这些我们在这里只须简略涉及。奇妙的莱茵河黄金对于恪尽职
守的莱茵河三少女意味着什么[1]，宝贵的龙珠对于中国的水中
神灵也就意味着什么。而且，这颗神力之珠象征女性与珍珠、
女性与月亮之间存在着普遍的关联。在某些状态中，水中神女就
是月亮女神，或者与月亮同源。她们的节日就是爱情的节日。[2]
但是，早在上古时代，有一位可爱的月亮女神就已形成了对她自
己的崇拜，与那些水中神女毫不相干。虽然如此，她和她们仍同
样与珍珠有密切的关系，珍珠简直就是奥伯龙的"水月"的具体
复制品。[3]珍珠是凝固的月的精华，也是女性的精华。人们认

---

[1]　译注：莱茵河少女（Rhine maidens，亦作 Rhine daughters），德国和北欧神
　　　话中守护窖藏黄金的少女。

[2]　关于这些联系如何建立，以及关于三月三日的节庆是水中神女的特权，参看
　　　艾伯华（W. Eberhard），《中国东部和南部的地方文化》，莱顿：1968 年，页
　　　43、205。

[3]　译注：奥伯龙（Oberon），欧洲中世纪民间传说中的仙王，是仙后 Titania 的
　　　丈夫。

为，牡蛎体内孕育的珍珠有着盈亏变化，而且与人类女性的经期相一致。从外形、颜色以及发光等方面来看，珍珠就是月亮本身的缩微版。而月亮反过来又是天上的女性形象——是凝结的水和冰。女人的泪珠既是月亮，又是珍珠。但是，不管其人类意味与情感蕴涵多么强烈，珍珠的宇宙意义仍然是更为重要的。他们也是神灵的泪珠——美人鱼的泪珠，而美人鱼则是阴性的海龙，或者说是海龙具体而微的化身——于是，在女人世界与龙的世界之间、在潮起潮落的海洋与亘古不变的天空之间，便构建了一个重要的联结，这联结既是本体论的，又是象征性的。[1]

女　巫

在人类女性世界与水中女性世界之间，生活着一种界属不明但却极有特权的人物，这就是女巫。她既能看见鬼，也能看见神。在一部汉前文献《国语》中，可以找到对她的经典描述。其中说到女巫感觉格外敏锐，不论事物远近，皆能感知：

> 其明能光照之，其聪能听彻之，如是，则明神降之。在

---

[1] 薛爱华，《撒马尔罕的金桃：唐代舶来品研究》，柏克莱、洛杉矶：1963 年，页 80、243；薛爱华，《朱雀：唐代的南方意象》，柏克莱、洛杉矶：1967 年，页 160。莎士比亚诗句，见《仲夏夜之梦》，第二幕第一场。

男曰觋，在女曰巫。[1]

按这种定义，中国巫师与巫师的一般模式十分契合——一份关于西藏巫师的现代记述详细地描写了这一模式：

> 巫师这种人，能够跨过精神的转折关头，藉此获得控制恍惚出神、心醉迷狂状态的能力。在这种转折关头，其洞察力决定其职责。他或她自觉地利用这种能力为群体谋利益，在神灵帮助者的陪伴下，在迷醉状态中漫游至上界或下界，在那里，把人们的请求传达给神灵或精灵，或者，有时候会以非常咄咄逼人的方式，迫使神灵们对人类态度和婉一些。这样说来，巫师就是心灵的指挥者、疗治者、奇迹的创造者，有时候也是牧师，但其出神迷狂的技术，又使其与牧师以及其他神职人员有着根本的不同。[2]

因此，男巫和女巫也都是面向公众的预言家，神灵的言辞通过他们之口传达给人类。某些特定的男巫或女巫与某个神灵有特殊的关系，这一点在中国，一如在其他地方一样，似乎已经司空见惯。"金天神"，亦称"金天大王"，即是一例。八世纪中叶，一

---

[1] 《国语》卷18《楚语》下。这里以 shaman 译"觋"，以 shamanka 译"巫"。整段文字英译见西耶尔（Jos Thiel），《中国古代的巫术》，《汉学》卷10（1968年），页152。西耶尔的文章是对上古中国巫术的一篇非常重要的研究。

[2] 西克斯玛（F. Sierksma），《西藏可怕的诸神：文化适应中的性与侵犯》，鲁特兰、东京：1966年，页71。亦不可避免地要看艾利雅得（Mircea Eliade），《巫术：古代迷狂之术》，纽约：1964年，散见各处。

个姓董的女巫与此神关系特别密切。[1]此类专门化是最为有用的，这当然是因为随便什么人，当他遇到这类神仙灵怪问题时，都会优先考虑请教这样一位专家，而不会求助于一个名声不大、水平一般的巫师。

中国巫师，正如西伯利亚东部的雅库特人巫师一样，[2]与他们在恍惚迷狂的神秘行程中邂逅的神灵都有爱情关系。中国情爱诗人根据自己的需要，对这一特色大加改编，他们饶有兴致地讲述古代巫师们企图把神女引诱到他们怀中，并以此比喻年轻人或者多愁善感的皇帝追求神女一样的女人的爱情，或者干脆就是追求实在的神女的爱情。

由于男巫有某些超常渠道接近神女，就像女巫接近男神一样，因此，尽管事实上，他们主动示爱也常会遭到拒绝，但在某种程度上，他们仍然拥有神女的某些神性。因此，中国上古的神王们本身就是巫师。但是，他们偶尔也要扮演成子民的替罪羊，而这一角色又经常被分派给代其受难的替身，因为受难是取得神灵佑护所必须付出的报偿。同样地，女巫们也对男神们施展她们的魅力，也因此在某种程度上拥有神女们的特征。表现这

---

[1] 《西阳杂俎》续集二，页187；高延（J. J. M. de Groot）《中国宗教体系》（莱顿：1907年）页1227—1228 注意到另外一篇唐人小说，一个姓薛的女巫侍奉甚或强制这个金天神。

译按：《西阳杂俎》续集二原文云："巫有董氏者，事金天神，即姥之女。……蜀人敬董如神，祈无不应。"又按：高延所引，盖即《太平广记》卷470《薛二娘》："唐楚州白田有巫曰薛二娘者，自言事金天大王，能驱除邪厉，邑人崇之。"下文叙薛二娘为一村女驱魅事，"奠酒祝曰：'速召魅来。'"有强制命令之意。

[2] 西克斯玛，《西藏可怕的诸神：文化适应中的性与侵犯》，页73。

些转变及其类似情况的最权威的文学作品，就是题为宋玉所作、描写楚王和巫山彩虹女神的那两篇赋作。下文还会回来谈论它们。

让我们暂时将与女巫对应的男巫搁置一边，先来简要探讨一下中国女巫的历史。最早可供利用的证据表明，在青铜时代的中国社会中，女巫扮演了一个极为重要的精神角色。语言学方面的事实表明，"巫"这个词与"母"、"舞"、"孵"、"卵"以及"甄"（容器）等词语之间存在密切的相互联系。因此，古代的女巫与繁殖力旺盛的母亲、肥沃的土壤以及厚载包容的大地是密切联系在一起的。文献学方面的证据也支持这些从语言学中推出的联系。在商周时代，女巫通常是为人类利益及大自然的丰产服务的，其最重要的职能是将雨水带给焦干的农田——她们与古代帝王共同承担这一职责。她们是音乐家和舞蹈家，还是预言家。[1]当她们黔驴技穷，仍然没有雨滋润土地，她们就有可能像她们的男性同事一样受苦受难，或暴晒于烈日之下皮肤起泡，或当作献给具有无法抗拒的男性力量的上天的仪式牺牲品，受到火焚。[2]在后来的时代里，这些意在赎罪的景象出现得越来越少，主要是作为象征形式而有所保留。但它们从来没有完全消失。在某些统治时期，女巫在宫中拥有正式职位，要么是充当预言家，要么是根据需要，发挥其他方面的传统职能。例如，唐代宫廷任用了十

---

[1] 译注：《说文解字》五上："巫，祝也，女能事无形，以舞降神者也，象人两褎舞形，与工同意。古者巫咸初作巫，凡巫之属皆从巫。"

[2] 参看薛爱华，《中国古代仪式》，《哈佛亚洲研究学报》，卷14（1951年），页154—156以及其他各处。

五名女巫师，连同各种门派的卜师，皆隶于太卜署。[1]在另外一些统治时期，这类令人生疑的独立机构全被废除。确实，自汉代以降，随着"儒家"正统思想在信仰崇拜方面变得越来越重要，废除那些小的、非正统的、不受宫廷保护的萨满寺院神庙，通常被认为是符合公众道理的行为。有时候，一些狂热的地方官到乡村任职，在短短的任期内，就会拆除数千座淫祠。狄仁杰就是一个突出的例子，他在二十世纪摇身一变，成为高罗佩侦探小说里那位明察秋毫的法官狄公。他在公元七世纪巡行江南之后，曾经高兴地报告，他已经禁毁了这个地区的一千七百座淫祠。[2]很明显，芸芸众生仍然要仰仗巫师的独特技能，即使巫师们坚持崇拜淫祠野庙。甚至连政府也会在某个至关重要的时期，回复远古时代的某些做法，并且默认巫师的特殊权力。例如，在公元814年那次大旱灾期间，有朝臣建言恢复古代的祈雨仪式，包括重塑龙像以及"暴巫于日"。[3]也许这些事件算是例外，但是，中古早期巫师在大众中的活动没有怎么引人注目，其原因可能只是文献不足征。我们在最好的文学作品中找到的，也只是对巫师中高明的一支——道教的仙——的强调而已。在具有独特的、超凡入神的能力方面，这些理想化的巫师与印度的瑜伽士以

---

[1] 《新唐书》，卷48，页6a。
   译注：《新唐书》卷48《百官志》"太卜署"："有卜助教二人，卜师二十人，巫师十五人，卜筮生四十五人，府一人，史二人，掌固二人。"
[2] 《旧唐书》，卷89，页2a；《新唐书》，卷115，页1b。
   译注：《新唐书》卷115《狄仁杰传》："入拜冬官侍郎，持节江南巡抚使。吴、楚俗多淫祠，仁杰一禁止，凡毁千七百房，止留夏禹、吴太伯、季札、伍员四祠而已。"
[3] "暴巫于日"，参看薛爱华，《中国古代仪式》，页136。

及佛教中的密宗高手相类似。但是神仙像大多数道教信徒一样，放弃了古代巫师那种志在救助的社会角色，他们只寻求自己的拯救，不过，他们并没有忘记那门古老的心灵投射术，他们也继续梦想做神奇的飞行，飞升到海天仙境之中。

于是，女巫不仅与男神关系密切，有时候甚至两情相悦，而且她们还具有神妃的某些特征。实际上，她们就是等级较低的神女。虽然在汉代以后那些令人尊敬的文学作品中，女巫的地位显得相对较低，但是她们的神仙本性有时会毫不含糊地表现出来，甚至在正史中也不例外。最适当的例子就是《晋书》中描写的两个漂亮的女巫，她们精通音乐，娴熟魔术，能够像小精灵一样跳舞，能够"隐形匿影"，还能"灵谈鬼笑"。[1]不过，如果说女巫确有神女的某些特征，那么，她们是否也具有龙的某些特征，则尚有待证明。

龙

我们所熟悉的北欧和西欧的龙，是在史诗《贝奥武夫》中出

---

[1]《晋书》，卷94，页1325b。此节文字有英译，见魏理（Arthur Waley），《九歌：中国古代巫术研究》，伦敦：1956年，页11。
译注：《晋书》卷94《隐逸·夏统传》："夏统字仲御，会稽永兴人也。……其从父敬宁祠先人，迎女巫章丹、陈珠二人，并有国色，庄服甚丽，善歌舞，又能隐形匿影，甲夜之初，撞钟击鼓，间以丝竹。丹珠乃拔刀破舌，吞刀吐火，云雾杳冥，流光电发。统诸从兄弟欲往观之，难统，于是共绐之曰：'从父间疾病得疗，大小以为喜庆，欲因其祭祀，并往贺之，卿可俱行乎？'统从之，入门忽见丹珠在中庭，轻步舞舞，灵谈鬼笑，飞触挑桴，酬酢翻翻，统惊愕而走，不由门，破藩直出。"

现的怪物以及在瓦格纳歌剧故事中出现的法夫纳[1]，他们都是宝藏的守护者，于一呼一吸间喷吐火焰。他们与其远东堂兄弟只有一点形似，就是蛇一样蜿蜒的外形。他们像中国龙一样，也有飞翔的本领，但是，他们像彗星和陨落的星体一样弹射出去，带来厄运的预言，令人胆战心惊，这又与中国龙不同。[2]这些为非作歹的恶龙基本上来自日耳曼语，他们潜伏在乱坟堆中，充满戒备地盘踞在与古代帝王遗骨一同埋葬的黄金和石榴石之上。《贝奥武夫》中的龙是这样的：

> 他，身上熊熊燃烧着，寻找着乱坟堆，
> 这无遮盖的敌人巨龙，他趁着夜色飞翔，
> 沐浴在大火中。[3]

这个动物很不像那种仁慈的、为人们带来雨水的中国龙，也许我们借用"dragon"这一名号来指代中国龙是错误的。从气质上看，中国龙更接近地中海地区那种性格温和、慷慨大方的鱼形神女，而不像北欧的火龙。但是在欧洲民间传说中，中国龙确实有其同族，虽然相对于出没坟冢的火龙来说，这些同族并不广为人知。例如：

---

[1]　译注：《贝奥武夫》（*Beowulf*），公元七至八世纪之交开始流传于民间的盎格鲁—撒克逊的史诗。法夫纳（Fafnir）是北欧神话中为 Nibelung 护宝的龙形巨人，后为 Sigurd 所杀。

[2]　它们就是以这种形象出现于《盎格鲁—撒克逊编年史》公元 793 年条下。参看普兰默和厄尔（Plummer, Earl）《两种撒克逊编年史比较》，牛津：1965 年，页 55。

[3]　《贝奥武夫》，xxxii，2272—2274 行，据笔者本人的译文。

> 在阿尔卑斯山上，一条龙栖息在小湖中；如果朝湖中扔
>　一块石头，就会引来一场雨，不管本来的天气多么
> 好。[1]

这条龙与玛利安·摩尔笔下的蛇怪蜥蜴类似，这是一只蛇王：

> 他奔跑，他飞翔，他游水，去到他的教堂——
> 这江河、湖泊和海洋的统治者，
> 不管人们看得见、看不见，把腾云当作自己的愿望。[2]

在世界大多数地方的早期信仰中，大蛇总是与水相联系的。民间传说中有权威的记录，证实巴比伦、希腊和蒙古以及欧洲、非洲和美洲的许多民族，都相信这样一种联系。因此，像蛇的精灵通常被认为是雨的使者，而在凡夫俗子面前，雨蛇也常常现身为彩虹的形状。古代波斯人以及印度很多地方的人，也是这么看的。在印度，自上古起就被奉为神圣的蛇神那加就是一位雨水之神。[3]例如，库鲁人称彩虹为 Budhi Nagin，意为"老母蛇"。在这个例子中，彩虹不仅与蛇神联系在一起，而且与阴性联系在一起——而实际上，蛇女在佛教本生经故事中屡见不鲜。随着这些印度信仰在纪元后被大规模地输入中国，这些遥相关联的堂兄弟们的形象有一部分被中国龙所同化。在中世纪远东地区统治江河

---

〔1〕　哈斯廷斯，《宗教与伦理百科全书》，卷1，页513。
〔2〕　玛利安·摩尔（Marianne Moore），《蛇怪蜥蜴》。
　　　译注：摩尔（Marianne Moore，1887—1972），美国当代诗人。
〔3〕　译注：那加（Naga），印度神话中象征和平和富饶的蛇神。

海洋的龙王，正是从这些混合体中演变而来的。无论是他们所拥有的巨大威力、他们的喜怒无常，还是他们的凶猛和能量，都显示这些动物与其说与那些带来风调雨顺物阜年丰、通常性情温良的龙关系密切，不如说与我们即将碰到的狂暴的蛟龙有更近的亲缘关系。归根到底，在公元八世纪，这种非常男性化的、有着王者威仪的野兽，已经不是早先那种虽然没什么突出特征、却能施雨人间的龙蛇了，他们一般能够显现出完完全全的人形。这种龙已被纳入官方崇拜，厕身高等神灵之列。为了安抚他们，人们不但祭献供品，还要让穿五彩衫、戴莲花形头巾的赤足舞者来鼓舞娱神。[1]

但是，正如语言学证据所表明的，古老的、未曾印度化的"龙"，当他或她现身时，通常现作一道弓形的彩虹。以下这些字词，有的是单音节，有的是双音节，看来都是一个古老词族的成员，其词义中兼有"蛇"与"弓；穹顶"（我根据高本汉重构的公元七世纪初期的语音体系，简略标注如下，但所有字音都应该是从更古老的近于 *klung 的原始读音发展而来的）：

龙（ *lyong）：雨蛇，龙。

虹（ *ghung）：彩虹。

弓（ *kyung）：弓箭。

隆（ *lyung）：弓起，突出。

空（ *k'ung）：空无的。

---

[1] 此事在公元713年。戴何都（Robert des Rotours），《唐朝五龙崇拜》，载《献给戴密微先生的汉学论集》，巴黎：1966年，页263—265；艾伯华，《中国东部和南部的地方文化》，页239。

陇（＊*lyong*）：小山丘。

垄（＊*lyong*）：小土墩。

笼（＊*lung*）：笼子，篮子。

穹（＊*k'yung*）：拱顶，圆屋顶。

窟窿（＊*k'wet-lyung*）：洞穴。

空笼（＊*k'ung-lung*）：挖空的。

隆穹（＊*lyung-gyung*）：拱起，隆起。

丘陇（＊*k'you-lyong*）：山丘。[1]

这份列表中还可以添加其他可能的同源词，例如"宫"，意为"宫室"，后来指"宫殿"（亦即空出的给人居住的空间）。

如此说来，我们所说的中国龙是弯而蜷曲的，像一张弓，而且，就像天穹表面一样，盘旋于半球形的空中。以彩虹形态出现的龙，在南亚和东亚的早期艺术中随处可见。例如印度的摩伽罗（*makara*）[2]，它像在汉代装饰艺术中的中国同类一样，现身为彩虹的样子，而两端则是怪兽之首。中国版本的两头朝外的龙，甚至影响了公元九世纪爪哇和柬埔寨雕塑中之海龙和施雨龙的造型。[3]

性别不明确是各种文化中的雨神的特色。例如，在非洲布须曼人中[4]，雷暴云砧孕育闪电和冰雹，破坏性很大，是雄性的；

---

[1] 其他同源的联绵词可在《辞通》中找到，见I，页25—26。

[2] 译注：摩伽罗，梵文 *makara*，亦译为摩竭，印度神话中的海兽，水神的坐骑。

[3] 卡洛·雷米扎（Gilberte de Coral-Remusat），《印度支那、马来群岛以及中国的神奇动物》，《法兰西远东学院学报》，卷36（1936年），各处皆有。

[4] 译注：布须曼人（Bushman），是在非洲纳米比亚和博茨瓦纳等地居住的居民。

而轻柔的云带来降雨，使万物生长，薄雾缭绕，则是雌性的。[1]
不过，在中国最早的文学作品中，空中的那道彩虹，象征着美丽的雨之女神，或者是她的现身。然而，在早期中国语言中，看来有雄性彩虹与雌性彩虹之别，有证据显示，虹为雄性，而霓则为雌性。偶尔，两种彩虹会在天上同时出现，其一现身为鲜艳的内弓，另一个则是较暗的外圈。[2]

　　除了与水紧密相连之外，中国龙最引人注目的特征是它能够显露真形，而且变化多端。尽管它最明显、最壮丽的显形是彩虹，但它的能力绝不仅限于此。公元一世纪的字书《说文解字》描述了龙的这种变形天赋，其文如下：

　　　　鳞虫之长，能幽能明。能细能巨，能短能长。春分而登天，秋分而潜渊。[3]

"春分"和"秋分"是两个昼夜平分点。大约春分之时，夏季季风从南中国海吹来，于是，龙带着雨云飞腾上天。秋天到来，雨水减少，而龙也就退回其栖身之地——池塘和深渊之中。它的多变让我们联想到古典神话中多变的海神，特别是普罗透斯[4]，也包括海

---

[1]　托马斯（Elizabeth M. Thomas），《无害的人民》，纽约：1959年，页147。
[2]　森三树三郎（Mori Mikisaburo），《中国古代神话》，东京：1969年，页220。虹有时候是环绕太阳的一道白色光环，特别是被称为"白虹"的时候。
[3]　《说文解字》十一下"龙"。
[4]　译注：普罗透斯（Proteus），希腊神话中的海神，善于预言，并能随心所欲地改变自己的面貌。

中仙女西蒂斯〔1〕，西蒂斯被英雄珀琉斯抓住时，展现了多种变形，幻化莫测。〔2〕

在龙的各种神奇的变形中，爬行类动物是迄今为止最为突出的。一种无腿的巨蛇是其早期的原型之一，但是蜥蜴类最终在古典时代占据了支配地位。〔3〕当然，大蜥蜴有时也会被当成龙躯的标本（巨大的蜥蜴有时也被当成真实的龙）。有一个例子说到，约在公元九世纪初，四川人发现一只动物，认为是龙，旋即将其装进匣里，送入王宫，放在那里展览给平民百姓看，最后"为烟所熏而死"。〔4〕这只动物听来像是某种奇怪的巨蜥，或者是鬣蜥，不幸落入那个平定了西南边境吐蕃、南诏叛乱的韦皋手中。这条龙就是他这次光荣大捷的战利品。

中国最为显眼的蜥蜴类爬行动物是鼍龙和鳄鱼。人们曾经观察到，这些爬行动物与海龟和蛇类一样，把它们产下的卵埋在土里，但至于埋蛋的是什么动物，孵化出来的又是什么动物，其间的对应关系如何，人们并不总是观察得很清楚。结果，人们很容易相信，鳄鱼的蛋可以孵出鼍龙、乌龟或者鱼，甚至还能孵出致命的蛟龙，我在本书中将蛟龙译为"krakens"。〔5〕即使在当今，也

---

〔1〕　译注：海中仙女西蒂斯（Thetis the Nereid），是海神涅柔斯（Nereus）的女儿，珀琉斯（Peleus）的妻子，阿基里斯（Achilles）的母亲。

〔2〕　哈斯廷斯，《宗教与伦理百科全书》，纽约：1962年，卷12，页712—713。

〔3〕　文崇一，《〈九歌〉中河伯之研究》，《中央研究院民族学研究所集刊》，第9集，1960年，页53—57。

〔4〕　《新唐书》，卷36，页11a。
　　　译注：《新唐书》卷36《五行志》："贞元末，资州得龙丈余，西川节度使韦皋匣而献之，百姓纵观，三日，为烟所熏而死。"

〔5〕　《太平广记》卷464页1b援《感应经》引《博物志》。
　　　译注：《太平广记》卷464"鼍鱼"条引《感应经》云："《博物志》云：南

有人注意到龙显现于尘世人间。请看奇思妙想的诗人托马斯·拉威尔·贝多斯写的《鳄鱼》[1]：

> 紧靠着百合花盛开的尼罗河，我看见
> 一条蜿蜒的河中巨龙，
> 他棕色的鳞甲上，涂饰着
> 血红色的贵榴石和带雨的珍珠。

在蜥蜴类动物中，鼍龙或许最为上古时期的中国人所熟知。它潜藏于河湖之中，滩涂之下，春天来临时，它们浮出水面，咆哮着——其形可见，其声可闻，就像一条龙腾空而起，呼唤着雨季的来临。[2]

但是龙并不排斥幻变为较为低等的水下动物。鲤鱼的外表之中，也可能包藏着龙的内心。诗人们尤其喜欢思考这一类哲学问题。九世纪优雅的文体家皮日休写过一首《咏蟹》：

> 未游沧海早知名，有骨还从肉上生。

（接上页）海有鼍，斩其首，干之，椓去其齿，而更复生者，三乃已。《南州志》亦云然。又闻广州人说，鳄鱼能陆追牛马，水中覆舟杀人，值网则不敢触，有如此畏慎。其一孕，生卵数百于陆地，及其成形，则有蛇，有龟，有鳖，有鱼，有鼍，有为蛟者，凡十数类。及其被人捕取宰杀之，其灵能为雷电风雨，此殆神物龙类。"

[1] 译注：托马斯·拉威尔·贝多斯（Thomas Lovell Beddos，1803—1849），英国诗人。

[2] 通常，中国淡水鳄鱼被认为是雨的召唤者，有时候，也被看作是战争的先兆，因为它皮如盔甲。例如，参看《新唐书》卷34。
译注：《新唐书》卷34《五行志》："肃宗上元二年，有鼍聚于扬州城门上，节度使邓景山以问族弟珽，对曰：'鼍，介物，兵象也。'"

莫道无心畏雷电，海龙王处也横行！〔1〕

螃蟹以周身盔甲抵御冰冷的海水，不仅靠它棱角分明的甲壳，而且凭借统治水域的巨龙之威。在海龙王的领土之内，他也可以泰然自若地横行：他本身就是一条缩微的龙。

在这类带壳的海底栖居者之上，浮游着鳞介一族。在下面这一首诗中，李群玉——另一位九世纪的大师——告诫他适才放生到水里的一条鱼赶快游走，像龙一样游到海洋中去，在那里，它就不会受到人类投下的香饵的诱惑而遭遇灭顶之灾。这首诗有一点像寓言：

> 早觅为龙去，江湖莫漫游。
>
> 须知香饵下，触口是铦钩。〔2〕

龙甚至可能现形为非生物——尤其是一把有神力的剑，一种能使其主人登上王位的剑。最著名的例子，是献给晋朝贤士张华的那一双宝剑，这双剑变形为龙。〔3〕无独有偶，据中文文献记载，有一个奴隶建立了早期占城王朝。他在山涧中捕获了一双神奇的鲤鱼。这两条龙鲤化成为铁，他将其锻冶成双刀，所向披靡。〔4〕

----

〔1〕　皮日休，《咏蟹》，《全唐诗》，卷615，页7099。
〔2〕　李群玉，《放鱼》，《全唐诗》，卷570，页6605。
〔3〕　《晋书》，卷36，《张华传》。
〔4〕　《晋书》，卷97，《南蛮传》。
　　　译注：《晋书》卷97《南蛮·林邑传》："文，日南西卷县夷帅范椎奴也。尝牧牛涧中，获二鲤鱼，化成铁，用以为刀。刀成，乃对大石嶂而祝之曰：'鲤鱼变化，冶成双刀。石嶂破者，是有神灵。'进斫之，石即瓦解。文知其神，乃怀之。"

任何被赋予特殊神力的动物都可能在世人面前显现为龙。《抱朴子》一书对确立道教理论体系十分重要，据书中的道教教义，超凡入神的仙人有时现形为鳞身蛇头，有时又身披羽衣，现为鸟形。[1]但这两种形象并非截然不同：龙飞上天，就像鸟一样。此外，是这些超人实际上就是龙呢，又或只是他们看起来像龙？既然龙的本性的核心就是其形体的变化不定，那么这个问题也就没什么意义了。

除了现形为鼍龙和其他蜥蜴类动物外，人们最常见的是蜿蜒的龙化作奇异的天象。前文已经提到龙化为彩虹的古老形象。但是，天空中的其他异光，似乎也可以看作是雨神瞬息万变的形状——这包括北极光、闪电、发光的奇异雾气，以及其他各种不可预测的现象。有一段先唐故事讲到一个年轻女子在浣衣之时，被白雾裹身。她因而怀孕。羞耻难当的她自杀身亡，婢女剖其腹，取出了两只小龙，此后时常有龙来祭拜她的坟墓。[2]这位既幸运又不幸的女人，被这种生物宠幸，同样，众多中国皇后也被这种生物宠幸，并因而成为帝王之母。这些龙族情人本身就是帝王，因为他们就像古代中国的统治者一样，有能力行云施雨，让大地万物繁衍丛生。

奇怪的是，现形为虹的龙并不总是好运的象征，特别是当解

---

[1]《抱朴子内篇》卷2《论仙》。

[2]《太平广记》卷418页1b引《道家杂记》。
　　译注：《太平广记》卷418龙一"张鲁女"条引《道家杂记》："张鲁之女曾浣衣于山下，有白雾濛身，因而孕焉。耻之，自裁，将死，谓其婢曰：'我死后，可破腹视之。'婢如其言，得龙子一双，遂送于汉水。既而女殡于山。后数有龙至，其墓前成蹊。"

读这类预兆的人用政治意义来解释这些气象学事件的时候。常见于夜间的"白虹"便最常被赋予妖孽的意味。如果夜间所见的白虹是月晕（或偶尔一见的极光?），那么白昼之所见便可能是雾霭或阴霾中的日晕。这类奇怪现象早在公元712年就有报道，当时中国军队正要入侵奚人的领土："有白虹垂头于军门。占曰：'其下流血。'"[1]这道彩虹有龙一样的头，让人想起汉代画像艺术中古老的摩伽罗。《新唐书》又记载，公元903年，"有曲虹在日东北"出现，并评论道"龙蛇孽"，用的是一个含有灾难、瘟疫、诅咒等意蕴的词语。[2]这么说来，公元935年，在今福建割据一方的闽王国的那个偏执多疑的统治者王延均，当其遇刺前不久，在其室内看见一条红色的蜺龙，就不足为奇了。938年夏，在王延均继任者王继鹏的统治期内，虹之神灵又出现于闽王国宫中。巫师解释这个灾异是王族内部叛乱之征兆。[3]这些不祥的雾霭和光轮，与有利于农事、万物生长、行云施雨的龙大不相同。前者象征了极恶之"阴"，它会压倒"阳"，并以一种丑陋而可怕的方式展示其力量。在汉代的时候，彩虹已经是一种"淫奔"之象，其占云："妻乘夫则见之，阴胜阳之表也。"[4]阴的本质就是一种诅咒。

---

[1] 《新唐书》，卷36，页10a。
[2] 《新唐书》，卷36，页10b。
    译注：《新唐书》卷36《五行志》："延和元年六月，幽州都督孙佺帅兵袭奚，将入贼境，有白虹垂头于军门。占曰：'其下流血'。……天复三年三月庚申，有曲虹在日东北。"此处原作理解有误。上述内容均在"虹蜺"条下，而"龙蛇孽"为另一条目名。
[3] 薛爱华，《闽帝国》，东京：1954年，页107—108。
[4] 闻一多，《高唐神女传说之分析》，《清华学报》，卷10（1935年），页850，分别引《诗经》毛注及《易传》。

很少有人怀疑龙的真实性及其神力。有位怀疑论者声名卓著，他相信龙的存在，却怀疑龙的神力，其看法值得我们关注。此人就是王充，在公元一世纪，他写下了那部伟大而又叛逆（因而也就不受大众欢迎）的论文集，批判了同时代人的信仰。此书堪称经典，但在当时却尚未获得应有的美誉。他在书中专门谈龙的篇章说到，当时人无论愚智贤不肖，都相信龙藏于树木之中，匿于屋宇之间。当闪电，那来自天上的信号或召唤，击中龙的暂栖之处时，这神物便随着雷声脱身而出，升天而去。王充反对这种汉代普遍流行的看法，而坚持另一种更原始的看法，即龙生水中，与天上根本没有重要的联系。他引证古代的资料，来证明龙的栖居地完全在地上，即使有时是在水泽之中。"蛟与龙常在渊水之中……则鱼鳖之类。"[1]因此，它们不可能升天。也许偶尔会有一只神龙，正如会有一些神龟一样。但是，所有超自然之物，不管是什么形状，都有超凡入神的力量，其中之一便是能够飞翔，这一才能绝不局限于那些天赋异禀的神龙。实际上，他写道，古代文献表明，在遥远的过去，普通的龙曾遭人捕获、受人豢养，甚至被人吃掉。简言之，它们只是普普通通的、终有一死的生命，虽然先天有一种藏匿自身的本领，但这种本领并不比鹦鹉学舌的本事更引人注目。通过运用常识，同时依赖古代文献记载，王充对大多数龙的神性心生怀疑，但同样的标准也导致他对龙的历史及其真实性得出错误的看法。然而，这一点也已无关紧要——无人相信他的论断，广为流传的神话依然牢牢地盘踞于社会的各个层面。

---

[1] 《论衡》卷6《龙虚》。

蛟　龙

上文曾一带而过地提到了一种可怕的龙——蛟，他绝非降雨之龙，坐享人类的歌颂或供奉。我称这种龙为"kraken"。这些渴望吸吮人类鲜血的蛇形的德拉库拉，一直潜藏在中国北方的水域之中，带着些许隐匿的意味，直到中古早期，他们才得以与其他同类区分开来。[1] 于是，在唐代短篇小说中，他们学会伪装成人类，达到自身非人的目的。关于这种阶段性的文学演变，更适合在本文稍后一些地方来讨论，因此先要延后一下。这里我们关心的主要是龙与女人的关系，只对扮演特殊角色的龙这一亚种予以某种关注，便恰到好处了。所谓特殊角色，便是中国热带地区的女性蛟龙，她和她那令人生畏的北方同类迥然不同。这些南方的蛟龙是美人鱼或海中仙女——尽管两种性别显然都存在——她们栖居在南中国海岸温暖的海水中。她们与流行的散文体短篇小说没有关系。

我译为 kraken 的"蛟"字，很显然与"鲛"字同源，所以，很可以将这些神奇的海洋居民称为"鲛人"。在唐代，他们常常被认为与另一种板鳃亚纲动物，即鳐鱼更为相近。人们有时也会

---

〔1〕 译注：德拉库拉（Dracula），十九世纪英国小说家布兰姆·史托克（Bram Stoker, 1847—1912）所著同名小说中的吸血鬼之王，比喻奇形怪状、凶恶可怕的人物或吸血鬼。

将其与大批滋生于广东沿海泥沼之中的鳄鱼混淆起来。[1]关于这些南方蛟龙的中国传说，似乎源自季风海岸边的土著居民。那种可怕的北方龙的旧称，自然就依附到这些外来却同样危险的怪物身上，正如鼍龙和其他北方爬行动物被认为是龙在故乡的化身。不管怎样，在唐代，这些南方的蛟龙生活于水下宫殿之中，与北方印度化的龙颇为相似。他们都沾沾自喜于守护着的无数珍宝，却无法避免人类的掠夺。有个叫雷满的南方土著，原先是个渔师，曾帮助汉人镇压其本部族的同胞，后累迁同中书门下平章事。雷满对蛟龙这种动物了如指掌。招待来客的时候，他喜欢将宾客带至一个水潭边，并称这水潭即是蛟龙藏宝之府。有一次，他号称能够穿过这片藏宝的水域。他脱光衣服，跳入水潭中，很快就带着一件宝器浮出水面。[2]尽管这是一处难得一见的远在江南蛮族境内的淡水蛟龙之府，但它仍具有海中龙宫的特征。

但是，南方蛟龙最珍贵的宝藏却是珍珠和金色的薄丝绸。古代岭南沿海出产的上好珍珠，原是那些鲛人的眼泪。[3]在中国市场中出现的、被标名为"鲛绡"的那种宝贵的薄丝绸，看来主要是指用有鳍珠蚌的足丝织成的金褐色织物——即希腊语中的 *pini-*

---

〔1〕 更多情况见薛爱华《朱雀：唐代的南方意象》，页220。

〔2〕 《新唐书》，卷186，3b—4a。

　　译注：《新唐书》卷186《邓处讷传》附《雷满传》："朗州武陵人雷满者，本渔师，有勇力。时武陵诸蛮数叛，荆南节度使高骈擢满为裨将，将镇蛮军从骈淮南。……满不修饬，每宴使客，抵宝器潭中，曰：'此水府也，蛟龙所凭，吾能没焉。'乃裸入水，俄取器以出。累迁检校太尉、同中书门下平章事。"

〔3〕 薛爱华，《撒马尔罕的金桃：唐代舶来品研究》，页109。

kon。[1]有一种白色的布同样是在这些龙宫中织成的，据说如同冰霜般洁白耀目。[2]奇情幻想的诗人李贺为这种高贵的纺织品设计出了一种炫丽的、粉红色的新品种。他想象在宴会上，伟大的秦王身着这种"海绡"，将自己视作神灵，正在漫游八极。[3]对于一位雄心勃勃、渴望不朽的帝王来说，这种服饰最为得体；实际上，他就是一条真龙。

在中古时期中国药商的药铺中，会利用某些与蛟龙同类的动物（鲨鱼、鳄鱼，抑或其他凶猛的动物）的骨髓。把骨髓抹在脸上，就会产生一种可爱的肤色。在助产的时候它也有用。[4]作为龙的一种，其最内在的本质，归根到底也是繁殖力的促进剂，不仅有益于招人爱慕，也有益于使爱情果实的诞生变得更加容易，这是可以理解的。

---

[1] 薛爱华，《撒马尔罕的金桃：唐代舶来品研究》，页109；薛爱华，《朱雀：唐朝的南方意象》，页85、220—221。

[2] 《述异记》，卷上，页3a。
译注：旧题南朝梁任昉《述异记》卷上："南海有龙绡宫，泉先织绡之处，绡有白如霜者。"

[3] 李贺，《秦王饮酒》，《李长吉歌诗》，卷1，页56—58。李贺诗版本甚多，方便易得，笔者在研究中曾参考了多种版本。引用书目中只标注《李长吉歌诗》一种，这是杨家骆《李贺诗注》（台北：1964年）一书中采用的李贺集版本之一。
译注：《秦王饮酒》："秦王骑虎游八极，剑光照空天自碧。羲和敲日玻璃声，劫灰飞尽古今平。龙头泻酒邀酒星，金槽琵琶夜枨枨。洞庭雨脚来吹笙，酒酣喝月使倒行。银云栉栉瑶殿明，宫门掌事报一更。花楼玉凤声娇狞，海绡红文香浅清。黄鹅跌舞千年觥，仙人烛树蜡烟轻，清琴醉眼泪泓泓。"

[4] 《本草纲目》卷23页22a引《东方朔别传》。这个文本可能与被很多小说集摘录的、旧题汉代郭宪所撰《东方朔传》相同。

女人与龙

占卜者和玄学家从许多不平衡与奇异的大自然怪象中，看到过盛的阴气——包括黑暗、潮湿和顺服的因素等等。诸如此类对自然和谐的歪曲，在人类事务中的表现，是女人反常地占据上风，或者是女性权力过于招摇而且骄横傲慢，给既定的社会秩序带来损害。这些妖异的征兆，通常是通过动物的形式、通过一般与水或者龙有联系的自然现象而表现出来的。所以，《新唐书》记载，在公元634年，"陇右大蛇屡见。蛇，女子之祥。"〔1〕无独有偶，在公元713年夏天，一条大蛇和一只大蛤蟆出现于京师朝堂附近，目赤如火，占卜者云："蛇、蛤蟆，皆阴类；朝堂出，非其所也。"〔2〕另一次记载更为清楚地说明了龙与女人之间的关系。它说的是公元710年，在中宗皇帝去世之时，大行皇帝第四子李重茂之母韦后立其子为帝，并临朝称制。她旋即被推翻，并被杀死。不幸的李重茂也被迫退位。唐朝正史称，本年7月9日那一天，"虹蜺亘天。蜺者，斗（即我们所谓人马星座的一部分）之精。占曰：'后妃阴胁王者。'"〔3〕也就是说，名正言顺的王位

---

〔1〕《新唐书》，卷36，页10b。

〔2〕同上。

〔3〕《新唐书》，卷36，页10a。在我们所用的常规朝代年表中，这段统治时期很少被提及。这个年轻人所用年号是"唐隆"（意为"唐朝隆盛"）。他卒于公元714年，年龄17岁，死后谥号殇帝。

继承者受制于摄政的女主。

龙和出身高贵的女人之间的关系，在其他方面亦有表现。例如，龙有时候象征高贵的皇后。这里有一个例子，时间在公元657年6月19日，"有五龙见于岐州之皇后泉"。[1]（"皇后"，就是太子之母的称号。）

普通女子也可能有驾驭龙的能力。一般认为这是一种性爱的力量。有一个非常古老的传说，讲的是在很早很早的时候，那个神话般的夏朝有一条守护龙，几百数千年以后，他那冒着泡沫的精液依然被装在一个匣中，藏在周朝王宫之中。这个至关重要的精液漏泄出来，凝结成龙的形状，在暴得大位的皇帝的宫中引起一阵恐慌。最后，这些再生的龙精液在一群裸女的诅咒声中被驱走了，这些裸女大概就是女巫。[2]但是，女巫很难说是一般的女

---

[1] 《新唐书》，卷36，页10b。
译注：《新唐书》卷36《五行志》："显庆二年五月庚寅，有五龙见于岐州之皇后泉。"
[2] 《史记》（《二十五史》本），卷4，页0051c；薛爱华（1951），页149。
译注：《史记》卷4《周本纪》："昔自夏后氏之衰也，有二神龙止于夏帝庭而言曰：'余褒之二君。'夏帝卜杀之与去之与止之，莫吉。卜请其漦而藏之，乃吉。于是布币而策告之，龙亡而漦在，椟而去之。夏亡，传此器殷。殷亡，又传此器周。比三代，莫敢发之。至厉王之末，发而观之，漦流于庭，不可除。厉王使妇人裸而噪之，漦化为玄鼋，以入王后宫。后宫之童妾既龀而遭之，既笄而孕，无夫而生子，惧而弃之。宣王之时，童女谣曰：'檿弧箕服，实亡周国。'于是宣王闻之，有夫妇卖是器者，宣王使执而戮之。逃于道，而见乡者后宫童妾所弃妖子出于路者，闻其夜啼，哀而收之。夫妇遂亡，奔于褒。褒人有罪，请入童妾所弃女子于王以赎罪。弃女子出于褒，是为褒姒。当幽王三年，王之后宫见而爱之，生子伯服，竟废申后及太子，以褒姒为后，伯服为太子。太史伯阳曰：'祸成矣，无可奈何！'"按：此处薛爱华之叙述过于简缩，致其时序似与原文有距离。所谓暴得大位的皇帝，疑或指周宣王，盖厉王被国人所逐之后，太子静匿于召公

人。还有，最天真朴素的女人，也会引来龙温暖的青睐。在中国民间文学中，有很多女人产下龙子的故事，有的天真浪漫而荒诞不稽，有的虔诚敬畏却鼓舞人心。[1]年轻女人在河边洗澡或涤浣，忽然就莫名其妙地怀孕了，这种记载尤其常见。在这些水边的地方，楚楚动人的乡村姑娘容易引发水神的觊觎之心。自杀，常常是溺水自杀，在这些女人中是很常见的，但是，这个不幸的姑娘通常被加封为水神，进而享受村民的祭祀，又或者，她的子孙，如果是人的话，就会成为一位大英雄。[2]随着时间的流逝，龙母故事会产生新的演变。有一段古代的故事，说的是有个女人在河边发现了一只蛋，显然就是这样的一个例子。随后这个蛋中孵出了一只和善的小龙。相传这个奇迹发生于秦始皇之时。在一个九世纪的版本中，变成一个寡妇发现五颗龙蛋，她因此获得神力，同时也获得了"龙母"的称号。对她的祭祀至今仍存。[3]很有可能这个故事有一个原型版本，在那个原版中，这女人不仅只是被人假定的母亲，而且，那些龙蛋实际上就是她自己生下来的。

龙与女性最辉煌的交配，孕育了未来的君王。在历史的黎明时期，就发生过这样一件惊人的风流韵事，舜的母亲曾见一大虹

（接上页）之家，国人闻之，围之，召公以其子代太子，太子得脱，厉王死，太子静乃立为王，为宣王。然则"漦流于庭"，"使妇人裸而噪之"皆在厉王之时也。

[1]　艾伯华，《中国民间故事类型》，赫尔辛基：1937 年，页 102—104。

[2]　艾伯华，《中国东部和南部的地方文化》，页 39—40 与页 231—233 有许多例证，可参看。

[3]　薛爱华，《朱雀：唐代的南方意象》，页 219。

之龙，感而有孕[1]，中国历代正史中，郑重地记录了后来发生的许多此类事例。有两个很好的例子与北魏统治者有关。这个王族出自一个游牧部落（原来被称为"拓跋"），在公元五至六世纪曾统治中国北方。他们改造了汉民族以龙为祖先的神话，将其融入本民族起源的传说中。第一个故事说的是北魏王朝的一个远祖，当他在草原驰骋狩猎时，有位神秘的美妇人与之相会，并自称受天之命与其结合。他们幸福地结合了，随后她就"如风雨"一样消失了。第二年，这位雨之女神与首领在同一地方再次相见，她交给他一个男婴，这男婴注定要成为北魏王朝国祚的奠基者。[2]在这一传说中，这位以飘风急雨为标志的神女，为自己找到一个人类的配偶。另一个故事发生在较此晚得多的时代，当时北魏君主们已确立了对中国的统治，宫中一夫人梦为太阳所逐，太阳发现她畏缩地躲在床下，就变成一条龙，盘绕着她。这次奇怪匹配的结果便是生下了拓跋恪，北魏的另一位君王。[3]这

---

〔1〕《史记》，卷1，页0006。
　　　译注：《史记》卷1《五帝本纪》："虞舜者，名曰重华。"唐张守节《正义》："瞽叟姓妫。妻曰握登，见大虹意感而生舜于姚墟，故姓姚。目重瞳子，故曰重华。字都君。龙颜，大口，黑色，身长六尺一寸。"薛氏所据为《正义》，而注中未明确指出。
〔2〕《魏书》（《二十五史》本），卷1，页1903c。
　　　译注：《魏书》卷1《序纪》："初，圣武帝尝率数万骑田于山泽，欻见辎𫐐自天而下。既至，见美妇人，侍卫甚盛。帝异而问之，对曰：'我，天女也，受命相偶。'遂同寝宿。旦，请还，曰：'明年周时，复会此处。'言终而别，去如风雨。及期，帝至先所田处，果复相见。天女以所生男授帝曰：'此君之子也。善养视之。子孙相承，当世为帝王。'语讫而去。子即始祖也。"
〔3〕《魏书》，卷8，页1921d。1970年7月1日，蒲立本在明尼苏达大学CIC（the Committee of Institutional Coperation，由中西部十一所大学组织的校际合

里，女方是人类，而她的配偶，尽管短时间里也伪装成太阳，实则是一个神圣的施雨的动物。与龙交配而受孕，并未妨碍她与人间的北魏皇帝之间正常的性关系。更贴切的说法是，它验证了帝王血统的神圣渊源，保证了年轻王子的合法性。在中国语境中，由于这个王朝起源于游牧部落，身世可疑，因此，确立对其身世的认可显得尤其重要。西方世界也见识过一些这类的男女结合：阿蒙神造访马其顿国王菲力普的妻子奥林匹亚斯，并让她怀上亚历山大大帝的时候，也是化作巨蛇的模样。[1]无独有偶，罗马皇帝奥古斯都也是一位化为蛇形的神所生的儿子。据说他的母亲怎么都除不掉巨蛇在她身体上留下的斑点。[2]

就唐代而言，也有个模棱两可的例子，与伟大的唐太宗李世民有关。虽然文献记载并没有表明他那位姓窦的母亲与龙有过恋爱故事，但是当她分娩时确实有一对龙曾经在旁边守护。[3]也许这可以解释为一个象征性的生殖行为。

当处女被当作牺牲奉献给尼罗河神的时候，她们不仅是以可食的肉体作为供品，而且还被当成河神的新娘。世界各地都有人

（接上页）作委员会）暑期学校的讲演中，提到了六朝时代很多这一类为日所逐的例子。

译注：《魏书》卷8《世宗纪》："世宗宣武皇帝，讳恪，高祖孝文皇帝第二子。母曰高夫人，初，梦为日所逐，避于床下，日化为龙，绕己数匝，寤而惊悸，既而有娠。太和七年闰四月，生帝于平城宫。"

[1] 译注：阿蒙（Ammon）：古埃及的太阳神。

[2] 哈斯廷斯，《宗教与伦理百科全书》，卷11，页409。

[3] 《旧唐书》，卷2，页1a。

译注：《旧唐书》卷2《太宗纪》："太宗文武大圣大广孝皇帝，讳世民，高祖第二子也。母曰太穆顺圣皇后窦氏。隋开皇十八年十二月戊午，生于武功之别馆。时有二龙戏于馆门之外，三日而去。"

相信诸如此类神圣的婚礼是必要而且有效的。[1]中国也不例外。
"从商朝时期到后汉，肯定有数百条把动物、物品或者人扔到或
者沉到水里作为祭祀品的记载（这个风俗在今天英国人把便士扔
到水井里的迷信中仍可看到）。"[2]与我们这里的论题相关的那种
"活人牺牲"，将人类与神祇之间那种悲剧性的爱情戏剧化了。维
纳斯和阿多尼斯的传说，抑或迥然不同的另一例子，即耶稣基督
的新娘之死，都象征了这一点。[3]这些历劫而存的例子使一项古
老的活动永垂不朽，要么在虔诚的仪式中保存了下来，要么在文
学作品中经过变形后表现出来。

　　向黄河之神进献祭品，可以追溯到商代。在卜辞契刻文字中，祭
品至少包括动物和贵重的器物。但是，在这些原始而残碎的文献记录
中，至今还没有发现任何以女人为牺牲的证据，也没有找到任何关于
河神本身的描述。在晚周时期，河神开始更公然地现身，出现于《庄
子》和《楚辞》这两部书中，称为"河伯"。看到一个来自北方的男
性神祇在有着强烈南方渊源的文本中如此招摇，着实让人称奇。[4]
南方人更喜欢他们江中的女神。也许，有关河伯的描写显示了北方
对南方的影响。无论如何，河伯通常是以鱼的样子出现，或者以软
壳海龟的形象出现，但有时候他也展现人类的特征。[5]河伯住在由
鱼鳞和贝壳建造的金碧辉煌的宫殿里，被一群上下微微闪光的水生

〔1〕　哈斯廷斯，《宗教与伦理百科全书》，卷12，页708。
〔2〕　霍克思，《神女之探寻》，页80。
〔3〕　译注：阿多尼斯（Adonis），爱与美的女神维纳斯所爱恋的美少年，在打猎
　　　　时为野猪所伤致死。
〔4〕　文崇一，《〈九歌〉中河伯之研究》，页143—148。
〔5〕　同上书，页153—154，引《韩非子》、《晏子春秋》及《搜神记》。

动物簇拥着。[1]安徒生为我们描述了他的西方同类：

　　在最深的海底，矗立着海王的官殿。它的墙壁是由珊瑚
砌成的，它又高又尖的窗户是用最明亮的琥珀装成的，而它
的屋顶则是由蚌壳铺就，随着海潮一开一合。看上去，这真
是一幅奇妙的景观，因为每一片蚌壳都衔着闪闪发光的珍
珠，每一颗珍珠都足以成为女王王冠上的骄傲。[2]

除了琥珀这种在中国显得稀罕的外来物品之外，这幅画面会满足
最苛刻的中国人的想象要求，他们会认为这就是对威力巨大的黄
河龙王住处的真实描绘。

　　河神每年从人间娶到一个妻子，与他分享那金碧辉煌的住
处。就像安德洛墨达一样，她是献给爬虫类的水神的牺牲品[3]，
但是她又不像那个埃塞俄比亚少女，没有人间的英雄来出手相救——
除了那个大名鼎鼎的西门豹，人们都相信是西门豹彻底废除了这种古
代祭礼。中国河伯的新娘们顺水漂流而去，在巫师精心指导下，她们
沉降到婚床之上，接受有鳍的河神的拥抱。[4]庄严的河伯崇拜以及

---

〔1〕　薛爱华，《古代中国》，纽约：1967 年，页 58。
〔2〕　安徒生，《小美人鱼》（即《海的女儿》）。
〔3〕　哈斯廷斯《宗教与伦理百科全书》卷 11 页 418 提供了这个众所周知的论据。
　　　译注：安德洛墨达（Andromeda），希腊神话中埃塞俄比亚的公主，其母夸
　　　耀其美貌而得罪了海神，全国因此遭受海怪侵扰。神示唯有将其献给海怪，
　　　国家才能免灾。珀耳戈斯杀死海怪，救出安德洛墨达，并同她结婚。她死
　　　后化为星座仙女座。
〔4〕　文崇一《〈九歌〉中河伯之研究》页 155—156 指出，在后来的文本中，河
　　　伯娶神为妻，而不是娶人为妻，有时，他甚至将自己女儿嫁给人类。

河伯传说，将我们又带回到那些溺水而亡或者被龙奸污，而后成为江湖女神的女人这个主题上来。不管是光荣的新娘，还是不幸的自杀，她都把自己交付给另一个生活环境，她分享这个环境中的自然，进而在贝壳和珊瑚的宫殿中统治水族，海龟和一队队闪光的鱼儿奴颜婢膝，侍奉着她。从此以后，她也会帮助水路旅行的人们，或者帮助那些曾经于她或者她的亲属有恩惠的人。她的西方同类就是塞布丽娜少女，弥尔顿在《科摩斯》中把这少女写得仪态娴雅。[1] 在跳河自杀后，这姑娘被水中仙女带到海神的宫殿里，在这里，她"……经历了快速成仙的转变，变成了这条河流的女神"。她的崇拜者是这样歌唱她的：

美丽的塞布丽娜
　　听你正坐在什么地儿
在玻璃般清冷透明的海浪下，
　　按绞状的百合纹饰编织
你那松散的长长的滴着琥珀的头发
　　为亲爱的荣誉的缘故而听
银色湖泊的女神
　　听着并且记下！

这位塞汶河神女可能没有龙的外形，但她潜伏在水中的中国姐妹

---

〔1〕　译注：科摩斯（Comus）：希腊神话中司宴乐之神，英国诗人弥尔顿（John
　　　　Milton，1608—1674）有一部同名假面剧。塞汶河（Severn）：英国西南部的
　　　　一条河。

们通常被赋予的所有特征，她也都拥有。

接下来，在黄河之神这一个案中，我们会看到，上述通例颠倒过来了。这位强大有力的男神已经攫取了古代女性水神和江河守护神的角色，女人变成了他们的配偶，可惜好景极为短暂。水中仙女被一个人身鱼尾的海神所取代，海神从黄河入海口溯水而上。后来，那些部分印度化的龙王开始入侵神女的领地，其先锋就是海神。

即使排除纯粹形而上学的法则和宗教权力，甚至也排除所有过于人类化的与龙的性关系，真正的人类女性，同时还有神女，仍然有可能变成爬行动物，而且昭彰可见——像非人类的龙一样浑身鳞片，有时候还成为龙的配偶："蓝色海中仙女般的身形，齐整的鳞片闪闪光光。"[1]这些现身不必是短暂的、潜在的或比喻性的显形，比如现身为巨蛇或者彩虹等，而是现身为龙本身。关于这类显现的记载有些非常古老。《左传》中记载了一个发生于公元前551年的令人不悦的事例。这则故事讲的是一个母亲妒忌儿媳妇的美貌，她找到一个好的理由将小两口儿分开：

　　深山大泽，实生龙蛇。彼美，余惧其生龙蛇以祸女。[2]

---

〔1〕 达尔文，《植物园：诗二章》，页118。
〔2〕 《左传》，襄公二十一年。
　　　译注：原文云："初，叔向之母妒叔虎之母美，而不使，其子皆谏其母，其母曰：'深山大泽，实生龙蛇。彼美，余惧其生龙蛇以祸女。'"叔向异母弟叔虎的母亲长得很漂亮，叔向的母亲因为嫉妒而不让她陪丈夫侍寝，薛爱华称是母亲妒忌儿媳妇之美，误。

下文我们将会看到一大批写到这种双重本性的唐代的例子，不过写得更加优雅一些。

偶尔，有皮的水生动物也会成为神女的载体。她就是外形为水獭的仙女，因此，在十世纪的小说总集《太平广记》中，她与鱼及其同类一起，被归入"水族"一类。[1]其栖息地及其与神仙的联系比生物形态更为重要。她隐藏的身份，正如其他水中迷人的女子的身份一样，经常会被女巫识破。

正如人们所期待的那样，完美的龙女也出现于诗歌之中。十世纪的诗僧贯休就曾描述一位仙女般的彩虹姑娘，其诗有云："美人如游龙。"[2]要分辨这些人物形象究竟只是隐喻，还是原始宗教真正的遗存，并非易事。诗歌与信仰之间的界线在此已经模糊，在古代世界的其他地方也是这样。在古希腊神话中，利比亚蛇女神雷米亚（Lamia）变得强硬起来，成为一个渴嗜儿童鲜血的魔鬼[3]；而在约翰·济慈笔下，她则变得温柔起来，成为一个可爱的受巫术迷惑的少女。不幸的是，中国艺术中没有留存这些奇怪的女性人物形象。如果流传至今的中古绘画目录可信的话，那么或许可以说，比起刻画变形的神女，当时的画家们更乐意塑造有益教化、虔诚温顺的女性形象。实际上，我在唐代文献

---

〔1〕《太平广记》卷464—472 有若干例子。

〔2〕薛爱华，《贯休游仙诗中的矿物意象》，《大亚细亚》，卷10（1963 年），页91。

译注：《全唐诗》卷826 贯休《古意九首》之三："美人如游龙，被服金鸳鸯。手把古刀尺，在彼白玉堂。文章深掣曳，珂佩鸣丁当。好风吹桃花，片片落银床。何妨学羽翰，远逐朱鸟翔。"

〔3〕格雷夫斯（Robert Graves），《白色神女：诗歌神话的历史语法》，纽约：1958 年，页232，注4；哈斯廷斯，《宗教与伦理百科全书》，卷4，页592。

记载中根本没有找到过一张这样描绘神女的图画。抑有进者，以
绘画来表现任何一位神女，除了佛教诸神以外，似乎也稀罕得
很。但是，在唐代覆亡之后不久，先侍奉南唐君主、后侍奉宋朝
皇帝的画家王齐翰就创作了一幅《龙女图》，此图流传于世，并
被裒集，成为宋徽宗著名的收藏之一。[1]但没有一幅她的绮丽的
面部肖像存留到今天。[2]她只存活在诗歌和古典散文作品所激发
的梦幻之中。

　　综上所述，中国的龙与西方世界中许多灵蛇一样，都有巨蛇
的外形，同时也有降雨者和女人本性的双重属性。印度蛇女和欧
洲女蛇妖的那些身上长鳞的姐妹们，蜿蜒爬行，充斥于早期远东
文学的书页之中。在中国，龙的本质就是女人的本质。其间的联
系表现在雨水那滋养万物的神秘力量，以及雨水在奔腾的溪流、
湖泊和沼泽地的延伸。在通行的信仰抑或在文学作品中，自然界
中黑暗、湿润的一面，要么体现在女人身上，要么体现在龙的身
上。因此，中国上古时代伟大的水神就是蛇女王和龙女：她们是
龙的化身，恰恰因为她们同样是池塘和薄雾以及雨云的精灵。尽
管龙与女人有天然的亲缘关系，但其在许多故事中出现的时候，
仍然是生育力旺盛的男性，有时候则是威力巨大的龙王。但是，

---

〔1〕　《宣和画谱》，卷4，页128。这个画家同样也作有《楚襄王梦神女图》。至
　　于当时传世的唐代神女图画，这部画谱中一件也没有著录。
〔2〕　译注：这里所言，殆仅限于龙女。若以《楚辞》中《湘君》《湘夫人》而
　　论，便有萧云从《离骚图》等不少明清画家的画像。实际上，明清民间
　　仍流传有当时画家所绘神女像，如晚清宣鼎《夜雨秋灯录》卷一"雅赚"
　　即记当时有徐渭所绘《补天图》，并称其所绘为"女娲氏螺髻高颡，仰视
　　炉鼎中，气冉冉入空际，生气勃发，的为真迹"。虽为小说家言，要亦有现
　　实依据也。

这些也正是雨循环的一部分。女人（神女、人间少女及女巫）是潮湿的渊薮——那凉爽的、善于吸收的肥土，或者湖泊，抑或沼泽地；男性的龙则是生机勃勃的、从天而降的雨。两者都是水的成分无限循环变化的表现。某些中世纪龙的男性特质，很可能也受到印度的影响。尽管在上古时代，龙的性别无疑是暧昧不定而且反复多变的，但阴性和女性的特征仍占主导地位。在中古文学中，阳性或者男性的特征已多少有些占据上风，但他们从未能完全遮蔽阴性在古代的核心地位。

女 娲

有一个声名远播的女蛇怪经受住了压迫，在中国古代蛇女世俗化的过程中安然无恙，她就是女娲。这位富有威力的神女通常被描绘成一半是蛇，一半是女人的形象。汉代以降，正统的信仰发现很难将这个动物形象的神与那个虽然理想化的、却是出于人造的英雄或女英雄统一起来，根据新兴"儒家"学派所坚持的神话历史化的观点，她最终变成了这样一位英雄。她逐步降格，不再有古时候那样的崇高地位，一部分是因为一些地位显赫、受过教育的人藐视貌同动物的神，一部分是因为在精英社会的信条中男性越来越占主导地位。与希腊仙女相类似的是，她也依然活在大众记忆中。但是，公众对她的祭祀崇拜则持续萎缩，她从来没有像巫山神女和洛神一样，在中古时代的纯文学中被写得妖娆迷人。

就其传统外形而言，女娲属于那种单足神，在本来是叉开的双腿的地方，长出了一条布满鳞甲的尾巴。[1]美人鱼即是一个大家耳熟能详的例子。在古代社会，从中国到高卢，所在皆有。女娲在西方有一个十分相似的同类，亦即厄喀德那。厄喀德那腰以上是一个美妇人，腰以下则是蛇身，她是堤丰的配偶，其子女有斯芬克斯、喀迈拉、许德拉，以及金苹果的守护龙。[2]她更类似纳巴泰人的阿塔耳伽提斯，而阿塔耳伽提斯反过来又与阿芙洛狄忒有很密切的关系。[3]阿塔耳伽提斯是宇宙的母亲女神，她有掌控生物繁殖的能力，其形象为有着鱼或海豚尾巴的女神。她的这种形象，成为一般美人鱼的主要原型，在巴勒斯坦海岸阿斯卡隆地方受到奉祀。[4]与之相比，女神女娲也绝不相形见绌。

在中国，龙蛇形象的女人似乎早在商代就受人奉祀[5]，但我们无从得知，女娲是否在那时候就已经是受到奉祀的一员。她较为频繁地出现于晚周和汉代的文献中，这些文献显然是相当古老时代的遗存，但她在那时已经边缘化，被排除于以男性为主导

---

[1]　李约瑟（Joseph Needham），《中国科学技术史》第一卷，剑桥：1954 年，
　　　页 163。
[2]　哈斯廷斯，《宗教与伦理百科全书》，卷 11，页 407、410。
　　　译注：厄喀德那（Echidna），希腊神话中半人半蛇的怪物，传说是百头巨
　　　怪堤丰（Typhon）的妻子。斯芬克斯（Sphinx）：希腊神话中狮身人面的怪
　　　物。喀迈拉（Chimaera）：狮头、羊身、蛇尾，口中会喷吐炽热的火焰。许
　　　德拉（Hydra）：九头巨蛇。
[3]　译注：纳巴泰（Nabatea），西亚古阿拉伯王国，位于今约旦西部。阿塔耳伽
　　　提斯（Atargatis）是叙利亚的丰饶女神，前三世纪时传入希腊，与阿芙洛狄
　　　忒混同，通常被塑造成美人鱼的形象。
[4]　格律克（Nelson Glueck），《神与海豚》，纽约：1965 年，页 359—360、381—
　　　382、391—392。
[5]　艾伯华《中国东部和南部的地方文化》页 242 引顾立雅（H. G. Creel）。

的官方崇拜之外。[1]她的名字提示了某些有趣的可能性。"女"即"女人",但这并未能阻止后世那些将神话历史化的儒家学究,他们试图将女娲伪装为身着丝袍的皇帝,以隐瞒其女性身份。"娲"字则有一系列显而易见的同源词:

> 娲:女娲。
>
> 蜗:蜗牛。
>
> 涡:凹地;坑洼,水流冲蚀而形成的洞穴。
>
> 窝:掩蔽处,洞穴,隐藏之地。

听起来,这非常像是说一个蛇身女神隐匿在她圆形的住所中。但是,我们也要考虑一下这位女神名字的另一种写法所可能有的同源词:

> 娃:女娃;长江下游方言亦称美女为"娃"。
>
> 洼:静止的水塘;水洼;死水。
>
> 蛙:青蛙。

如果此例存在语源学上的意义,那么,它表明这位威严的女王是降雨后池塘里的神灵,表现出来的形象是住在雨后池塘里潮湿而黏滑的动物。如果是这样,她就与印度支那巴那尔部族的降雨蛙有联系。[2]

---

〔1〕 她完全不见于《书经》。在早期文献中,她亦作女娃或女希。马伯乐(Henri Maspero),《〈书经〉的神话》,《亚洲学报》,卷214(1924年),页52—55。译注:《艺文类聚》卷十一引《帝王世纪》曰:"帝女娲氏,亦风姓也,作笙簧,亦蛇身人首。一曰女娲,是为女皇。"

〔2〕 薛爱华,《朱雀:唐代的南方意象》,页255。

她可能是青蛙女神，也可能是蜗牛女神，或者二者兼而有之。在某种传说中，她只不过是一条龙。[1]而在另一传说中，至少是汉代人耳熟能详的，她完完全全是一个女人。[2]像众多的兽形神祇一样，她以原始而天然的形象，出现于《山海经》所描写的众多混合、拼凑而形象奇妙的神灵之中。[3]在这部古书所写到的她的同伴中，"龙身而人头"的雷神形状十分独特，他（或她）敲打自己的腹部，发出隆隆的雷声。[4]

有一位权威认为女娲是神化了的女巫，也就是说，是一位祈雨的舞者，她起源于商朝时期，同时也是掌握降雨、使大地丰饶多产的神女。[5]按这种说法，她类似印第安霍比族人的蛇女，"是使玉米丰收的阴间生命的化身"。[6]女娲也是创世者，尽管在后古典时代，她并没有因为这一杰出身份而获得伟大尊崇的地位。造物主或者创世者之类的神祇，在古代中国并不享有很高的威望，不过，他们在早期南方的非汉族人那里似乎受到更好的礼遇。[7]

---

[1]　戴何都，《唐朝五龙崇拜》，载《献给戴密微先生的汉学论集》，1966年，页262。

[2]　《论衡·顺鼓》。

[3]　《大荒西经》。

　　译注：《山海经·大荒西经》："有国名曰淑士，颛顼之子，有神十人，名曰女娲之肠（腹），化为神，处栗广之野，横道而处。"注："女娲，古神女而帝者，人面蛇身，一日中七十变，其腹化为此神。"

[4]　《海内北经》。

　　译注：《山海经·海内东经》："雷泽中有雷神，龙身而人头，鼓其腹，在吴西。"原作者所标篇名有误。

[5]　薛爱华《中国古代仪式》页156援据陈梦家说。

[6]　哈斯廷斯，《宗教与伦理百科全书》，卷11，页410。

　　译注：霍皮族（Hopi）：原住在美国亚利桑那州东北部的一个印第安人部落。

[7]　艾伯华《中国东部和南部的地方文化》页115将这些人列为他所谓瑶族和傣族文化的一部分。

无论如何，有一则汉代史料称其为抽象的造物力量的化身，有时候称其能"化万物"。[1] 就大的方面来说，她也是人的创造者，虽然她所扮演的这个角色似乎被所有人忽视了，只有一个诗人例外，这一点会在适当时候提到。[2] 女娲也是一位司风神女——那些将神话历史化的文献给她的部落安了一个姓氏"风"。因此，她是中国古典管乐器笙簧的发明者。[3]

虽然关于女娲的传说与崇拜最初是独立的，但人们仍然将其与上古时代其他各种各样的神仙人物联系起来，或者视为一体。其中最为突出的是她与她的龙凤胎兄弟伏羲的联系——像她一样，伏羲也是最早的音乐家和创世神。在汉代艺术作品中，他们的蛇尾缠绕在一起。神与神之间这种乱伦婚配，在中国南方少数民族中十分常见，汉族版本的伏羲女娲交尾传说中可能掺杂了这些外族的传说。[4] 他们在西方有一个类似物，就是墨丘利权杖上的那一对蛇，代表的是奥菲恩和他的雌性配偶。[5] 有一位现代中国学者认为，女娲就是夏"朝"始祖母的变形；作为涂山神女，她引诱过治水英雄禹。[6] 另一位中国现代权威学者认为她就是羲

---

[1] 《说文解字》十二下释"娲"为"化万物者"，类似于"造化"、"造物者"。

[2] 参看本书页104所引李白诗句。

[3] 例如，见《礼记·明堂位》。

[4] 马伯乐，《〈书经〉中的神话》，页74—75；薛爱华，《朱雀：唐代的南方意象》，页13。

[5] 格雷夫斯（Robert Graves），《白色神女：诗歌神话的历史语法》，页517。
译注：墨丘利（Mercury），在罗马神话中，是众神的信使，司商业、手工技艺、智巧、辩才、旅行以至欺诈和盗窃的神，相当于希腊神话中的赫尔墨斯（Hermes）。奥菲恩（Ophion），在希腊语中就是蛇的意思。

[6] 闻一多，《高唐神女传说之分析》，页841、855—858。

和，上古的太阳神女。[1]这些诱人的提法尚有待确证，但毫无疑问的是，这位神女在中国历史的最初时期很受尊崇，因此才能像磁铁一样吸附着其他诸神。他们的身份自然也就与其融为一体了。

但是，就像世界各地的龙母神话一样，这个神话在中国神话发展中最终也走进死胡同。倒是虹女和河神之类更为年轻的人物形象，主要靠着上层文学的帮助，历尽艰辛，传留了下来。

《老子》中的神女

写到这里，有必要来看一看保存在古典文学中的中国古代的水中神女，我们暂且不论她们可能与龙有某种亲缘或者一致性。我们的前提是，在她们摆脱动物的个性与外形之后（这一渐进的过程在公元前不久就已开始），她们获得了更多使人喜闻乐见但也同样古老的特征。她们继续住在金碧辉煌的水底宫殿里，或者环绕于彩虹云雾之中——这是与龙的古老的联系，与萌芽状态的龙有所区隔。[2]

我们可以从探讨《老子》一书深奥的宗教含义问题开始。在这里，这项任务只能浅尝辄止，并且可能只是暂时讨论一下。虽

---

〔1〕 郭沫若说，自艾伯华《中国东部和南部的地方文化》页85—86转引。

〔2〕 艾伯华《中国东部和南部的地方文化》页122—123、139—141、399—400提到并描述了许多通俗传说和崇拜中的水中神女。其中有一些是变形过的女巫和航海者的女保护人，其崇拜中往往具有性爱的特点。在很多情况下，她们看来最初是非汉族的神祇，也就是说，是被主流文化吸收过来的苗族和傣族神女。

然对于《老子》的解释与它的阐释者一样纷纭多变，有一点却是相当清楚的，那就是该书显露出神秘的因素，这既可以按传统的方式解释为是与存在的终极源头的抽象结合，也可以按照一种更个人化也更为热烈的方式，解释为是与某些令人颤抖的神祇的心醉神迷的结合。马伯乐甚至提出，这篇古老的狂想诗中所能找到的最为重要的道教因素，是它表面上所作的承诺，即这种宇宙间的结合可以通达所有道教徒们的最高目标——神仙。[1]对这种神秘有很多种解答（也许从来不可能只有一种解答），都有一定道理。其中，有一种阐释相当深刻，吸引了相当多附和者，在这篇论述水中神女的文章中很难忽略不提。众所周知，《老子》文本中充满女性意象。[2]因此，以该书所表达的观点来看，"道"绝非像斯宾诺莎的"上帝"那样的抽象实体，也不是现实存在的终极源头，而是一位伟大的母亲，是一个永恒的子宫（玄牝），这个瞬息万变的世界上各种个别的实体皆出自其中。正如其原文所讲的，"为天下母，吾不知其名，字之曰道。"[3]这个女性意象中有一部分是由水而生成的，它试图将这一并不精确的实体具体化，而检视其间的全部联系，人们很容易被导向建构一个原始的、女性

---

[1]　马伯乐，《道教：中国宗教与历史遗著集之二》（巴黎：1950年），页205、211。

[2]　译注：例如"有名，万物之母"，"谷神不死，是谓玄牝。""天门开阖，能为雌乎？""我独异于人，而贵食母。""周行而不殆，可以为天下母。""知其雄，守其雌，为天下溪。""万物负阴而抱阳。""天下有始，以为天下母。既得其母，以知其子。既知其子，复守其母，没身不殆。""牝常以静胜牡，以静为下。""天下莫柔弱于水，……弱之胜强，柔之胜刚，天下莫不知，莫能行。"

[3]　鲁雅文（Erwin Rouselle），《中国社会与神话中的女人》，《中国学刊》，16（1941年），页141—143；薛爱华《朱雀：唐代的南方意象》英文版页80有解释。

的、包容一切的富于繁殖力的海洋，有些像巴比伦的女神提亚玛特。[1]此外还有很多与此类似的女神，例如母亲女神和"海流之母"伊师塔[2]，例如繁殖与河流女神，同时职掌尼罗河洪水的伊希斯[3]，例如阿芙洛狄忒，例如埃及的圣玛丽（圣玛丽的来源，像所有的玛丽们的起源一样，是远洋漂流而来的），还例如圣母玛丽亚本人——按照诺斯替教派的说法，她"来自海里"。[4]尽管对这本值得尊敬的书作这种直截了当的解释也许很引人入胜，但这篇关于始母神的论文仍然有待一种深入透彻、论证充分且令人信服的阐释。但可以想见的是，这样一个尚未成形、也未及全面复活的始母神，归根到底是中国所有水中神女的始祖。

神　女

在古老的水中神女中，最讨人喜欢而又最具欺骗性、最有诱惑力而又最不可靠的，是在充满戏剧性的三峡巫山（女巫之山）安家的那一位。虽然她事实上往往无名无姓，但不同的传说却总

---

[1]　哈斯廷斯，《宗教与伦理百科全书》，卷11，页403。

[2]　同上书，卷12，页709。
　　译注：伊师塔（Ishtar）：古巴比伦和亚述神话中司爱情、生育及战争的女神。

[3]　同上书，卷12，页711。
　　译注：伊希斯（Isis）：古代埃及司生育和繁殖的女神。

[4]　格雷夫斯，《白色神女：诗歌神话的历史语法》，页158—159、438—439。
　　译注：诺斯替教（Gnostics）：公元一世纪至三世纪流行于地中海东部各地、融合多种信仰，并将神学和哲学结合在一起的一种秘传宗教，强调只有领悟神秘的"诺斯"即真知，才能使灵魂得救。

是给她加上不同的名称。最为常见的一个是"瑶姬"，意为"绿宝石姬妾"。[1]但是，尽管无名无姓，她的个性形象却比其他江河的神女更为鲜明。

她原来居住的山究竟在哪里，还不能确定，民俗传说和学术观点在这一点上说法不一。有位学者希望将这个地点确定在位于今日湖北的楚国故都附近[2]，但通常的看法认为是巫山诸峰，高高耸立，俯瞰着从四川奔腾而下涡流盘旋的长江。根据古老的传说，巫山共有十二峰。唐代诗人李端写到它们：

> 巫山十二峰，皆在碧虚中。[3]

随着时间的流逝，这十二座神圣的山峰全都有了名称，诸如"望霞"、"朝云"、"集仙"、"净坛"、"登龙"等等[4]，恰好可以表现那种虚无缥缈的氛围，同时也切合上流社会通常对于巫山神女

---

[1] 闻一多，《高唐神女传说之分析》，页842；康德谟（Max kaltenmark），《列仙传》，北京：1953年，页101。闻一多也提到，《高唐赋》有一种异文，其中她被称为"帝之季女"，因此，她其实就是《诗经·曹风》中的那个怀春少女。

[2] 亦即靠近丹阳。见孙作云，《九歌山鬼考》，《清华学报》，卷11（1936年），页1004。

[3] 李端，《巫山高》，《全唐诗》，卷285，页3242。其他唐诗作品中同样亦作"十二峰"，其例屡见。

[4] 这些名称皆见《图书集成·山川典》卷177册197页32b所列。
译注：十二峰之名，至迟宋代已有。宋人袁说友《东塘集》卷二有《巫山十二峰二十五韵》，已注十二峰之名；阎伯敏《巫山十二峰》中的三首：朝云峰、净坛峰、起云峰。《花草粹编》卷四录赵孟頫《巫山十二峰》计十二首，亦详列其名。就类书而言，巫山十二峰之名，亦已见明陈耀文撰《天中记》卷七。以上诸书皆在《古今图书集成》之前。

及其居处环境的感觉。

穿过笼罩神女及其所住山峰的翻卷的迷雾，她把君王、英雄以及巫师引诱入自己的怀抱。她的文学原型是在两篇著名诗作中受到赞美的那个让人神魂颠倒的尤物，这两首诗有散文序，旧说是宋玉所撰，而宋玉相传是古代楚国的一位宫廷诗人。这两篇作品叫做《高唐赋》和《神女赋》。在这两篇作品中，她曾经在神圣之地邂逅楚国先王，并暂时成为先王的伴侣。她从来没有与先王长时间待在一起，而总是很快就回到她在巫山的云雾缭绕的家里，把先王冷落在一边。

在第一篇赋中，神女展现了实体的一面，她是大自然的一股伟大的创造力量。在第二篇赋中，她呈现的是其非凡的一面，她是位惹人怜爱的仙女——神仙气较少，而人间气较多。但是，在这两篇作品中，她都是一个施雨与繁殖神女，她向人类展现自我时，显示的是明亮的光晕或外质——由于彩虹色彩的变化，引起这种云雾形式的变换。有时，神女本人就是以这个闪亮的光晕，作为其可爱的外形。因此，彩虹既是她的象征，也是她精神之精髓。她也是王族的女始祖。太阳使她受精，于是她有能力生育神圣的国王，有能力降雨，给人、动物以及植物带来众多的子孙后裔。

在以楚地神山命名的《高唐赋》中，描写了楚襄王在宋玉的陪伴下漫游。他惊讶地看到有雾气如柱从高唐之观上升起——这种云气时常动荡变化，忽焉改容，形状不定。楚王问诗人，"此何气也？"宋玉回答道："所谓朝云者也。""何谓朝云耶？"宋玉回答："昔者先王尝游于高唐。"他接着讲述了从前楚王如何倦怠而昼寝，梦中，他见到一个妇人对他说："妾巫

山之女也，为高唐之客。闻君游高唐，愿荐枕席。"于是，王乃
幸之。她离去的时候，对他说了这一番话："妾在巫山之阳，
高丘之阻，旦为朝云，暮为行雨。朝朝暮暮，阳台之下。"到了
早上，楚王再去找她，却徒然无功。后来，他为她立了一座庙，
名曰"朝云"。宋玉所作的历史解释到此为止。于是，与宋玉
同行的楚王让宋玉作一篇神女赋。宋玉遵命而作。在他的作品
中，他把她所居住的巫山描写成一座神秘的山，为浓重的云气
所笼罩。他评说神女本身所具有的神秘力量，并以鲜艳富丽的
语言，工笔描绘其美貌的方方面面，她那变化多端的形貌，以
及她那渐渐消逝的魅力。她几乎是以天气现象的面目出现，闪
光着，摇晃着，奔涌着，抖动着，就像一连串雾中的彩虹，但
也时常像一只飞鸟。她最为活跃的时候，甚至让人类和动物都
心生惊恐：

　　　雕鹗鹰鸱，飞扬伏窜。

没有什么东西能够抵挡这幅温柔景象的威力。她也具有龙的某些
特征：

　　　上属于天，下见于渊。

宋玉留给楚王一个希望，只要楚王能够恭谨地准备祭献仪式，他
就有可能像其祖先那样遇到这位迷人而又威力无边的神女——这
个经历将会净化他的身体和精神，给他带来令人难以置信的
长寿。

毫无疑问，巫山神女是古代一个生殖女神，她与巫王仪式性的结合，对于大地的安宁康乐来说，是不可或缺的。诗人让她负责万物的生长。所有现象皆由她而滥觞。她是古代宇宙神话的文学版本——一个无形无状无名的云雾神女，孕育了种种可能性。她有很多方面与"道"相一致，同时也让我们联想到伟大的女创世者女娲。

在第二首诗即《神女赋》中，作者笔下的神女多少更靠近尘世一些，但他并未忘记赋予她以殆非人间所有的魔力。她既是一幅神仙景象，同时又是一场性爱梦幻。在这里，我们又看到楚王和诗人一起漫步在那片称为"云梦"的地区。宋玉又叙述了高唐的故事。那天晚上，楚王就寝之后，他梦见神女向他走来。[1]第二天早上，他满怀激情地向宋玉讲述他的奇遇：

> 其象无双，其美无极。

但是，尽管有这种神灵的诱惑，她依然是可望而不可即的。诗作以惆怅郁悒的音调告终。这种在浪漫奇遇之后别离的悲伤主题，为后世所有关于巫山的诗作设定了基调。实际上，这两篇赋在中世纪诗歌中培育了大量的模仿者，生产了一大批或隐或显的典

---

〔1〕 一些权威认为神女造访的是宋玉而不是楚王。这一点不可能确定下来，因为"王"和"玉"两个字按古代的写法是一样的，虽然按现代的写法，后者加上一点以示区别。尽管宋代的沈括认为是编者的改动，把"王"改成了"玉"。这一观点获得了《神女赋》的现代翻译者的支持。参看何可思（E. Erkes），《宋玉〈神女赋〉》，《通报》，卷25（1928年），页288。无论如何，至唐代，人们已普遍相信成为神女情人的是楚王。

故。在这些诗作中，随着时间的流逝，性爱色彩越来越鲜明，而神仙色彩则越来越黯淡。

古典的巫山彩虹神女（或者说与其非常相似的神女），在最受人崇敬的诗集《诗经》中也能找到。在中世纪和近代早期，由于数世纪间令人肃然起敬的儒家《诗经》注释越来越晦涩，她的存在几乎无法辨别。但是，已故学者诗人闻一多经过论证，指出她实际上在这部诗集中出现过，被人称为"季女"，特别是她曾大肆施展浑身魅力，在性方面采取主动姿态，并且扮演美艳诱人而又无所不可的少女角色。在一批《诗经》作品中，她都施展魅力，引诱情郎。她经常化身为一阵雨，或是一片朝雾。不管她披的是什么外衣，对她的崇拜通常都起源于对氏族女始祖和繁殖女神的崇拜。对她的祭祀，是与远古时代每年春天举行的部落婚配仪式密切相连的。[1]她似乎与南方有某种关联，也有可能，即使她并不等同于宋玉赋中那个秀色可餐的神女，她也是亲缘很近的堂姐妹，只不过以某种方式游离，而进入到更为清明冷静的北方诗歌和神话传说之中。认同神女就是虹，这种观念在汉代的时候还非常流行，例如就有这样一种权威的看法，认为虹亦可称为"美人"。[2]这正是这枚硬币的反面：尤其是在汉代时期，虹神表现为可怕的折磨，亦即女性性

---

[1] 闻一多，《高唐神女传说之分析》，页844—845、847—849。在《诗经·曹风·候人》中，她的形象尤其清晰可见。

[2] 闻一多，《高唐神女传说之分析》，页851引《释名》。
译注：《释名·释天》："虹，攻也。纯阳攻阴气也。……又曰美人。阴阳不和，婚姻错乱，淫风流行，男美于女，女美于男，恒相奔随之时，则此气盛，故以其盛时名之也。"

欲之反常的爆发。

湘　妃

在中国诗人的心目中，唯一能与这位秀美的虹女那轻柔空灵
的形象相比拟的，就只有湘水女神了（伊师塔变成了伊希斯）。
湘水是中国南方的一条大河，它向北流经湖南，汇入长江中游及
其犬牙交错的众多湖泊中，这是古代楚国的一个神祇所管辖的范
围。由于她至少在过去曾是湘水女神，她与巫山神女也颇为类
似，但她原先并不是楚王的妃子：她是一大片水域的威力无边的
女保护人。她管辖的范围不仅包括湘水，而且包括广阔的洞庭湖
流域以及壮阔的长江中游流域。有两篇模仿古代巫歌或是宫廷根
据古代巫歌而改编的作品，勾画了她的古典样貌，其中写到，一
个男巫向她求爱，但他的运气比宋玉那两篇诗作中写到的那位天
赐方便的楚王差多了。[1]

承载她的媒介是两篇作者尚不明确的赋体风格的名作，尽管
传统说法将其著作权归于令人肃然起敬的屈原名下。两篇作品名
为《湘君》和《湘夫人》。它们详细阐述了一个古老的、大概属

---

〔1〕　参见薛爱华，《唐代的自然保护》，《东方经济社会史学报》，卷 5（1962
年），页 37—39、185，又霍克思《神女之探寻》，页 73—74，及其他各处。
这两首诗在前一书中都有翻译。后一书对其中的一篇即《湘君》亦有"改
变甚多"的翻译。两诗译文亦见魏理，《九歌：中国古代巫术研究》，伦敦：
1956 年，页 29—30、33—36。

于南方的口头文学传说，这一传说本身显然即是巫术实践的组成部分。[1]它们保存在一部被称为《楚辞》的作品集中，至今犹存，现存《楚辞》一书，是从公元前一世纪编纂的一部选本发展而来的。[2]

从汉代开始，这些华丽的辞藻所描绘的画面，有一部分被世俗化了；或者说，其意义主要从世俗角度来解释。取得这个成绩，要归功于将古代文献中的神话历史化的官方政策，此项政策用一层又一层厚厚的讽喻性阐释，把那些不受欢迎的幻想性或想象性的描写掩饰起来。周代以后新兴的正统观念反对泛滥的宗教表达，因此，对诸神和巫师们都得重新解释，以消除其影响。

只要适当思考一下就会发现，《楚辞》中三首涉及水中女神和繁殖女神的诗篇——《湘君》、《湘夫人》和《山鬼》，它们全都包含在《楚辞》的《九歌》之中，都是巫师献给他们的主人，亦即这些神祇的赞歌。它们留下了向神灵求爱的遗迹，并以戏剧性的方式表现出来，只不过有些变形。不幸的是，在这些残缺不全的剧本中，哪些是对话，哪些是舞台提示，界限大都含混不清。[3]尽管在后来的主流传统中，这三篇诗歌中的头两篇指的是湘水的两位神女，通常认为她们俩是姐妹，但现在有一种更合理的看法，认为这两首诗都与这条南方大江独一无二的神女有关。[4]

随着时间的流逝，她们的传说逐渐与关于另外一对神女的传

---

〔1〕 霍克思，《神女之探寻》，页 72—73。

〔2〕 同上书，页 72。

〔3〕 霍克思，《楚辞：南方之歌》，页 35—36；霍克思，《神女之探寻》，页 77。

〔4〕 施瓦茨（Ernst Schwarz），《端午节与九歌》，《柏林洪堡大学科学杂志社会和语言系列》，卷 16（1967 年），页 446—447。

说混淆起来：湘君据说就是娥皇，而湘夫人则借用了女英的称
呼。在以其命名的《楚辞》篇章中，湘夫人也被称为"帝子"。
这一称号见于《山海经》，其文云："洞庭之山……帝之二女居
之。"这两个可爱的女子也被吸收到关于伟大的帝尧的传说中，
而尧则通常被视为《山海经》中提到的"帝"。因此，湘水女神
就变成了尧之二女，而且嫁给了尧的继承人舜。[1]在综合多种神
话的基础上，产生了中古时代人们普遍接受的一种看法。唐代诗
人刘长卿《湘妃诗序》为我们梳理了所有相关的古代文献，颇为
方便。他总结说，在两个神女中，娥皇年龄较长，因此是帝舜之
后，而女英较幼，故为帝舜之妃。[2]在本篇论文中，湘水神女，
不管用什么名称，都将使用单数形式，以保留其上古的特性，除
非在特别顾及某些早期中国作家的观点时，才有必要改为复数。
在他们眼中，她在形式上并非一人，而是两人。

---

[1] 这一说法最早被明确地表达出来，是在刘向那部将神话历史化的《列女传》
中，见卷1，页1b—2b。但是，在《山海经》中，娥皇被看作是与尧之二
女完全不同的一个人。见《大荒南经》"不庭之山"条。湘水神女，不管
是单数还是复数，在别处还有其他称号。例如，在张衡《西京赋》（《文
选》，卷2，页19a）中，她是"湘娥"，在木玄虚《江赋》（《文选》，卷
12，页14a）中，她是"湘妃"。刘长卿《湘妃诗序》（《全唐文》，卷346，
页10a—10b）提出，在旧题汉代蔡邕所作诗集《琴操》中，包括有题为
《湘妃怨》和《湘夫人曲》的两首琴曲。
译注：《江赋》作者为郭璞，非是木玄虚（华），又此赋中仅见"湘娥"，
未见"湘妃"。原文拼刘长卿名字为"Liu Ch'ang-ching"，应作"Liu
Chang-ching"。

[2] 刘长卿，引文见上。现代学者的总结，见藤野岩友，《巫系文学论：以〈楚
辞〉为中心》，东京：1951年，页140—144；魏理，《九歌：中国古代巫术
研究》，页31—35；文崇一，《〈九歌〉中河伯之研究》，页63—64；艾伯
华，《中国东部和南部的地方文化》，页37—38。

也有人曾经提出，这位夫人或者这两位夫人并不仅仅是江河、湖泊和施雨的神女，而且也是月亮女神。娥皇不是别人，正是嫦娥（原来叫恒娥），即民间流行传说中耳熟能详的月亮女神。[1]这种说法很可能是对的，因为她们彼此名字相似，而且在宗教和神话方面，又同样与女性—月亮—水有联系。

虽然隐藏在《湘君》和《湘夫人》那种神奇而又几乎使人迷惑的语言之中，我们仍然可以侦察到那种化石般古老的仪式：一个男巫在湘水神女最可能惠临的洞庭湖上，乘着画船出行，代表他的人间代理人寻求她的陪伴——这对他自己无疑也是有利的。（在其他地方，他乘的是一条龙，而龙舟在中国则随处可见。）两首诗的语言不仅充满洞庭湖水和有关龙的典故，而且有一大堆鲜花和香草。巫师似乎还在神女宫殿附近的水面上撒下花瓣，他许诺将来还会源源不断地送上礼品。一切都无济于事。神女似乎全神贯注于其他事情，对他的奉承无动于衷[2]，巫师遭此挫折，萎靡困顿。

《九歌》中第三首有关女神的诗作，是献给"山鬼"的，它显然与巫山神女有关[3]——旧题宋玉所作的那两篇伟大的诗作，其关注中心也是这位欢快的神灵。

这些作品中所描绘的神女绝不是如雾如梦的尤物。她们更像

---

〔1〕 郭沫若说，据艾伯华《中国东部和南部的地方文化》页37—38转引。

〔2〕 魏理《九歌：中国古代巫术研究》页14—15强调中国巫师与神灵的恋爱，相对于西伯利亚而言，具有转瞬即逝的特点。

〔3〕 关于山鬼是神女，参见艾伯华《中国东部和南部的地方文化》，页40。孙作云《九歌山鬼考》页978—979、998—999明确表示两个神女是同一人。魏理《九歌：中国古代巫术研究》页53—56将山鬼当成男性，但承认山鬼很容易被当作女性。

从奢靡的香薰沐浴中徐徐走来的优雅女子。当然，她们所有人都身份模糊，可以互换。尽管那些严肃持重的儒家学者努力要将她们与虚假的历史人物联系起来，尽管后来的神话编集者只将她们当作是溺水而亡的女孩变成的神灵，她们永远都是水神。[1]

当我们试图从较开阔的语境来理解这些诗作时，循着霍克思的思路，我们就不会误入歧途。霍克思提出，楚国的这部诗集以某种形式保存了个人作品。霍克思认为追寻神女的主题与另一种常见的巫术主题（即遨游宇宙的神奇旅行，将自己的心灵注入神的领域）密切相关。但是，他的结论是，在后来的文学作品中，这种追寻神女的主题不及宇宙遨游的主题那么繁盛。[2]他注意到，在司马相如之类的作家手中，这种神异的旅行被改造成了理想化的帝王巡行：皇帝所周游的世界，可以象征性地还原成皇家畋猎园囿的上下、前后、左右各方面。全篇诗的结构，变成了君主神圣权威的象征。他周游于精心设计的园囿的各个区域，对应的是世界的几个区域，这种周游还能保证他对宇宙万物的掌控。扩展微观世界，是为了获得对浩瀚宇宙的神奇的控制[3]，就像以严整步伐走过一座设计精当的花园，不仅是对穿越天堂之行的模仿和象征，而且事实上可以变成一次穿越天堂的旅行。[4]诗中所写的这种全景图像，让我们回想起能够代表正在消亡的萨满宗教的那种心醉神迷的景象。他们本身是恍惚出神的状态，却变得令人出神——言辞的魔力因其自身的缘故而让人欣喜。在不知不觉

---

[1] 关于后者，参看艾伯华《中国东部和南部的地方文化》，页38。
[2] 霍克思，《神女之探寻》，页82。
[3] 同上书，页91。
[4] 薛爱华，《朱雀：唐代的南方意象》，页121。

中，巫师已经被帝王甚至诗人取而代之。[1]

下文我将努力展示中古时代"诗人巫师"艺术表现之个案，尤其是唐代诗人李贺，他似乎颇为怀旧地认为自己就是古典的巫师英雄。这种表现必然导致的结果就是，在周代以后的文学中，追寻神女的主题作为灵感的来源之一，并非如霍克思所言不及宇宙遨游的主题那么重要，相反，它已从辞赋形式转向传奇小说和抒情诗歌。实际上，我倾向于把这两种主题（追寻神仙和漫游宇宙）的分别，解释为仅仅是侧重点之不同，而不是霍克思所提出的截然分别的两种主题。召唤神女或者幻想神女到来，正是神游之人试图在水晶宫殿里找到她而付出努力的重要部分。这两种主题经常交错在一起，在世界各地的神话中反复出现：英雄的幻想行程及其与神女的神秘联姻，至少可以上溯到古巴比伦时代。[2]

---

〔1〕 霍克思，《神女之探寻》，页93。霍克思察觉到，在后来的司马相如、班固和张衡的赋中，特别是在前汉博学家所用的修辞技巧中，还有其他一些成分。见霍克思《神女之探寻》，页89。恍惚出神的语言和诗的语言之间是有联系的，这一点，在现代通行的对萨满教的解释中，可以得到很好的证明。例如参见艾利雅得，《巫术：古代迷狂之术》，页510—511。在那里，他写到了诗与受到神灵启示的巫术的说话方式，与秘密的、寓言式的语言之间的关系。这些创造行为既属于诗人，也属于巫师。

〔2〕 坎贝尔（Joseph Campbell）《千面英雄》（纽约：1961年）致力于研究这一主题的许多种表现。艾利雅得《巫术：古代迷狂之术》页73—78有很多西伯利亚巫师娶了天上来的妻子的例子，亦可参看。

第二章　中古时代之江河神女崇拜

你这蜿蜒的小溪的仙女，
人们叫你娜依阿德，
你头戴莎草花冠，脸上的表情永远纯真，
离开你那泛起波纹的河道……

莎士比亚，《暴风雨》，第四幕第一场

上古时代的水神，在中古中国的国家宗教中很少被单个认定。负责官方祭祀的祭司都是保守的地方官员，他们是通过严格的科举考试和察举制度选拔出来的，这充分保证了他们在宗教活动中不会擅自妄为，也保证他们不会宽容与超自然世界作神秘而狂热的交往。实际上，人们还希望他们会积极控制或者消除所有不由国家直接控制的宗教情感的宣泄方式。在这样一种制度下，对神仙人物的祭祀崇拜不可能兴盛起来——祭祀一个神并为其举行公众活动，除非这个神在其生前，曾经致力于维护及赞颂已为帝国政府核准的森严的精神等级制度，或者这个神死后经过谨慎的操作，对他的个性及行为进行了处理，将其塑造成类似文化英雄般的楷模。但是，即使这一类受人尊敬的神，其祭祀也很少超出他们的家乡或者他们正式居住地的范围，当年他们生活在这里的时候，曾经成就了高尚的功业，他们后来即因此而封神。

孔子变成了神，老子也变成了神。但他们都是较小的神，根本不能与伟大的自然神相比。在被认为管领唐代宇宙，也因此而受人崇拜、在官方认可的仪式上歆享牺牲的神灵中，古老而无名的天地二神排在最前面，接下来就是地位稍低的相距遥远而难以厌足的诸神，他们居住在闪耀的星座之中。按照八世纪的体制，只有到第四个等级，我们才能看到那些最为重要的自然神，他们住在名山大川和海洋里——他们是构成唐代自然框架的神祇。在这里，我们主要关注水神的地位，以及对他们的崇拜。

《楚辞》中的诸神究竟在哪里？对巫山彩虹神女又是怎样认定的？我们寻找她们，却根本找不到。五岳甚至另一些不那么著名的高山的神灵们都得到承认；毕竟，在他们的家中也是云兴雨生。这些山岳作为有用的分水岭，作为积雪场的后盾，为这片土地上的灌溉沟渠提供了水源，至少在八世纪，就已经受到一定的保护。[1]"四渎"是官方对中国大地上四条主要河流的尊称。它们通常指江、河、淮、济，但是，自上古以来，淮河和济水早就消失于迷宫般的运河、沼泽和洪水淹没的田野之中。尽管如此，它们仍然享有与五岳同样的威望。有威力的海神也是如此，尤其是统治有经济价值的、给唐朝带来各国财富的南海之神。献给天神的祭品要通过燃烧，其精华才能随着烟雾从祭坛飘上天去；献给大地的祭品要埋在肥沃的土地里；要向水神致敬，就必须把虔敬雕刻而成的玉简和祭献仪式中丝帛之类的供品沉到水底。[2]但这些伟大的神祇非但没有名字（没有正式名字，正是公认的控制民间诸神的办法），而且缺乏个性。他们受到崇拜，就像我们可能崇拜煤、电或者原子能，于是就有太多的黄金一类的祭品在熊熊炉火中付之一炬，或者在王水中化为乌有。

人们对风伯、雷神、电神也给予一定程度的尊崇，只不过层

---

〔1〕　薛爱华，《唐代的自然保护》，页295—296。

〔2〕　薛爱华，《唐代文化札记》，《华裔学志》，卷21（1963年），页204、206。

次稍低一些，但对这些神灵的祭祀在中国乡村最为兴盛。在乡村，这些神很容易被指认为几乎被人遗忘的本地英雄人物，或者被指认为那些自古相传的理想化的淫祀野鬼，这样就有可能（也许并不容易）获得其个人专有的名字。

李隆基（庙号"玄宗"）对各个江河守护神给人类带来的恩惠格外重视，这是他在八世纪进行的多项宗教改革与创新之一。他给四渎颁赠诸侯爵位（亦即使其跻身当时的达官贵人之列），并且要求人们祭拜祈祷它们，作为预防旱灾的措施。[1]他还采取了很多其他行动，但规模比较小，例如他派一个官员负责祭祷黄河之神（在那个语境中，并未称作"河伯"）的仪式，祈求其按时降雨。[2]又如他阻止在骊山上伐木，骊山神泉自古以来即受人尊崇，因为它有疗疾的特效，而且住着许多很有威力、但与人类友善相处的水中神祇。[3]在李隆基统治期间，风伯和雨师由于其风调雨顺，有益于经济，获得了较前更高的荣誉地位。君主命令全国各地都要为他们建立祭坛，祭献的供品也要与他们提升之后的地位相称。[4]

但是，即使在这个可想而知最有利于水中神女的时代（这个大唐盛世应该是她们最辉煌的时刻），尽管能诗善文的管理阶层对她们的女性人格早已熟知，但她们的女性人格仍然从来不允许出现在官方文件语言和官方仪式之中。在这些地方，她们是无名、无性的，或者最多被赋予些微的男性色彩，那也是由于有时候她们

---

〔1〕　唐玄宗，《遣官祭五岳四渎风伯雨师诏》，《全唐文》，卷29，页14b—15b。

〔2〕　唐玄宗，《遣官祈雨诏》，《全唐文》，卷28，页5a—5b。

〔3〕　薛爱华，《唐代的自然保护》，页295。

〔4〕　孙逖，《升风伯雨师中祀敕》，《全唐文》，卷310，页15b—16a。

身上带有王侯封号而推导出来的。但最为常见的是，她们只被当作抽象的实体，被称作她们的实际居所亦即名山大川或海洋的"灵"或"神"。当大臣张说昭告"大江之神"时，他并没有提到神的名字，也没有进一步明确神的身份，通篇只使用其荣誉称号"王"。[1]文中一点也没有提到巫山神女和湘水神女，尽管在古代宗教中，她们两位在长江主要流域都广受崇敬，在中世纪雅文学和民间传说以及故事中，她们也深受人们怀念。或许，用"印度影响"之类的套话也有可能解释这其中的一些现象。譬如，以唐代的南海神为例[2]，我们看到的是一位很有影响力的神，与住在海洋深处的、拥有无尽的珍珠和其他宝藏供其挥霍的印度蛇王颇有几分相似。但是我怀疑这种印度化只是次要的因素，它只是对自周代末期以来越来越突出的一种潮流推波助澜而已：这种潮流就是由官方儒家政策所主导的、流行于上流社会生活中的男性化倾向。这一潮流不仅在社会生活和政治方面，而且在官方所支持的宗教领域，渐渐抹杀了其中残余的女性成分。这些潜移默化的作用，导致古老的龙女渐渐被人认为是不祥之物。

在唐代非官方的祭祀和民间传说中，还能侦察到古代神女的某些踪迹，但是，她们过于无关紧要，几乎不值得一提。下面举一些例子。

据说，在唐代的时候，山西崖山神娶河伯女为妻。当地人每

---

〔1〕 张说，《赛江文》，《全唐文》，卷233，页10a—10b。
〔2〕 薛爱华，《唐代文化札记》，页205。韩愈在赞扬这个神的碑颂中，认定其就是古代南方的火神祝融。
　　　译注：韩愈《南海神庙碑》："海于天地间为物最钜，自三代圣王，莫不祀事。考于传记，而南海神次最贵，在北、东、西三神、河伯之上，号为祝融。"

逢为干旱所苦，即放火焚烧山坡。河伯察觉其女儿处境危险，就不会不降下甘霖。[1]这是龙做的一件好事，但女性在其中的角色完全是被动的，河伯女很难被描述为祭祀的中心。

唐代作家储嗣宗对一位较重要的江神曾有过惊鸿一瞥。据其诗作描述，他有一次寻访圣女祠，周围遍布凉爽的崖石，点缀着青苔。河水环绕着这座罗蕾莱的寺庙[2]，五彩花朵倒映于一泓深潭之上，犹如美丽女子描画过的脸庞映在镜子之中。以河流纡回之处（特别是水流绕行流过山岭崖石之地）作为著名神女的栖居地，这一主题是很典型的，与巫山神女尤其密不可分。[3]在储嗣宗诗中，神女来时“云雨合”，去时“蕙兰香”。[4]虽然没有提到神女的名字，但她显然就是被修饰过的长江神女的遗存，表现出古代那些描写巫山神女和湘水神女的诗作所揭示的神女的某些特点。但是，要再现唐代乡村宗教如何礼敬这些古代神女的图景，此类证据尚不充分。唐代诗人们并不总是原汁原味地表现这些乡村宗教仪式。但是，游历天下的岑参，却给我们留下了一首诗，题为《龙女祠》，这是他在观看蜀人祭祀江神的一场原始仪式之后所作。本诗不仅有常见的表现少数民族生活场景的逼真氛

---

〔1〕薛爱华《中国古代仪式》页142注33引《酉阳杂俎》卷14，页6b。
译注：其原文云：“太原郡东有崖山，天旱，土人常烧此山以求雨。俗传崖山神娶河伯女，故河伯见火，必降雨救之。今山上多生水草。”

〔2〕译注：罗蕾莱（Lorelei），德国传说中出没于莱茵河的女妖，其美貌与歌声往往使过往船只触礁。

〔3〕康德谟，《列仙传》，北京：1953年，页101。康德谟提到了张衡《南都赋》中的一个特殊的例子。

〔4〕储嗣宗，《圣女祠》，《全唐诗》，卷594，页2044。
译注：原诗云：“石屏苔色凉，流水绕祠堂。巢鹊疑天汉，潭花似镜妆。神来云雨合，神去蕙兰香。不复闻双佩，山门空夕阳。”

围，还散发出另外一些气息：

> 龙女何处来，来时乘风雨。
>
> 祠堂青林下，宛宛如相语。
>
> 蜀人竞祈恩，捧酒仍击鼓。[1]

在这里，神女现身为龙女的外形，而在与其相随而至的雨水中，在她的崇拜者的故乡，我们也能看到巫山虹女的影子。简言之，在那些四处漫游或者贬谪异地的诗人和通俗故事作家笔下，这些渐渐淡出的水中女神仍然获得了某些承认，但是，这些男人们的美学偏见通常又引导着他们，使他们对诸如纪念神女的仪式的细节、这些祭祀的规模及其影响等内容避而不写。其结果与官方偏好无名神祇的做法殊途同归：这些神女逐步变成了无有定形的淫祀之鬼，而不是人人承认的神权。

而且，尽管这一类文学作品片断含糊朦胧，对古典神女实际上如何受人崇拜的形式罕有提及，但她们的名字与外形我们有时候仍然看得到。

女　娲

尽管女娲早已从官方祭祀中消失，但人们仍然牢记着她。在

---

[1]　岑参，《龙女祠》，《全唐诗》，卷198，页2044。

一块从唐墓出土的棉布上，绘有女体的女娲与其配偶伏羲交尾的图像——她仍然是上古时代那个古老的彩虹龙。[1]她的祠庙依然受人崇拜，尽管诗人们只记得她的传记的零星断片。对他们来说，她修补了破裂的天穹，用原始的泥浆捏造出人类，但除此而外，她在文学中没有什么地位，而社会下层对她的祭祀能持续到什么程度也是有疑问的。

她真正独立扬名，是在地名之中。她的名字散见于中古中国的各种风景地貌之中。她有自己的山岭、洞穴以及隐秘的住处。[2]

在现代江西省的赣州有一座山，其山峰岩石累累，类似人造观景台，引人注目。此地人称女娲宫，有时候亦称为女娲石。这些古老的名称已有几个世纪的历史，甚至迟至南宋之时，据传在暴风雨过后，人们还能听到鬼鼓击山的声音。[3]

金州在现代陕西，此地以出产枸橘、麝香及麸金著名，当地有一座女娲山。[4]黄河边某处有座古冢，其名为"女娲陵"。八世纪作家乔潭为这个地标写过一篇笔调轻松的散文。[5]文章是这样开头的：

> 登黄龙古塞，望洪河中流。岿然独存，大浸不溺者，娲皇陵也！

---

〔1〕　戴何都，《唐朝五龙崇拜》，载《献给戴密微先生的汉学论集》，页262，其图采自斯坦因《亚洲腹地》（牛津，1928），III，图109。
〔2〕　例如《舆地纪胜》中即列有大量此类地名，随处可见，可参看。
〔3〕　《述异记》，卷下，14b；《舆地纪胜》，卷32，页12b—13a。
〔4〕　《新唐书》，卷40，页4b。
〔5〕　乔潭，《女娲陵记》，《全唐文》，卷451，页11b—13a。

他接着讲到，这个地方在他那个时代仍然被人看作是一处圣地。他也老生常谈地提到女神补天的功业，以及她善于鼓簧吹笙之类的本领。他注意到她与水的力量的密切联系。在文章最后，他对这座倾圮的古冢不能与诸如埋葬帝舜的九嶷山之类"因山而坟"的自然壮观相比而深致悲悼。很有可能，这座古冢就是那个"女娲墓"。据唐代正史记载，这座墓曾经神秘地湮没于黄河水中，并引起官方的注意。其地点在虢州（在今河南省），"在黄河中"。752 年夏天，这座坟墓在一场大暴雨过后消失了，759 年 6 月 29 日，一场雷暴之后，它又重新踊出。对这一事件，占者解释为不祥之兆："冢墓自移，天下破。"[1]确实，唐朝天下已经被安禄山叛乱搞得山河破碎了。

这一故事的扩展版我们今天还能看到，其中有一系列细节与正史中的简要记载有出入。故事发生的年代不同，在这篇较长的故事中，有一段这个女神真正显灵的情节。故事中说，当李隆基之子李亨（庙号肃宗）结束其平定安禄山叛军的一场战役，并且（由于其父皇确定要退位）即将登基之时，他和部队一起驻扎在今内蒙古的一个驿站。黄昏时分，一个身材高大、长相堂皇的女人出现在军营门口，她手携一双鲤鱼，痛苦地喊叫，要引起未来皇帝的注意，这让士兵们十分惊讶。一位躲藏在近处的军士，看清她手臂上布满了鳞片。但是，天色暗了下来，而她也随之消失

---

〔1〕《新唐书》，卷35，页 6a。

译注：原文云："天宝十一载六月，虢州阌乡黄河中女娲墓因大雨晦冥，失其所在，至乾元二年六月乙未夜，濒河人闻有风雷声，晓见其墓踊出，下有巨石，上有双柳，各长丈余，时号'风陵堆'。占曰：'冢墓自移，天下破。'"

不见了。后来，李亨正式即位，他返回长安之时，收到一份报告。报告说在754年，位于河南西部的女娲墓曾经在一场巨大风暴之后消失于黄河之中。现在，差不多两年后，由于又一次受气候的影响，它又从水里涌现出来，同时出现的还有两棵高柳和一块巨石。这幕奇迹般的景象传到宫里，于是皇帝下令在这一圣地进行祭祀。作者写道，在九世纪时，朝拜者还能看到这座坟墓。在这篇故事的结尾，作者得出这样的结论：那个出现在皇帝行营门口的疯女人，实际上就是抱怨自己的坟墓被水淹没的女娲。显然，李亨即位后使坟墓神奇地恢复原貌，也预示使唐帝国陷入危局的各种乱象已经结束。[1]出自孜孜不倦的奇闻异事收集者段成式之手的这段记载，一方面是属于晚唐时代人们津津乐道的那种让人瞠目结舌的奇迹故事，一方面则是论证说不清道不明的李隆基退位一事的合法性，从而声援其子李亨及其同党。已故的女神（对中国人来说，神是会死亡的），身上有像鱼或龙（鲤鱼是最昭彰不过的龙的伪装）一样的鳞片，曾经向真命天子求助。他即位之后，来了一场显示神力的洪水，让她恢复了身后的尊严。事实上，除了有坟墓或者衣冠冢能让人看到之外，这位女神远说不上已经最后死亡。

神　女

在唐代精英阶层中，巫山虹女的遭遇比女娲好一些。[2]古典

---

〔1〕《酉阳杂俎》，卷1，页3，亦见《太平广记》，卷304，页1b。
〔2〕《全唐诗》，卷570，页6613。

诗歌的名篇，使她的意象熠熠生辉，而她的许多水中姐妹们的形
象，到中古之时，则已经苍白黯淡，直至消失。在轻松和幻想性
的散文作品中，其他神女的地位也降级为龙王之女。在现实的祭
祀活动中，她们经常退化为乡村的水鬼，只在破败的乡野祠庙中
享用一点卑微的供奉。但是，几乎任何一位诗人，不管是高明的
还是蹩脚的，当他在唐代游历长江三峡的时候，都会写下至少一
首绝句，以纪念那位婉丽的巫山虹女及其祠庙。其创作与其说出
于虔诚，不如说出于对古代文学中这一重大人物形象的传统魅力
的礼貌和尊敬。英国诗人也同样从思想或者浪漫的角度，以创作
来表达他们对已经倾圮的希腊罗马神庙的尊敬，尽管他们对这些
神庙也只是通过荷马或奥维德的作品才有所了解。然而，巫山神
女的祠庙，至少在某些阶段，似乎离毁灭还差得很远，而在某些
受到这处神圣之地激发的文学抒写中，仍然微弱地透出对神灵的
真正敬畏。唐人这一主题的诗作总量令人惊愕，这里根本无法一
一复述，但是，富有才华的九世纪诗人李群玉却可以作为一个例
子，说明有作家曾创作过大量有关这一主题的作品。例如，他写
过两首绝句，题为《宿巫山庙》：

寂寞高堂别楚君，玉人天上逐行云。
停舟十二峰峦下，幽佩仙香半夜闻。

庙闭春山晓月光，波声回合树苍苍。
自从一别襄王梦，云雨空飞巫峡长。

显然，游客通常都是从水路来到这座祠庙，并在岸边礼敬神灵。他

们在舟中休息的时候，诗心涌动，能够设想这个古老主题的种种奇妙的变奏；设想在草木蓊郁的山岭和波涛翻滚的江流之间那幕戏剧性的场景；设想那个既是施雨神灵又是天廷漫步者的神女形象；设想这场充满激情的爱情转瞬即逝的本质；设想在悲哀的孤独与预示神女在场的那种迷人的性爱气息之间的反差。许多诗人处理过这一主题，但是，与大多数诗人相比，李群玉的诗句写得更加赏心悦目，他将自身的经历与那位神圣楚王的经历巧妙地结合到一起。再者，九世纪是一个既怀旧又充满幻想的时代，那个时代的人们不仅耽迷于怪异故事，而且迷恋神秘的事物。诗人们喜欢山坡的阴晦潮湿和猿猱们鬼怪似的嗥叫。但是，在某种意义上，吟咏巫山的诗篇并不清晰明白。它们横亘在读者和景物之间，不描写石阶、彩绘神像以及乡间的善男信女们（如果有的话），却只烘托神灵的气氛。如果神女果真出现，那也是有如幽灵似的幻觉。

　　透过景物的点点滴滴以探测神女是否在场，甚至窥探她的容貌，是诗家最喜欢用的伎俩。在刘沧写于九世纪的一首诗中，云凝结成她柔滑的鬟发，片片冷雨幻化成她的罗衣。[1]同一时期的著名作家温庭筠，也在拂晓时分的巫山十二峰中，看到了美丽女子的眉黛之妆：这位神女在其神庙的浓重黑暗中熠熠生辉，攀缘的薜萝荫蔽着寺庙。[2]诗人也引入了一个混合的主题：夜景，伴

---

[1]　刘沧，《题巫山庙》，《全唐诗》，卷586，页6794。
　　译注：原诗云："十二岚峰挂夕晖，庙门深闭雾烟微。天高木落楚人思，山迥月残神女归。触石晴云凝翠鬓，度江寒雨湿罗衣。婵娟似恨襄王梦，猿叫断岩秋薜稀。"

[2]　温庭筠，《巫山神女庙》，《全唐诗》，卷581，页6737。
　　译注：原诗云："黯黯闭宫殿，霏霏荫薜萝。晓峰眉上色，春水脸前波。古树芳菲尽，扁舟离恨多。一丛斑竹夜，环佩响如何。"

随着环佩鸣响，在一丛茂密的斑竹中，巫山神女被认成湘妃。无独有偶，刘禹锡在一首题咏巫山神庙的诗中，除了照例写到树木茂密的巫山十二峰、飘浮的云雾以及远古的楚王，他还在山边凋萎的花朵中，看到了可爱女子的残妆，而一阵行雨，带来她身上的异香。[1]但是，这些诗虽然对植物和气候的阴柔特性作了形象生动的描写，却很少或根本没有向我们提到在她的祠庙里那些真正祭拜者的影子，更不用说当时就在现场的祭拜者了。我们知道，神庙确实是对游客开放的，但是，我希望看到的，是由地方官下令，对祠庙及其环境所作的一些散文式的介绍，或者更好一些，不是作那种无休无止的精描细刻，而是像柳宗元在其最后贬谪岁月中多次写过的那种貌似平淡的记述。

洛　神

洛河诸水有着与黄河一样受人尊敬的名声，最后以汇入黄河而告终结。它们出现于最早的中国文学中，引人注目，而且从来没有失去其怀旧的迷人魅力，这归根结底是因为这条河流在古老的商代中原文明里居于中心位置。在中古时代，洛水之滨的大都市洛阳，依然是一座神圣的城市，其环境因得天独厚而受人喜爱：可爱

---

[1]　刘禹锡，《巫山神女庙》，《全唐诗》，卷361，页4082。
　　　译注：原诗云："巫山十二郁苍苍，片石亭亭号女郎。晓雾乍开疑卷幔，山花欲谢似残妆。星河好夜闻清佩，云雨归时带异香。何事神仙九天上，人间来就楚襄王。"

的园林、宁静的河岸以及温和的神祇，样样出类拔萃。这片宜人之地，与后来长江流域那一片甜蜜而温暖的新国土，相映成辉。

与南方巫山神女和湘水女神一样在文学上名闻遐迩的唯一神女，就是洛神。对她的祭祀究竟有多么古老，我们还不知道。至少在古代传说中提到，在非常早的时代，人们就向这条河流的神灵献祭。在这个精确显得很可笑的地方说得精确一些，这发生在最古老的神与文明的创始者——黄帝在位的第五十年。[1]有其他古代的证据表明这条河流受人崇敬。但我们无从知道在上古时代河神是否被描绘成女性。到周朝末期，出现了一位通常称为宓妃的神女。[2]到了汉代，她被认为是一位溺洛水而亡的女人之灵魂，因此变成了洛水的女保护神。再后来，显然不早于唐代，她被当成是文化英雄伏羲的女儿，而且实际上是伏羲的化身，在这一点上她很像女娲。[3]

洛神在诗歌中的名声，是相当后起的。它主要缘于三世纪时曹植在那篇广为传诵的赋中对她的描写。这篇赋深受古代宋玉诗作风格的影响，但却几乎没有宋玉诗中流露的敬畏感。曹植似乎只是把洛神当作一个适于诗歌描写的浪漫主题，根本没有感觉到有必要来看一看她神圣的权力或者她的真实存在。[4]在这篇著名

---

[1]　《竹书纪年》，卷上，页1。
[2]　见《楚辞·九叹》。

译注：《九叹》作者是西汉刘向，此处原文为："迎宓妃于伊洛。"又，《楚辞·离骚》有云："求宓妃之所在。"作者此处论周代末期云云，应注出自《离骚》。

[3]　关于早期文献中对她的记载，参看艾伯华《中国东部和南部的地方文化》，页40。
[4]　霍克思，《中国诗歌中的神仙》，《远东：中国与日本》（多伦多大学季刊增刊第5号，1961），页321。

仿作的序中，他告诉我们，公元 222 年他到洛阳宫廷朝觐之后，
踏上了归途。渡洛水时，有一老者跟他搭话[1]，告诉他这条河
水之神实际上就是宓妃。诗人记起宋玉所述楚国神女之事，有感
于中，于是为其在北方的对等人物洛神创作了这篇可相媲美的
赋。在赋中，他讲到他邂逅了一个可爱的人儿。他问马车的御
者："彼何人斯？若此之艳也！"[2]御者用炫丽的韵文描绘她，其
中部分会让人回想起宋玉的赋：

> 其形也，翩若惊鸿，婉若游龙。

她身着传统的皇后服饰，这段对衣饰的描写基于一段历史记载：

> 戴金翠之首饰，缀明珠以耀躯。[3]

神奇的珍珠和翠羽（适合神灵和贵族的装饰）在这篇诗作中再次
出现时，是作为神女自己搜集的珠宝。她显现的时候，伴随着

> 冯夷鸣鼓，女娲清歌。

---

[1] 译注：《洛神赋》原文："古人有言，斯水之神，名曰宓妃。"作者"老人"
　　之说无据。
[2] 时代晚出很多的《洛神传》对这一问句前半部分的语言的模仿及其意义，
　　将在下文提到。
[3] 说到底，是一段出自司马彪《续汉书》中对汉制的描写。
　　译注：《文选》卷 19《洛神赋》李善注引司马彪《续汉书》曰："太皇后花
　　胜上为金凤，以翡翠为毛羽，步摇贯白珠八。"

（冯夷是一位水神，有时候被认为与黄河之神是同一人。）也有龙、云、鲸鱼和水禽。[1]但是，洛神被有力地塑造成一个历史人物，只不过被人为地添加神的某些特性，并且披上了容易辨认的皇后的服饰而已。显然，曹植这首诗不仅给文人，而且给艺术家们留下了相当深刻的印象。晋明帝司马绍，曾在四世纪前期短暂地统治过残存于江南的晋朝。他作为一位著名的技巧高超的佛教题材画家，曾画过一幅《洛神赋图》。[2]这幅画并没有流传下来。大名鼎鼎的顾恺之所作的《洛神赋图》众所周知，现今仅存其摹本。很可能，他的意图也是为曹植这篇将洛神神话历史化的名篇配以图解。

汉 女

汉水是中国著名河流之一。"汉"这个名称之所以出名表现在几个方面，其中最突出的是它曾作为一个伟大国家的名号，在西元纪年初期[3]，刘氏王朝曾统治过这个国家。因此，我们有理由期待汉水之神是个备受尊崇的神，但这个期待却落空了。对汉水之神的崇拜，就像对河伯的崇拜一样，在公元前三世纪就已名正言顺。毫无疑问，它在更早的时候即受人崇拜了。早期注释

---

[1] 《洛神赋》，《文选》，卷19，页15a—20b。

[2] 《历代名画记》，卷5，页170。

[3] 译注：汉朝始于公元前三世纪，东汉始建于公元后不久，此处作者表达似不够准确。

表明它是一位女神。[1]但后来提到"汉女"时，往往相当草率而
且随意。扬雄提道，

　　　汉女水潜，怪物暗冥。

其前后文照例写到孔雀、翠鸟以及宝石等。[2]后来，左思在赞颂
那座伟大的蜀国都城时也短暂地提到她：

　　　巴姬弹弦，汉女击节。[3]

"巴姬"看来是巫山神女的另一种说法，巫山恰好是在四川，虽
然是在其外围。她似乎彬彬有礼地将汉女吸纳为同伴，做一个光
荣的附庸。但这些神仙音乐家只是题中应有之义，意在赏心悦
目，就像在巨大的宫廷舞会中端庄地演奏着的圣塞西莉亚，此外
别无他意。[4]再后来（现在我们还在五世纪末），江淹，这个既

---

〔1〕《史记》，卷28，页0115b。文中提到沔水，这一名称是指靠近陕西源头的
　　　汉水上游。其时当秦始皇统治时期。郭璞《江赋》李善注（《文选》，卷
　　　12）提到有人邂逅两个神秘的女子，可能是一对汉水神女，这与通常是成
　　　双出现的湘水女神可以相提并论。
　　　译注：《江赋》："感交甫之丧佩。"李善注："《广雅》曰：'感，伤也。'
　　　《韩诗内传》曰：'郑交甫遵彼汉皋台下，遇二女，与言曰：愿请子之佩。
　　　二女与交甫。交甫受而怀之，超然而去，十步，循探之，即亡矣。回顾二
　　　女，亦即亡矣。'"
〔2〕扬雄，《羽猎赋》，《文选》，卷8，页30a。
〔3〕左思，《蜀都赋》，《文选》，卷4，页29b。
〔4〕译注：圣塞西莉亚（St. Cecilia,？—230？），罗马基督教女殉教者，音乐主
　　　保圣人，传说她既能歌唱又能弹奏乐器，因拒绝崇拜罗马诸神而被斩首。

有魅力又有魔法的文人，不止一次写到水中神女的美。有一位只
是被称作"水上神女"的未名神女，

> 暧暧也，非云非雾，
> 如烟如霞，
> 诸光诸色。

简言之，她就是一位在彩虹云雾中展现的神——一个色彩缤纷，
而又几乎看不见的仙女，呈现出宋玉笔下神女的形态。[1] 在另一
首诗中，江淹围绕汉女说了几句。在那首诗里，她是一个相当悲
哀而又无足轻重的人物，其背景极易让人回想起《楚辞》，充满
有关美丽仙女的神奇典故。[2] 这个小神女（她看上去是这样）在
后来的文学作品中也没有什么重要的发展。由于缺乏由杰出作家
创作的、完全为纪念她而写的一篇举足轻重的赋颂或者叙事作
品，她已经退居到了文学史的壁橱和角落之中，变成了无人注意
的流浪者和日渐凋亡的幽灵。我们不必费心去追踪她在唐代文学
中的苍白形象。

　　在中世纪早期的祭祀中，洛水和汉水的两位神女都没有得
到礼遇。在唐代文献中，我没有找到有关其祠庙的一点踪迹。
但是，洛水本身仍然具有官方性和神秘性。688 年 6 月 6 日，一
张所谓"宝图"（可能是模仿古代的"洛书"而造出来的）见于
洛水，呈现的是一幅奇异的正方形图。其后不久，这一宝藏被授

---

〔1〕 江淹，《水上神女赋》，《梁江文通文集》，卷 1，页 7a。
〔2〕 江淹，《丽色赋》，《梁江文通文集》，卷 2，页 8b。

予"天授圣图"的名称，690年，武后采用这一名号作为新的年号——"天授"。洛水本身也因此被重新命名为"永昌洛水"，洛水之神也被封为"显圣侯"，并禁止在这神圣的河水中垂钓。[1]可爱的洛神早已无迹可寻，她的个性形象已经完全被这个新分封的侯爵同化了。

湘 妃

在所有古代江河神女中，湘水姐妹女神在唐代最受公众礼敬，这一点从现存相对较多的有关其祠庙的资料中就可以看出来。这个女神最初活动之地，其祭祀之核心地区，是在洞庭湖。此湖的名字，"洞穴之庭院"，意味着它曾被看作是地下洞穴的庭院或附属部分，人们认为这些地下洞穴在全国各地都有，它们把道教神仙与其他超自然生命的地下世界联在一起，神灵们隐藏在那里，伟大的君山保护着他们，而君山本身又是上天最为眷顾之地。来自复杂水系、大小形状不等的众多江流汇入这个神奇的湖泊。自远古以来，这一江流汇合处就以"九江之门"[2]而著称。至少在宋代，据说"水神朝君山"。[3]那情景就像一大群蜂拥而

---

〔1〕《新唐书》，卷4，页3b。

〔2〕《舆地纪胜》卷69页4b引《山海经》。参看《岳阳风土记》，页3a。"九派"，即我们今天地图上看到的九江，现在是更在鄱阳湖长江之下的一座城市。

〔3〕《岳阳风土记》，页4a。

入的诸侯向洞庭湖最高神正式效忠，这个神在其主要湖岛上称王，并接受觐见。

在这复杂的水系中，主要的河流是湘江，它向北流经湖南，带着它在南方的重要支流潇水的江水，在靠近其出口处汇合其他一些更小的支流。沅江和澧江从西面和西北流到这里。浩大的长江自神奇的巫峡而来，并朝着海洋东流而去，在流经洞庭湖之处，来自湖中的洪流倾泻入滚滚的长江水中。天帝之女、这个很有威力的神女所统治的，就是这一片广大的水域及其以南地区。

这一地区与范蠡的名字也有联系。范蠡是一位文化英雄，也有可能是一个真实的人物，他从其传统家园即古代越地长途漂泊至此。这里的很多自然景观都以他来命名，又据说他住在洞庭湖的中央，他从一个半传说性的自然哲学家和国师转变为某种水神。[1]

这是一大片水神与乐水之人的游乐胜地，祭祀水神的中心地是在湖东岸的一块陆地上，后人称为巴陵。在唐代的时候，它的正式名字有时称为岳阳，有时称为岳州。这是湖水与湘水、江水汇合之处——但是那时候的湖岸轮廓自然与现在不同。祭祀地点位于神女湘妃管辖范围的北界，但它仍然是她的领地中最古老、也最受崇敬的中心区域。在遥远的过去，它曾经是一

---

[1]　《述异记》，卷上，页8a。
　　译注：原文云："洞庭湖中有钓洲。昔范蠡乘扁舟至此，遇风止钓于洲上，刻石焉。有一陂，陂中有范蠡鱼。昔范蠡钓得大鱼，烹食之，小者放于陂中。陂边有范蠡石床、石砚、钴锛。范蠡宅在湖中，多桑纻英果，有海杏大如拳，苦菜、甘柚林，石壁上凿兵书十篇。"

处中心圣地，属于楚国境内绵延于长江南北两岸的云梦泽的一
部分[1]：

> 北通巫峡，南极潇湘。[2]

另一种说法是"巴陵潇湘之渊"。[3]这意味着洞庭湖及其古代祠
庙是导泄洞庭湖以南水系的悠长江河的渊薮。靠近湖北岸的地
方，是"北渚"，自《九歌》问世起，这里就是以"帝子"面目
出现的湘妃的圣地。[4]

在中古传统中，巴陵这一名称使人联想到原始的巨蛇，因
而也就联想起龙。巴陵的意思是"巴的陵墓"，意味着有一座
王陵，是一处神圣的遗骸埋葬地。"巴"是一个相当神秘的字
眼。从地理上说，它与邻近的四川部分接壤；从语文学上说，
它又与一种传说中的蛇相联系。根据中古传说，"巴陵"指远
古的一条巨蛇留下的骸骨堆，这条蛇可吞食巨象，后为射手羿
所射杀。[5]

早在远古时代，巴陵就已经以繁盛富足著称。《山海经》
记载，这个地区富有金银矿藏，盛产橘、柚及蘼芜、芍药、芎
䓖。神女（或者如文本所说的，是神女们）享受着这个草木葱

---

〔1〕 《舆地纪胜》，卷69，页4a。
〔2〕 《舆地纪胜》卷69页4b引宋初范仲淹作品《岳阳楼记》。
〔3〕 《舆地纪胜》卷69页3b引《楚地记》。
〔4〕 藤野岩友，《巫系文学论：以〈楚辞〉为中心》，页144。
〔5〕 《太平寰宇记》卷113页2a—2b引《元和郡县志》，又《舆地纪胜》卷69
　　页3a引同一书。

茏的环境，同时也保佑土地肥沃丰饶。她出入之时，必是"飘风暴雨"。[1]在汉代，此地居住着粗朴的猎人、渔夫以及刀耕火种的稻农。像大多数南方人一样，他们以沉迷巫术、喜好淫祀著称。[2]其后，唐史中又记载此地土贡鳖甲和纻麻，还有获利甚丰的铁矿。[3]此地亦以上好茶叶和美食特产——鱼子酱知名。当地土著能制作各种各样的鱼子酱，精致无比，他们对此种美食情有独钟。他们把长江鲟鱼子放在皂荚树种子煎出的汁中炖，然后加上盐，让鱼子浸泡在汤汁中。[4]

湘水女神的领地广大而富饶，但由于她的祭拜往往集中在洞庭湖一带，她必然要与其他神灵分享这片富饶而神圣的湖滨，其中很多神灵与她一样是以女性面目出现的。这些神灵中有一些无名无姓，只在方志中昙花一现。巴陵白鹤山樵叟的故事即是一例。他的故事见于宋初编成的一部官方地志对此城的描述中。[5]这个樵叟在紫荆台上遇到一位神仙，神仙送他一支铁笛，可以演奏无声之乐。有一天，当他吹奏铁笛时，两位女子随着雷声忽然出现。她们给他一包仙药，并许诺他可以在波浪之中长生不老。

---

[1] 《山海经·中山经》，卷5，页42a—42b。

[2] 《太平寰宇记》卷113页2a引《汉书·地理志》。

[3] 《新唐书》，卷41，页9b。

[4] 《太平寰宇记》，卷113，页2a。

[5] 同上书，页5a。

　　译注：《方舆胜览》卷29："小说有江叟者，好吹笛，尝遇樵叟而耜耜，遗江铁笛。每于君山之龙潭吹之，无声，一日携笛，登白鹤山，吹于紫荆台，响震林谷，忽有两女子出，授神药，云：'服此当为水仙。'后不知所终。女子盖龙云。"似与《太平寰宇记》小有不同。这里，得神仙赠笛的是江叟，樵叟殆即神仙。又薛爱华文中称"雷声"云云，当是误解了"响震林谷"中的"震"字。

这段记载结尾很简洁："女子盖龙云。"在她们身上，也很容易看出湘妃的形象。

在这个事例中，并没有确认任何一个特定的祠庙，但是，据地方志记录，有过这样的神祠，尽管并没有指认祠庙中祭祀的是什么神。这是十世纪的一个例子："西湖庙在城西，祀水神于此。"[1]有时候，这个神不但无名无姓，而且形象也相当模糊——她透过许多不同的面目注视着我们。李贺在《兰香神女庙》一诗中所描绘的神女就是这样。这首诗表现了一位不知名的山川神女，与诗人的故乡河南有联系。她身处纷繁复杂的各种名号之中，而这些名号曾经属于其他女神。[2]这位身份混杂的神女，遇见的是江神而不是楚王，因此她虽然有着巫山神女的若干特点，但与此同时，她又显然是湘水女神的化身。洛神也同样参与了她的形象创造过程。她是中国中部众水之神女。[3]

许多诗歌记载了对某座神女祠的印象，却没有详细说明其位置何在，虽然很有可能就在此大湖之滨。这座神庙通常称为"湘妃庙"，可以指我们马上就要考察的陆地上的那座黄陵庙，或是附近湖岛上的那座神庙，也可能指其他一些神女祠庙。最典型的是《全唐诗》中保存的一组统题为"湘妃庙"的诗[4]，虽然有

---

〔1〕 《太平寰宇记》，卷113，页8b，"沅江县"。

〔2〕 也许这个神与出现于杜兰香故事中的那个神是同一位，这一故事出自《墉城集仙录》，收入《太平广记》，卷62，页4a—4b。故事中她是谪到人间的仙人，被一个渔父发现，并被养育成美丽而神秘的少女，这时，她被召回天上。这个体现了常规道教风格的"兰香"，与李贺的奇思妙想罕见相同之点。

〔3〕 《李长吉歌诗》，卷4，页155—156；傅乐山（J. D. Frodsham），《李贺的诗歌》，牛津：1970年，页222。

〔4〕 《全唐诗》，卷864，页9774—9775。

些细碎。据说这些诗都是由神女在密室中款待过的客人们撰写的。例如，有一首即题为《（崔）渥感会湘妃席上作》。这是一首平淡无奇的绝句，诗中充满了甜蜜的典故：春鸟、仙宫、舞凤，最后一句深情款款，达到了高潮："疑是阳台一梦中"——这种愉快的情爱，将自己与神女相处的所有经历，与对古代楚国阳台神女的终极幻想拼接到一起。关于神女祠，还有写得更好的诗。

杜甫咏湘妃庙诗如此写道[1]：

> 肃肃湘妃庙，空墙碧水春。
> 虫书玉佩藓，燕舞翠帷尘。
> 晚泊登汀树，微馨借渚苹。
> 苍梧恨不浅，染泪在丛筠。

神祠似乎无人照管。神女像年久失修；昆虫在她被苔藓覆盖的衣服上涂抹下一些印迹，鸟儿扬起祠庙陈设上的灰尘。"渚"不大可能是湖中那座多岩石的山，那里有一座神女的主要圣殿。这个汉字指的是一个小沙洲，或者是诸如此类不起眼的一个湖中小岛。诗人需要献给神女馨香的祭品——却发现手边只有一些我们称之为"苹"的苔藓类植物。结语则恰如其分地表达了对舜帝之死的古典情怀。

与杜甫同时代的刘长卿写了一首律诗，与此诗颇为相似，尽管在诗中巫山神女和被遗弃的楚王显得比舜更为突出。神祠荒

---

[1]　杜甫，《湘夫人祠》，《引得》，页544。

废，古木苍苍。一摊野水在附近冒着泡沫。在神女的珠履上，已经积满苔藓；野草生长，蔓上她的罗裙。[1]像其他地方一样，神女的身体与服饰都被信手比作周遭的自然环境。

李群玉和高骈写于九世纪的两首诗[2]，同样题作《湘妃庙》，其中添加了一些细节，诸如祠庙内的彩绘装饰以及祠庙外的斑竹，但我们对那些有助于我们想象实际宗教活动发生之地的祠庙的具体情况，仍然知之甚少。人们怀疑祠庙是文人墨客们经常去的地方，而且，在尽职的官员手中，它无疑被维护得相当好，目的只是为了在那些从京城来访的可能身份显贵的客人面前，给本地区留下一个好名声。

黄陵庙位于岳州湘阴县，湘水就在这里汇入洞庭湖。[3]黄陵庙以某种形式存在于此，并已经矗立了相当长一段时间。《水经注》记载此地有"二妃庙"，并称"世谓之黄陵庙也"。[4]九世纪初，喜欢漫游的才子李群玉到访此地，并赋诗一首以纪此事。尊贵而美丽的二妃屹立在一座野庙之中，俯瞰长江。有一块古碑，上面的字迹已经漫漶。杂草丛生，遮盖了一切。夕阳西下，

〔1〕 刘长卿，《湘妃庙》，《全唐诗》，卷148，页1519。
译注：刘长卿诗云："荒祠古木暗，寂寂此江濆。未作湘南雨，知为何处云。苔痕断珠履，草色带罗裙。莫唱迎仙曲，空山不可闻。"此处释"草色带罗裙"一句不确，罗裙似是指草色。

〔2〕 高骈，《湘妃庙》，《全唐诗》，卷598，页6919。
译注：原诗云："帝舜南巡去不还，二妃幽怨水云间。当时珠泪垂多少，直到如今竹尚斑。"又《全唐诗》卷570录李群玉《湘妃庙》诗云："少将风月怨平湖，见尽扶桑水到枯。相约杏花坛上去，画栏红紫斗樗蒲。"

〔3〕 《舆地纪胜》，卷69，页11a。

〔4〕 《水经注》，卷38，页4a。

杜鹃悲啼，二妃与她们古代的配偶永远分离。[1]这是一首佳作，但是，不管他写得多好，他仍然没有放过利用那些陈腔滥调的机会。

李群玉对这一地区很熟悉，他在湘阴江亭也为友人写过一首诗，在这首诗中，他提到"帝子祠"。这一名称只能指湘水女神，其所处之地大概就是黄陵庙。这不是一首虔诚礼敬的诗篇。诗中的背景是一个幻想而激起公众沉思的时刻：深蓝的天空，江口弥漫着春花的芳香，恼人的过去就像一场日渐淡去的梦。[2]

幸运的是，819年，韩愈在贬谪潮州途中，曾在这个祠庙驻停。他担心热带瘴疠可能损害自己的健康，甚至让自己送命，因此向两位湘水女神祈祷，乞求她们的佑护。占卜之后，得一吉卦。820年，他被召回朝廷，在心中充满感激之余，他创作了一篇献给她们的祭文。尽管他反对佛教，但这位著名作家却小心翼翼而且专心致志地（几乎说得上是虔敬地）对正统神祇给予适当的认可。细读其写给可怕的潮州鳄鱼的祭文，以及他记述恢复南海神祭祀的文章，就会说服任何一位可能还心存疑虑的读者。"牛羊入室，居民行商，不来祭享"，在他这篇新的宗教文字中，韩愈发誓要恢复这座倾圮的祠庙。（早先诗人游客笔下那荒圮的

---

[1]　李群玉，《黄陵庙》，《全唐诗》，卷569，页6603。
　　　译注：《黄陵庙》："小姑洲北浦云边，二女容华自俨然。野庙向江春寂寂，古碑无字草芊芊。风回日暮吹芳芷，月落山深哭杜鹃。犹似含矉望巡狩，九疑愁断隔湘川。"
[2]　李群玉，《湘阴江亭却寄友人》，《全唐诗》，卷569，页6597。
　　　译注：原诗云："湘岸初晴淑景迟，风光正是客愁时。幽花暮落骚人浦，芳草春深帝子祠。往事隔年如过梦，旧游回首漫劳思。烟波自此扁舟去，小酌文园杳未期。"

神女庙，实际上正是这座黄陵庙，韩愈这一描写更证实了我的推测。）韩愈许诺将庙宇粉饰一新，并捐献私钱十万，资助重修庙宇。他也发誓要重立古碑，这无疑就是李群玉诗中提到的那块古碑，在风吹雨打中，碑文早已漫漶不清。他提议新撰一篇碑文，以取代古碑文，"以大振显君夫人之威神"。[1]821 年，古碑重立，其上铭刻了新的碑文，这篇文章一直流传至今。其文开篇云：

> 湘旁有庙曰黄陵，自前古立，以祠尧之二女舜二妃者。庭有石碑，断裂分散在地，其文剥缺。考图记，言汉……之立，题曰《湘夫人碑》。[2]

接下来，韩愈说，他本人仔细查看了残碑，发现这断碑并非汉碑。实际上，此碑立于公元 288 年，题曰《虞帝二妃之碑》。虞帝亦即舜帝。他还添加了一段对二妃诸种不同名号的讨论。除了否认舜死葬苍梧及二妃从之不及最终溺死的传统说法之外，韩愈这篇文章提供了唐人对此的标准看法。对这一传说，他偏爱宗教的解释，而不是历史的或者将神话历史化的解释：舜及其二妃并没有死，他们变成了伟大的神祇。他们是值得人们祭祀的，确实，所有横渡湘江的人都必须向她们表示应有的礼敬。文章结尾，他叙述了自己因感激神佑而保证重修庙

---

〔1〕 韩愈，《祭湘君夫人文》，《全唐文》，卷 568，页 1a—1b。参看森三树三郎，《中国古代神话》，东京：1969 年，页 247。
〔2〕 韩愈，《黄陵庙碑》，《全唐文》，卷 561，页 10b—12a。

宇的经过。

　　洞庭湖另外一处圣地是君山，或称洞庭山，在巴陵县西边的洞庭湖中，是一个相当大的岛屿。[1]不幸的是，此岛洼地带常受洪水之害，夏秋月份尤甚，使得游客很难登上岛屿。[2]此岛名中之"君"，注释家各有主张，可能指湘君，也可能指其他一些真实或者虚构的君王。此岛亦称为洞庭山，亦即洞庭湖的山。岛上山石岩岩，隐藏着一座神秘的宫殿，有五条通道，奇怪而隐秘，通往诸座仙山，包括四川峨眉山、广东罗浮山以及山东泰山——它们全都占踞神圣地位，在中古早期大受尊崇。有些人说，此岛并非生来就在湖中。九世纪诗人方干，一个大巧若拙的家伙，写道：

元是昆仑山顶石，海风吹落洞庭湖。[3]

原来，是一阵奇怪的海风，把它从中亚神圣的高原吹到这里。但这个传闻可能是方干自己炮制的，其目的是向这座仙岛致敬。据说，这座波涛拍打的仙岛之所以尊贵，也是因为很久以前一位伟大君主来过这里：他就是刘彻，人们通常称其为汉武帝。他曾登上此岛，并在此射杀一只蛟龙。[4]这一举动无疑显示了君

---

〔1〕《太平寰宇记》，卷113，页2b；《舆地纪胜》，卷69，页6b。
〔2〕《岳阳风土记》，页10b—11a。
〔3〕《全唐诗》，卷648，页7505。
　　译注：此引方干《题君山》全诗云："曾于方外见麻姑，闻说君山自古无。元是昆仑山顶石，海风吹落洞庭湖。"见《全唐诗》，卷653。作者所标卷次误。《全唐诗》方干卷始于卷648，作者盖涉此而误。
〔4〕《太平寰宇记》，卷113，页2b—3a。

王的英雄气概，但它似乎也是针对伟大神女之臣仆的无端的暴力
行径。

从很早开始，这个岛就以柑橘闻名，十世纪时有一座寺院，
拥有上好的橘园。[1]同一时期，那儿还有一眼泉水，流出的是甜
酒。喝了这种泉水，就可以长生不老。但是，尽管寺僧们在春天
经常可以闻到泉水那怡人的香气，他们却总是找不到其所在。幸
而我们有关于此岛上湘君庙的一段记载，作于九世纪下半叶，作
者李密思是当时的巴陵县令。[2]此文开篇云：

> 洞庭山，盖神仙洞府之一也。以其洞府之庭，故以是
> 称。湖名因山，自上古而然矣。昔人有立湘君祠于此山，因
> 复谓之君山。其庙宇为秦皇毁废，后亦久无构葺者。是山去
> 郡郭二十里，而近人未尝敢居其中。按图经，此山不受秽
> 恶，无猛兽。愚以为海有圆峤蓬岛之类，人可望而不可至。
> 兹山垤坳波心，云水四周，人可至而不可居，宁非圆峤蓬岛
> 之亚钦？固为神灵之所凭依，宜矣！

我们的作者继续讲述当水旱灾害来临时，这里的人们通常是如何
祭祀的。但他补充道，由于神殿倾圮，有很长一段时间，祭祀活
动无法正常进行。861年夏天，巴陵县遭遇旱灾，即在李密思任
县令期间。因此，他洁斋之后，乘舟上岛，下属提出此行危险，
但他置之不理，并亲自划桨前去。到那儿之后，他在山脚之下的

---

[1] 《太平寰宇记》卷1135b引《山海经》。
[2] 李密思，《湘君庙记》，《全唐文》，卷802，页9a—11a。

烈日中向神灵祈祷。之后乌云兴起，风向转变。小船回程十分轻便，众人皆喜。他刚回到县署，雨水就开始降落下来。他因此写道，"则知非至神无以动阴阳"。此后，他决定在岛上修建祠宇，然而因为公务繁忙，这一计划未克告成，直到两年后方毕其功。当然，他也自称寺庙建成之后，此地在其治下，无有灾患，风调雨顺（此文作于公元863年6月7日）。

如果他们恪尽职守的话，中国各省地方官总是扮演官方宗教教士的角色。在这个案例中，由于县令的礼敬，神女被赋予的地位并不是随随便便的，即使对她持久的崇拜，会由于其祠庙远在风波汹涌的湖水之中，而在相当大程度上受到影响。

虽然湘江及其支流的整个流域都在神女的管领范围之内，但对她的崇拜还是主要集中在洞庭湖周围。然而，在湘水上游源头地区，这一崇拜则相对分散——这一地区以人们传说中她的夫君舜的神灵之所在而著称。大致说来，后者相当于零陵（在唐代亦称为永州）及其以南地区，从湘水源头，经过分水岭到广西北部的桂江上游源头处。[1]

据说，在最早的时候，英雄舜巡行到遥远而蛮荒的南方，死于苍梧之野，葬于九疑山。[2]不管上古时代人们认为这个地区在何处，在有历史记载的时期里，它是指坐落在湖南最南部、邻近广西省界的区域，那里靠近北回归线，且山岭崎岖、森林密布。湘江上游两条支流的分叉就在此地北边成形。漓江也在此滥觞，在唐代，漓江通过一条高海拔的运河注入湘江；它向南流，并

---

〔1〕　关于桂州神祠，参看薛爱华《朱雀：唐代的南方意象》，页26。

〔2〕　《史记》，卷1，页6d。

与一些更大的水流汇合，最后，其水流在广东注入南中国海。
湘水分岔处西边的一条支流，有幸拥有与湘江一样的名字，发
源于桂林附近，并流经零陵。东边的一条叫做潇水，发源于广
东北部连州附近。它与其姐妹江流在零陵汇合。这些源头诸水
对舜来说是神圣的，进一步延伸，对其二妃来说也是神圣的。
而且，由于后者逐步被认定为湘水神女，湘君的管领范围也因
此扩展到这么南部的地方。但在那里，在舜这个男性英雄的高
大形象面前，她就难免相形见绌了。[1]有人说，在舜去世安葬
之后，二妃也死了，葬于南方的圣山衡山。其他人则否认这一
点。[2]不管怎么说，舜把神秘的九疑山留给了自己。他埋葬在那
里的故事非常古老[3]，在唐代，如果不是更早的话，这一事件
以及其二妃的故事，被永久凝固在九疑山诸峰的名字中。在那
个时候，舜早已从很容易使人觉得其形如大象的原始神，被改造
成一个令人尊敬的、人形圣王的典型。这些山峰的名字中，有几
座分别名为"娥皇峰"、"舜源峰"和"女英峰"。人们认为，神
圣的舜的陵墓就在女英峰下。[4]有一个附属传说：舜的遗体失踪

---

[1]　文崇一，《〈九歌〉中河伯之研究》（《中央研究院民族学研究所集刊》，第
　　　9集，1960年，页64—65）最终反对湘水神女与舜之妻子有关的说法。
　　　霍克思《神女之探寻》（《大亚细亚》，卷13，1967年，页76）认为，这个
　　　江水神女的传说在这个地区很可能比舜的故事古老得多，然后舜的故事又
　　　被叠加到神女故事上。

[2]　参看皇甫谧（公元三世纪），《礼记·檀弓》注。

[3]　见《礼记》、《山海经》及《史记》。

[4]　《图书集成·山川典》卷169引《元和郡县志》。
　　　译注：据《方舆胜览》卷24，九疑山有九峰，"峰各有一水，四水流灌于南
　　　海，五水北注，合为洞庭。其一曰朱明峰，其下湘水源；二曰石城峰，其下
　　　沲水源，女冠鲁妙典所居；三曰石楼峰，其下巢水源；四曰娥皇峰，其下池

了，两位帝女沿着湘江一路寻找，流了很多泪。她们的眼泪滴落到生长在那里的茂竹之上，这解释了中国南方著名的斑竹（*Phyllostachys puberula var. boryana*）的起源[1]，这种竹子很适宜用来制作上佳的手杖和笔杆之类的物品。泪斑的故事变成老生常谈，中世纪没有一位诗人舍得弃置不用。只要随意提一下这一品种的竹子，就足以使人们油然生起对舜之死亡以及二妃悲哭的同情。

位于最南边的神女祠笼罩于一片阴晦朦胧中，意味着受人忽视："苍苍尧女祠。"[2]这首八世纪的诗中写到的这座沉水头上的二妃庙，显然已经覆满了青苔。但舜时的寒猿（就是当年随楚王之声而啼叫的猿猴）还在那里，赤豹也在那里。这位诗人是李颀，正在送别一位即将远行的友人，在这样一首向南行友人致意的离别诗中，有必要适当注意一下这类热带的奇观。湘水源头处另有一座神祠，其文献记载更为翔实。散文大家柳宗元被贬于柳州期间，湘水源头处的二妃庙毁于一场大火之中，而柳宗元则忍耻含辱，再也没能回到中原。二妃庙的被毁是在公元814年8月底。这在地方官员中引起了恐慌，他们开始大力重建祠庙。同年12月22日修复完工，祠庙重开。庙门之前立有一碑，这位

（接上页）水源；五曰舜源峰，其下瀑水源，亦曰华盖，此峰最高。六曰女英峰，其下砅水源；七曰萧韶峰，其下济水源；八曰桂林峰，其下洑水源；九曰梓林峰，其下湎水源。旧录所载不同，与九峰不相涉。"

[1] 例如，参看薛爱华《朱雀：唐代的南方意象》，英文版页179。

[2] 李颀，《二妃庙送裴侍御使桂阳》，《全唐诗》，卷134，页1364。
译注：原诗云："沇上秋草晚，苍苍尧女祠。无人见精魄，万古寒猿悲。桂水身殁后，椒浆神降时。回云迎赤豹，骤雨飒文狸。受命出炎海，焚香征楚词。乘骢感遗迹，一吊清川湄。"

杰出的迁客撰文一篇，刻在碑上。这篇碑文的颂词将二妃塑造成贤惠的女儿和妻子的角色。颂词采用正式、古雅的四言诗体，其风格与柳宗元那些结构松散的"记"迥然不同。[1]这大概十分符合柳州城中那些耆老的阅读品位。

其后，在公元九世纪，李群玉去桂州寻访一位"佳人"的"故居"，他利用这一机会，写了一篇相当传统的绝句，在诗中，他认为那位不在场的佳人应当就是湘妃：

> 桂水依旧绿，佳人本不还。
> 只应随暮雨，飞入九疑山。[2]

对湘妃的忠诚、也许还包括对她的现代化身的忠诚，做这样唐突的恭维，并不能作为湘妃崇拜在此地仍然存在的证据。实际上，哪怕这庙依然存在，我们也还是不能断定诗人曾拜访过湘妃庙。

差不多一个世纪之后，张泌奉命出使那个分离的（或独立的）王国南唐。它地处古代吴地，建立在大唐帝国的废墟之上。一天傍晚，他驻停于湘水之源。在诗中，他将江浪轻拍小舟的声音、迷蒙烟雨中的树木，以及薄雾中传来的豹（不是通常的猿）的吼声，一一记录下来，使之不朽。他写道，二妃庙荒凉的地上，树木已经苍

---

〔1〕 柳宗元，《湘源二妃庙碑》，《全唐文》，卷587，页7a—8a。像韩愈一样，柳宗元也写过一系列宗教祭献文字。

〔2〕 李群玉，《桂州经佳人故居》，《全唐诗》，卷570，页6605。

老，正如二妃的记忆以及她们所伤悼的英雄一样。[1]这是柳宗元当年修复的那座祠庙吗？它有可能是迟至南宋时代遗迹仍存、仍然享有"湘娘庙"之名，并指示给游人的那座祠庙吗？[2]我们不能确定。无论如何，这里不是湘妃崇拜的重要中心。舜的影子显得太突出了。然而，我们也要注意两座在湖南境内相距不远的湘妃庙，一座在道州，一座在澧州。它们被记住，是因为在宋代记载中，它们犹有"古迹"残存，有可能在唐代时它们已然存在。[3]

---

〔1〕 张泌，《晚次湘源县》，《全唐诗》，卷742，页8451。

   译注：原诗云："烟郭遥闻向晚鸡，水平舟静浪声齐。高林带雨杨梅熟，曲岸笼云谢豹啼。二女庙荒汀树老，九疑山碧楚天低。湘南自古多离怨，莫动哀吟易惨凄。"

〔2〕 《舆地纪胜》，卷56，页10b。

〔3〕 同上书，卷58，页9b；卷70，页8a。第一座庙名叫"娥皇庙"，第二座名叫"神女庙"，注中称其二人为"帝之二女"。

顽皮的海马只求她一声温柔令下，
竖起他灵敏的耳朵，张开他有蹼的脚爪，
劈开漩涡盘旋的水路奋力前行，
或竖起背鳍静静地聆听。
那仙女浮出水面，跨上鳞光闪闪的坐骑，
她银色的双脚把他光滑的两胁夹持。

伊拉斯穆斯·达尔文，《植物经济学》

我们看到一首出自六世纪的诗，是梁代文才秀出的三姐妹之一刘令娴所写。她在诗中把自己描绘成一位美丽女子，正在酬答丈夫寄赠给她的诗句。她端详着镜中的自己，为自己寻找着能与可爱仙女比美的自信：

　　　　夜月方神女，朝霞喻洛妃。[1]

这神女当是巫山神女，朝霞则适合用来描写巫山神女，而不适合于洛妃。刘氏创作了一个不很精确的混成品，将多位神女的形象混合在一起。但是，她最终要赞美的不是如烟似雾、绚丽夺目的水中仙女，而是她自己。文学作品中神女的世俗化过程早就已经开始了，这一变化最突出地体现在洛神这一人物身上。洛神在上古时代并没有多少可以追踪到的记载，虽然自从曹植

─────────

〔1〕　刘令娴，《答外二首》，《全梁诗》，卷13，页19a—19b。
　　　译注：据《南史·刘孝绰传》，孝绰有三妹，一适琅琊王叔英，一适吴郡张嵊，一适东海徐悱，并有才学。此诗始见《玉台新咏》卷6，题徐悱妻刘令娴《答外》二首，所引句出自第二首，全诗如下："东家挺奇丽，南国擅容辉。夜月方神女，朝霞喻洛妃。还看镜中色，比艳自知非。摛辞徒妙好，连类顿乖违。智夫虽已丽，倾城未敢希。"

对她作过生动的形象描绘之后，她的文学生命之链就几乎没有断过。

在唐代文学中，古老的神女呈现出多种不同的外貌，但是，在唐代作家的语词建构中，每一类神女各有其适意的生活环境。例如，女娲在文言写成的民间故事中表现得最好。她不类凡人，形象怪异，令人惊畏，身上有鳞甲，或者看上去像鱼一样，与乡间的信仰与崇拜相近。相反，洛神就非常像一个入时的、当代的美妇人，几乎就是一位上流社会的交际花，她最适宜以这种外貌出现在文辞优雅的散文体小说中。她和这类文体中形象描绘的一些龙王之女，都与欧洲宫廷美妇人类似，她们在优雅的文学作品中被想象为希腊神话中的山林水泽仙女。抒情歌诗也以颇为相似的方式展现洛神形象：她每次出现，都是隐喻尘世的尤物，虽然在少数诗人眼里，她依然是月光照耀下的一个游丝般缥缈的窈窕精灵。

但唐诗对神女还有另外一种想象，几乎完全局限于诗歌这一媒介中，对巫山神女的形象描绘就是最好的例证。典型的情调是怀旧式的——使我们想起一个上古时代楚楚动人的、幽灵一般可望而不可即的神灵。这个多少有些柔化了的云雨神女形象，显然是从宋玉的神女那里逐渐衍生而来，而并非突然成形的。湘妃处于洛神与巫山神女之间的某一位置。她既不完全是备受宠爱的宫廷美女，也不完全是熠熠生辉的精灵。

在开始观察唐诗中的这些神女之前，让我们先来注意一首仙人"写"的唐诗。有一位叫何光远的人获得了龙女短暂的爱情——这类故事总是如此。他写了三首诗致赠龙女，而她亦写了三首七绝——作答。由于仙人们写的诗比较稀罕，看样子很值得将其中一例译作英语。此处所译就是明月潭龙女所写绝句之一。[1]毫无疑问，她隐藏自身的鳞甲，提出他们之间很有可能会发生一段艳遇：

> 坐久风吹绿绮寒，九天月照水晶盘。
>
> 不思却返沉潜去，为惜春光一夜欢。

（绿绮比喻她所栖息的池塘碧绿而闪亮的水面；九天就是天的九个部分——八个方位加上中央；中国人把透明的水晶看作是石化之水。）幸运的何光远以一首满怀深情的绝句作答，表示他甘愿为了一夜爱的欢娱，而承受永久的离别。

女　娲

唐代诗人很少注意在所有各色龙当中最令人尊敬的女娲。对神话编集者来说，她已经变成了传说，而对传统的史学家来说，她是一位黄金时代的令人难堪的女性君主。但她的名字偶然还会出现。可喜的是，我们发现李白记得她，称她为人类的创造者：

---

[1] 明月潭龙女，《与何光远赠答诗》，《全唐诗》，卷864，页9775—9776。
译注：作者下文解释九天和水晶盘，似不甚确。九天当是九重天，而水晶盘似是比喻月亮。

> 女娲戏黄土，团作愚下人。[1]

在秦韬玉写于九世纪末的一首佚诗的断句中，她甚至以一种与众不同的外貌出现，这个身躯巨大、周覆大地的神祇直与蓝天相连，相当地威严：

> 女娲罗裙长百尺，搭在湘江作山色。[2]

即使没有上下文，我们也能看到，这位补天的神女衣袂飘飘（"百尺"是中国人估算到天上的距离的典型表达方式），罗裙的青翠投射到南方江水的暗淡山色中，我们由此联想到关于巫山神庙的诗句，它们同样展现了巫山神女显露于景色之中的部分容貌。

神　女

汉代以后，题咏宋玉戏剧性赋作中所描写过的彩虹神女的诗歌——亦即以"诗"为形式的歌词——屡见不鲜。其中许多反映的是汉乐府《巫山高》中的风格与素材。在汉唐之间外族入侵与南北分裂的时期，这类写法并非难得一见，但根据对现存文集所

---

[1] 李白，《上云乐》，《李太白文集》，卷3，页9a。
[2] 秦韬玉，失题对句，《全唐诗》，卷670，页7663。

作的粗略调查，这种类型在唐代最为常见。无论怎么说，它们采
用的形式与结构各不相同，但却因共同的主题而统一起来。不
过，它们并非总是以同样的方式来处理这一主题。有些诗篇结构
简单，有些诗篇结构复杂；有些平淡明白，有些则充满奇思妙
想。大部分都向宋玉的身影彬彬有礼地点头示意，或是通过使用
某些宋玉作品中的浅易典故，或者（这是非常常见的）直接割取
其中的词句。"朝云"和"暮雨"，作为神女出现的先兆或者伪
装，只不过是许多常见写法中最为普遍的一种。下面就是典型的
诗句：

> 朝云暮雨连天暗。[1]

在数以百计的诗句中，神女出现的路径和预兆都是这样。但是，
正如我们将要看到的，这些流星般的短暂一现，不管在主题方面
多么类似，它们对于不同诗人的意味却不尽相同。也许，不同诗
中散发出来的神女的最一致的气味，是性欲，不管是表现得很露
骨，还是伪装得很巧妙。

凡人与仙鬼之间产生实质性爱情的主题，在中国民间传说与
文学作品中也随处可见，在总是很流行、通俗的幻想故事中尤其
突出。唐传奇很可能是这一方面的最佳例证。在唐传奇中，典型
的故事类型是狐女与英俊少年之间的爱情。受到少年青春激情

---

[1] 张子容，《巫山》，《全唐诗》，卷116，页1178。
　　译注：全诗为："巫岭岧峣天际重，佳期宿昔愿相从。朝云暮雨连天暗，神
　　女知来第几峰。"

的激活与强化，幽灵般的美人变得具体可触，甚至可能回到现实人间。[1]

一个人远行在外，他的梦魂却可以在梦中探望其妻子并使之怀孕，不仅如此，他的精魂还可以在其肉体死亡后，与她同寝同食，一如生前。这就是巫山神话的内在与终极意义之所在。楚王与神女的遇合发生在一场"梦"里，亦即发生在一个超现实的世界里。它既为楚王的统治增加了神意钦准的因素，也为楚国大地和楚国人民带来了肥沃富足。与此同时，神女也回复了青春，其形象呈现更加实在，更有活力。她以繁殖力为礼物，换取自己的生命。

这种看法在中国文化各个不同的幽暗角落中随处可见。李贺对《巫山高》这一主题所作的奇异加工，便是唐诗中一个绝妙的例子。[2]对这个主题，李贺是不会轻易放过的。乍一看，他这首诗意象缠结，几乎无法解析，同时又用典密集，使人无法将其译为英语。从音节上看，全诗为3/3/7/7/7/7/7/7/7 句式。尽管本诗既华美富丽，又有司空见惯的李贺式的魅惑戏法，但它仍然是一篇学究之诗。将这首诗译成英语是很冒险的，加一段注释势不可免。

> 碧丛丛，
> 高插天。
> 大江翻澜神曳烟。

---

[1] 艾伯华，《中国东部和南部的地方文化》，页334。

[2] 李贺，《巫山高》，《李长吉歌诗》，卷4，页141—142。

楚魂寻梦风飔然。

晓风飞雨生苔钱。

瑶姬一去一千年。

丁香筇竹啼老猿。

古祠近月蟾桂寒。

椒花坠红湿云间。

本诗可作粗浅疏释如下：

山坡上覆满了幽暗的树林，

山似乎消失于天上。

江水怒卷着流过峡谷，在江边，同样也是一幅荒野的
景象，

神灵拖着一阵渐远渐无的烟雾，像披着一件长袍。

楚襄王的鬼魂企图攫住从他梦境中渐隐而去的神女：

他仿佛是一阵暴风。

连绵的降雨使岩石崖壁都长满了青苔。

（通常因其形状而被称为"苔钱"；这里似乎有一个失传
的比喻。）

但神女本人一千年只回来一次。

她的到来激起了猿的欲望（正如她的离去带来猿的
痛苦），

猿在这里代表楚王。

她的祠庙在月光下轮廓分明，

也感染了月球上的冰蟾和桂树的寒光。

粉红的椒花（*Zanthoxylum simulans*，像胡椒一样作为一种辛辣的调味品使用）沾湿了坠入云层的缺口，云其实就是神女。一个千年的交配终于完成了。（椒作为男性的象征，参看《诗经·唐风·椒聊》。[1]）

类似意象亦见于中国南方和东南亚民歌之中。例如，在现代香港"疍民"歌谣中，就有很多元素与《楚辞》相类似。其中有一些是以植物典故形式出现的性意象。这在很多方面使我们联想起像李贺这样的中古诗人所使用的植物比喻。在这些"朴素"的民谣中，有一首婚嫁歌，新娘被喻作橘树；雨水使她受精，她结出了果实，并为此欢喜。在另一首民歌中，她被明确描写成正在等候丈夫（亦即使她受孕的楚王）的梦魂的巫山神女。[2]这些传世的民歌比起大部分唐代士人所写的歌词来，全都显得更为坦率、也更为稳妥。但是，不用说，同样是这些使用古代经典语言的作家们，他们从类似现代香港"疍民"那样的生活传统中取资，正如从当时流行的文学原型中取资一样重要。例如，刘禹锡就试图重新改造古代荆楚巫歌，使其与上古时代同在此地区产生的经典的《楚辞》风格相一致。[3]这些证据表明人们早就注意民俗风格，虽然这并不普遍，但却引人注目。

---

〔1〕　译注：《诗经·唐风·椒聊》："椒聊之实，蕃衍盈升。彼其之子，硕大无朋。椒聊且，远条且。椒聊之实，蕃衍盈匊。彼其之子，硕大且笃。椒聊且，远条且。"

〔2〕　安德森（E. N., Jr. Anderson），《香港疍民歌谣》，《美国民俗学刊》，卷80（1967年），页294—295。

〔3〕　薛爱华，《朱雀：唐代的南方意象》，页42。

意象——例如椒花和橘子——并不是诗歌的全部，但它在诗中却至关重要。在巫山诗歌中它是非常重要的。规范需要它。乔治·桑塔亚那说得有道理："规范并非无缘无故地出现的。而天才都知道如何通过重新鉴别规范的正当性，来超越规范，他也完全不会受到诱惑，为了满足自己一时的心血来潮，而去推翻规范。"[1]一位优秀诗人就会知道如何鉴别和复活一个伟大的意象，不管那些平庸的诗人曾经多少次贬低这个意象的价值。伟大的主题能够激发平庸的诗人，而灵巧的隐喻也能在二流诗人手里每况愈下。椒花使李贺的诗与伟大的诗歌传统一脉相承，但他开掘这一意象的方法却完全是新颖的。

通过与神的两性遇合经历，达到精神与肉体的新生，这个在巫山诗歌中得到最经典展示的主题，需要有这么一个传统架构和传统装饰。它们甚至可用以取得相反的效果。在九世纪晚期诗人苏拯看来，云雨性事只是精神迷乱所致。他提出，巫山神女传说是一种把人导向淫荡的卑劣的迷信说法：

> 昔时亦云雨，今时亦云雨。
> 自是荒淫多，梦得巫山女。
>
> 从来圣明君，可听妖魅语。

---

[1] 乔治·桑塔亚那（George Santayana），《诗歌的元素与功能》，见桑塔亚那（1957 年），页 276。
译注：此注作者在参考文献中漏标版本，其原出书或是 Daniel Cory, ed. *The Idler and His Works, and Other Essays*。

只今峰上云，徒自生容与。〔1〕

这幅风景清明、净化，驱除了妖魅，自有其吸引力，但大多数唐代诗人对此似乎并不在意。至于其所谓"明君"，诗人很可能是要表达他对君主不为迷信所惑的热爱。他所指的可能是不幸的唐昭宗，也可能是后梁的第一个皇帝。

如果我们调查全部唐代巫山诗中大批标准意象，将语调不同与态度差异忽略不计，它们似乎都很单调：不断地重述被雨打湿的山腰、翻卷的烟雾、低密而蔽目的积云、啼叫的山猿，以及凄厉的寒风。但是，我们当然也不能将巫山诗中的每一片云和每一滴雨，都当成与其他一百篇诗中出现的云雨完全一样。例如，李贺诗中的猿和李贺诗中的雨，在同类诗中肯定不够典型。但是，在开始考察那些对司空见惯的意象进行创新开掘的杰出范例之前，让我们先来考察一些原创性不那么强的例子——它们未必就是负面的。

关于创造幻想和幻觉（诸如将时隐时现的神女以及幽灵一般的楚王具有欺骗性的外貌作为构成风景的因素），在前文对女娲传说演变史的简短讨论中已经有所涉及。幻想式的爱情在大量巫山诗中司空见惯，但是，其中一些作品超越幻想之境，而走向本体世界，即神女变成自然世界的实在组成部分，这真不可思议。我们经常难以区别何者为本体，何者只是幻想出来的影像。"神女云"〔2〕究

---

〔1〕　苏拯，《巫山》，《全唐诗》，卷718，页8249。
〔2〕　卢照邻，《巫山高》，《全唐诗》，卷42，页522。
　　　　译注：此诗全文为："巫山望不极，望望下朝氛。莫辨啼猿树，徒看神女云。惊涛乱水脉，骤雨暗峰文。沾裳即此地，况复远思君。"

竟是伴随神女的云，还是作为神女本身的云？"神女雨"[1]究竟
是神女的雨，还是雨本身就是神女？没有办法区分清楚。"雨态云
容"[2]究竟应该看作是神女动作的明喻，还是应该看作她隐秘本
性的象征，或者看作是对其真实存在的确认？只有在偶然情况
下，明喻才会相当明白，例如"阴崖若鬼神!"[3]很可能，许多
作家至少已经强烈地意识到，是神灵赋予自然以生命——江、
云、崖都是超自然世界的物质呈现。在唐代官方认可的高层神祇
的整个层级次序中，这一事实是很显然的：地位最高的是星辰，
只要简单称星名就行，都不必写作"星神"。这些星辰本身就是
神圣的。海洋和山丘也都是有生命的实体，其地位各不相同。唐
代诗人对此毫无质疑地接受了下来。

　　此外，如果不考虑其神性，或者也可能正是由于其神性，自
然的壮丽即使出于其自身的理由也值得人们思量。如果说巫山是
一座神灵经常出没的山，那它也是一座风景如画的山。拜访这处
胜地的文学朝圣者们，不管当他们想到这个上古神祇无处不在时
会如何激动颤抖，他们也还是经常会被浪花飞溅的岩石和云遮雾
罩的林薮之类的景色所感动。他们的某些诗作也相应地更加留意
这个地区自然的壮丽和虚无缥缈的景色。沈佺期有一首诗就是例
证[4]，诗的开头和结尾都足够循规蹈矩，但诗中有两行与众
不同：

──────────

〔1〕　杜甫，《天池》，《引得》，页511。
　　　　译注：诗中有句云："飘零神女雨，断续楚王风。"
〔2〕　李咸用，《巫山高》，《全唐诗》，卷644，页7379。
〔3〕　张循之，《巫山高》，《全唐诗》，卷99，页1065。
〔4〕　沈佺期，《巫山高》，《全唐诗》，卷96，页1032。

　　　　电影江前落，雷声峡外长。

这对习见的云、雾、风、雨作了相当大的改进。另一方面，雷电
大作主要与气候相关，它有时会引领读者走向神女，而不是离开
神女。初唐诗人李峤写过一组题咏气象、地形以及其他自然现象
的诗，甚至等而下之，一直咏及李、鹊等等。其中一首即题为
《雨》[1]，开头两句就具有很强的人格化效果：

　　　　西北云肤起！东南雨足来！

因此，当神女在隔后两行出现时，一点也不显得突兀——一个充
满生气的登场，紧跟着迈步前行的云肤雨足。

　　最后谈一谈晚唐时代巫山诗歌的发展演变。富有才华的李珣
在一系列调寄《南乡子》的杰出词作中，赞美热带南方生活中那
充满异域风情的快乐与冒险。他也许是率先给这个文体增添非传
统或者胡人风味的词人。[2]他还以《巫山一段云》的词牌写了两
首词[3]，其音节句式为5/5/7/5，5/5/7/5。这两首词意义相关，
从第一首自然过渡到第二首。一个外来客出现了，他划着船，靠
上巫峡岸边。他忧伤地凝视着那空荡荡、被雨打湿的神祠，沉思
着古老的故事。第二首是这么写的：

---

〔1〕李峤，《雨》，《全唐诗》，卷59，页701。
〔2〕参看薛爱华，《朱雀：唐代的南方意象》，英文版页83—86。
〔3〕李珣，《巫山一段云》，《全唐诗》，卷896，页10121。欧阳炯亦用过此词
　　牌，其主题与风格趋向与李珣颇为相似。其所作二词今存《全唐诗》，卷
　　896，页10125。

古庙依青嶂，

行宫枕碧流。

水声山色锁妆楼，

往事思悠悠。

云雨朝还暮，

烟花春复秋。

啼猿何必近孤舟，

行客自多愁。

注释如下：

神女祠背靠着一片阴郁的树林。

"行宫"大概就是这个游客划的船。[1]

环绕其闺室的是代表其自身的自然景色。

她的性情真相无法探知。

这种氛围是永恒的。

（又一次表达此意。）

可以认作古代帝王的猿啼，是多余的：

即使没有猿啼，诗人的心情也已经够沮丧的了。

---

〔1〕 译注："行宫"当即神女祠。神女行迹不定，朝为行云，暮为行雨，故其居
止称为"行宫"。原作理解似不确。

词对一个十分常见的主题作了巧妙的处理，但它缺乏《南乡子》诸词所具有的那种创新精神。

某些诗人，对搜奇甚至志异有一种特殊天赋，他们写的神女诗歌所体现出的原创性，要比他们同时代人那些循规蹈矩的习作多得多。我下面所举例证都是选自李白、孟郊和李贺这三位狂人的作品，这一点也不出人意表。

李白对这个主题特别痴迷，显然，他很迷恋这个主题所散发的超自然氛围的魅力。他写的有关巫山主题以及人们耳熟能详的巫山神女的诗篇，可能比其他唐代诗人都要多。[1] 在下面这个例子中，他提到宋玉本人的名字。出人意料地，这时的我们不是在改造一个神话，而是在试图揣摩神话讲述者的用意[2]：

> 瑶姬天帝女，精彩化朝云。
>
> 宛转入宵梦，无心向楚君。
>
> 锦衾抱秋月，绮席空兰芬。
>
> 茫昧竟谁测，虚传宋玉文。

一开始按部就班，虽然措辞不守故常；到最后两句收尾时，它已经与传统彻底分道扬镳。诗究竟只是写对这种景象的怀疑呢，还是写从梦幻中完全醒悟过来？它对人间爱情的徒劳

---

[1]《古今图书集成》"山川典"存录李白作品五篇，比书中引录的任何一位诗人的作品都多，虽然这一引导未必可靠。

[2] 李白，《感兴》，《李太白文集》，卷22，页4a。

无益也有所叙说吗？我没有把握下断言。通常，李白都是这样变幻莫测。

有位罕为人知的九世纪作家于濆，他的一首诗与李白此篇颇为相似。它让人们更强烈地回想起上文翻译过的苏拯诗中所流露出的那种道学描写。于濆之所以被人铭记，主要是因为他反对代表他那个时代特色的那种追求音律谨严、词采雕饰的流行诗风。他带有修辞色彩的（同时也是不常见的）重叠句式与富有独创性的谐韵方式，使他的诗与李白诗的类比显得尤其有趣。[1]

> 何山无朝云，彼云亦悠扬。
> 何山无暮雨，彼雨亦苍茫。
> 宋玉恃才者，凭虚构高唐。
> 自垂文赋名，荒淫归楚襄。
> 峨峨十二峰，永作妖鬼乡。

这里译为"vacuity"（虚）的这个字，与李白那首五言八句诗中我译为"insubstantial"（虚）的那个字相同。于濆告诉我们，神奇的巫山及其人间的名声都是虚构杜撰出来的。这里一点没有对神女的崇敬。

孟郊是韩愈的朋友，其文学风格曾被描绘为"寒苦"、"险怪"。针对这个受人尊重的《巫山高》主题，他写了两首诗，彼此衔接，而且风格颇为稀奇。第一首是七言诗，布置了一个

---

[1]　于濆，《巫山高》，《全唐诗》，卷599，页6930。

阴郁的序幕，第二首诗是节奏稍快的五言体，描绘了一个朦胧
然而幸福的结局。诗的背景首先在巫山十二峰之间展开，接着
转换到古代楚王独自梦见神女的高丘之上。在诗人笔下，他并
没有如这一伟大传统中所表现的那样与诗人宋玉一起漫步，而
是在狩猎途中暂作歇息。他不是白日做梦，而是夜卧入梦。神
女出场，

> 轻红流烟湿艳姿，行云飞去明星稀。

她消失不见了，而楚王的猿啼声在萧索的荒野中回荡。在续诗
中，有人决绝地追寻着那个绚丽的光景——是谁呢？猿啼渐渐消
隐，萧萧的雨遮蔽了一切，也遮蔽了一个孤独的鬼魂。死去千载
的楚王的灵魂最终与神女重逢：薄雾凝结成了通向神女闺室的门
径。[1]这有点做作，也许还有点过分讲究，但是，与大多数表达
久别伤怀继而终偿所愿这一共同主题的精细描写相比，它显得更
富有戏剧性。

　　李贺写了两首关于让人迷醉的巫山神弦的诗作。第一首呼
唤神女到祭坛上来，诗中充满奇异的香氛、令人惊慌的寒战和

---

〔1〕 孟郊，《巫山高二首》，《全唐诗》，卷372，页4183。
　　　译注：《全唐诗》卷372录孟郊有关巫山题材的诗作二首，一题《巫山
　　　曲》："巴江上峡重复重，阳台碧峭十二峰。荆王猎时逢暮雨，夜卧高丘
　　　梦神女。轻红流烟湿艳姿，行云飞去明星稀。目极魂断望不见，猿啼三声
　　　泪滴衣。"一题《巫山高》（或作《巫山行》）："见尽数万里，不闻三声
　　　猿。但飞萧萧雨，中有亭亭魂。千载楚王恨，遗文宋玉言。至今晴明天，
　　　云结深闺门。"

各种唠叨的声响。此诗曾经不止一次被译成英文。[1]另一首则是一篇告别词，写神女离去，回到其巫山家中。这首诗没有第一首那么怪诞：神女与其说是可怕，不如说是迷人——是一位甚至连植物世界也受其迷惑的女巫。下面就是这首《神弦别曲》[2]：

> 巫山小女隔云别，春风松花山上发。
> 绿盖独穿香径归，白马花竿前孑孑。
> 蜀江风淡水如罗，堕兰谁泛相经过。
> 南山桂树为君死，云衫浅污红脂花。

这首诗使注家们大受困扰，它也困扰了我。我试图以注释来证明我的翻译是对的：

> 彩虹女神穿过云雾，飞速离开巫山祭坛，
> 在她经过的路上，她热情洋溢的身体催发了松树上的
> 小花。

---

[1] 参见薛爱华，《撒马尔罕的金桃：唐代舶来品研究》，页161，及傅乐山译，《李贺的诗歌》，页213。此诗即李贺《神弦》，《李长吉歌诗》，卷4，页151—152。
译注：全诗如下："女巫浇酒云满空，玉炉炭火香冬冬。海神山鬼来座中。纸钱窸窣鸣旋风。相思木帖金舞鸾，攒蛾一喋重一弹。呼星召鬼歆杯盘。山魅食时人森寒。终南日色低平湾，神兮长在有无间。神嗔神喜师更颜，送神万骑还青山。"
[2] 英译见傅乐山《李贺的诗歌》，页214。原诗见李贺《神弦别曲》，《李长吉歌诗》，卷4，页152。

她穿过森林形成的天篷，一路曳着香氛。

一匹盛装的马为她前驱，马披挂着花做的徽章。

她家门前的大江穿过峡谷，水流平静。

但是谁会冒险乘一瓣花叶渡江去迎接她——只有神女才有此绝技。

当她靠近时，长青的桂树枯死了——这个爱情女神的触摸是危险的。

她轻薄的衬衫难免沾上红脂花，妓女的胭脂就是用这种花制成。

虽然李贺异乎寻常地喜欢植物意象，但他并没有约束自己固守古典花卉意象的套路。他的诗作中从不缺乏对植物的个人阐释和复活的植物比喻，而植物经常是正确理解其诗作意义的关键和症结之所在。我也不能确定地说，我这里就如愿以偿地破解了诗谜。

神女消失，令人心碎，这一进程很容易发展出神女消解或者死亡的观念。她会在千载之后回来，让古代楚王的鬼魂感到高兴——还是她从此再不回来？面对这一情感之迹，唐代诗人玩出了无数花样。至于他们究竟认为神女是一场消失的梦境，是一个有趣的幻想，还是一个无法复原的过去的象征，并不总是能够截然分清。例如，我们怎么解释李白的这两句诗：

神女去已久，襄王安在哉？[1]

----

〔1〕 李白，《古风五十九首》，《李太白文集》，卷2，页10a。

李白的同时代人、著名贤相和才华卓异的作家张九龄说得相当清楚：这个神女情人确实一去不复返了。[1]

> 巫山与天近，烟景长青荧。
> 此中楚王梦，梦得神女灵。
> 神女去已久，云雨空冥冥。
> 唯有巴猿啸，哀音不可听。

注释如下：

> 神女的家高耸入云天。
> 在她的云雾之下流淌着青荧的长江。
> 古代楚王在这里遇见她恍如一梦，
> 他们有了一次神秘的遇合。
> 但这是很久以前的事了。
> "云雨"氛围（恋爱怀想）还在——但她已不在其间。
> 猿啸——但它们的啼叫徒劳无益，只有一个象征而已，
> 因为被神女抛弃、被悲伤击倒的楚王死去已久，早已
> 消逝。

与此类似的效果，亦见于九世纪诗人李频的一篇作品中，只是手段不同而已。他划船穿过波浪翻滚的急流，仰望神奇的巫山：在清明的蓝天（这本身就是神女不在的象征）之下，时而吹来暮

---

[1]　张九龄，《巫山高》，《全唐诗》，卷47，页565。

雨，猿鸣依旧：

> 一闻神女去，风竹扫空坛。[1]

九世纪晚期的和尚齐己，出生于长沙，性喜漫游，写了很多有关
湘水及其女神的诗作。他也写了一首以《巫山高》为主题的诗，
在诗中，我们看到，在经历了几百年时光之后，由于没有爱情的
滋润，楚王的灵魂已经隐退，几尽消散。[2]诗如下：

> 巫山高，
> 巫女妖。
> 雨为暮兮云为朝，
> 楚王憔悴魂欲销。
> 秋猿嗥嗥日将夕，
> 红霞紫烟凝老壁。
> 千岩万壑花皆坼，
> 但恐芳菲无正色。
> 不知今古行人行，
> 几人经此无秋情。
> 云深庙远不可觅，
> 十二峰头插天碧。

---

〔1〕 李频，《过巫峡》，《全唐诗》，卷587，页6819。
　　 译注：全诗如下："拥棹向惊湍，巫峰直上看。削成从水底，耸出在云端。
　　 暮雨晴时少，啼猿渴下难。一闻神女去，风竹扫空坛。"
〔2〕 齐己，《巫山高》，《全唐诗》，卷847，页9586。

关于这首光怪陆离的诗，楚王猿啸隐于夜色之中，颜色黯淡的花朵，遥不可及的神祠，还有很多可说。但有一点必须加以评论，即诗人对听觉效果的关注。诗作开头就是彼此呼应的两句，可以译作这样的英文诗：

> Shaman mountain feared，（巫山可怕，）
> Shaman woman weird.（巫女可怪。）

或者：

> By shaman mountain daunted，（巫山令人沮丧，）
> By shaman woman haunted.[1]（巫女时常出现。）

上下两句用同样的节奏，押同样的韵脚。古代虚词、这里译作 oh 的"兮"字，把句子截成前后字数相等、句式排比的两半。接着，突然插入了一系列以辅音"k"收尾的韵字，音节急促拗折：*zyek*（夕）、*pek*（壁）、*t'yak*（坼）、*sryek*（色）、*mek*（觅）、*pyek*（碧），平顺的音调戛然而止。

对于把神女重新塑造成一种新的神祇，不管是塑造成新古典主义的道教女仙，还是塑造成戴上面具的尘世情人，这样的经历还根本算不上令人寒心。

颇令人惊讶的是，前一种塑造的例子（它并不罕见）出

---

[1] 译注：此处原作者为了说明"巫山高，巫女妖"二句节奏音韵谐和，用这两段音步一致、句尾押韵的英诗为例，其文意与原诗略有距离。

现在著名的初唐宫廷画家阎立本构撰的一篇作品里。他娴熟地运用了屡见不鲜的乐府形式，以司空见惯的问候和提问开篇[1]：

> 君不见巫山高高半天起，
> 绝壁千寻画相似。
> 君不见巫山磕匝翠屏开，
> 湘江碧水绕山来。

戏剧性的开场：帷幕揭起；接着我们游历了舞台上的全部布景：月光下的巫峡，升起的朝云，最后是行雨。这里甚至也有啼叫的猿，那是楚王的化身。这幅宫廷模仿画中比较新奇的是，神女已经被改造成一位仙骨轻盈、体态窈窕、可以像鸟一样飞翔的人。毫无疑问，她洞悉抱朴子们的炼金秘术。古老的丰饶神祇转而被一位秀美轻盈的仙女所取代，这仙女虽然远离君王，但却也并不排斥与其相伴。

另一个发展是将邻家女子写成阿芙洛狄忒。[2]诗人们，或者是出于主动要求，或者是回应别人的礼貌表求，毫不费力地写

---

[1] 阎立本，《巫山高》，《全唐诗》，卷39，页503。
  译注：全诗如下："君不见巫山高高半天起，绝壁千寻尽相似。君不见巫山磕匝翠屏开，湘江碧水绕山来。绿树春娇明月峡，红花朝覆白云台。台上朝云无定所，此中窈窕神仙女。仙女盈盈仙骨飞，清容出没有光辉。欲暮高唐行雨送，今宵定入荆王梦。荆王梦里爱秾华，枕席初开红帐遮。可怜欲晓啼猿处，说道巫山是妾家。"

[2] 译注：简·琼斯（Jane Jones）是英文中常见姓名，此指普通女子；阿芙洛狄忒（Aphrodite）：希腊神话中的爱情、美和繁殖女神。

下一些诗作，将他们的友人或府主所爱的女子（特别是在某些令人不堪的离别时刻）写成具体可见的神女，而她们的爱人则成了现代的受苦者，他们遭受的就是当年楚王曾经饱尝的那种痛苦：

> 轻裾玉佩暂淹留，
> 晓随云雨……〔1〕

这是权德舆为一位友人所作诗的片断，当时这位友人正陷于爱情受挫的悲痛之中。他把离去的爱人装扮成巫山神女，他的友人则变成灰心丧气的楚王。李商隐也长于此道，因此，当我们碰到他有两句诗写某名公的一位家妓，在高唐的细雨中轻盈地飘舞，而名公本人则被描绘成曾得短暂一欢的古代君王，也就不会惊奇了。〔2〕

　　也许在唐代那些善于神化的诗人（如果我可以这么称呼那些善于把荡妇写成维纳斯的诗人的话）中最声名昭著的，就是狂放不羁的罗虬。这位文坛上著名的"三罗"之一（他与罗隐、罗邺齐名），性格冲动，生活在衰微的唐王朝最后几十年，曾被州郡大员李孝恭聘用。在这一方面，他与那个时代许多才士相似，当

---

〔1〕　权德舆，《赠友人》，《全唐诗》，卷328，页3674。
　　　译注：此诗题下注："时友人新有别恨者"，全文如下："知向巫山逢日暮，轻裾玉佩暂淹留。晓随云雨归何处，还是襄王梦觉愁。"
〔2〕　李商隐，《西山作》，《全唐诗》，卷539，页6167。
　　　译注：题下原有注云："予为桂州从事，故府郑公出家妓，令赋高唐诗。"全诗如下："淡云轻雨拂高唐，玉殿秋来夜正长。料得也应怜宋玉，一生惟事楚襄王。"

时的朝廷无法向他们提供藩镇所能提供的安全和舒适。这位刺史府中有一位家妓绝色迷人，名叫杜红儿。罗虬疯狂地爱上了她，但当诗人试图以厚重馈赠博取女子好感的时候，府主出来干预，他已经将她许配给另一个官阶较高的下属。罗虬既妒忌又恼怒，按捺不住，遂将这迷人尤物刺死。刺史谴责他的罪行，但罗虬却幸运地逃过一死：大赦令恰好在此时颁布。他冷静下来，悔恨莫及，就开始创作百首组诗，正如他在诗序中所自陈的，意在歌颂这位死于他刀下的绝色美女。他还煞费苦心，特地将她与古典文学中那些最著名的美女相比。[1]在这些美人中，他高度评价了巫山神女与洛神，以及她们那遐迩闻名的迷人魅力。有时，他只通过"巫峡"、"洛水"等用典加以暗示[2]，但追悔不已的诗人有时也会非常直接地予以指认，例如，他写到，不管是这座神圣的山，还是那条神圣的河，古老的神女都已死去，她们的灵魂投生在这个来自雕阴城的可爱女子——亦即投生在杜红儿身上，由此获得了新的生命[3]：

　　巫山洛浦本无情，总为佳人便得名。

　　今日雕阴有神艳，后来公子莫相轻。

　　在认定神女这方面，这首诗只是往相同的方向多迈了一小步，不是把她认做心爱的女人，而是把她认做诗人本人也不相知

〔1〕《摭言》，卷273，页7b。
〔2〕例如在罗虬《比红儿诗》，《唐代丛书》，页47b。
〔3〕罗虬，《比红儿诗》，《唐代丛书》，页45a。

的某位艺伎。这就像欧洲诗人为了让一个著名的夜总会舞娘（而
不是他自己的情人）名垂不朽，将她比作特洛伊城的海伦。白居
易正是这么做的：他曾描写一对来自柘枝（今塔什干）的歌伎，
她们戴着金铃帽，穿着红锦靴，富有异国情调，她们激情狂舞，
诗人还引用宋玉的诗句，以显示这歌舞的情色本质。于是这些系
着银色腰带的外国人，就被赋予了诱惑中国国王的神女所具有的
那种本土魅力。[1]

　　另一个极端是将巫山神女从真实的人间恋爱中彻底清除，把
她改造成只是一种类型或者是标准的隐喻。例如，王棨写于唐代
末年的一篇赋，就使用了这种写法。这是一篇以讽喻的语言写成
的关于仁政的说教，神女在赋中是一个华而不实、几乎令人难以
置信的主角。[2]幸运的是，将神女形象削弱到如此程度的想法，
并没有吸引太多作家。

　　最后，古老的神女主题也可以用诙谐的方式来处理。在唐代
晚期，有一位名叫阎敬爱的人路过淮河流域的濠州高塘驿馆，他
有感而发，写了如下一首绝句：

　　　　借问襄王安在哉，山川此地胜阳台。
　　　　今宵寓宿高塘馆，神女何曾入梦来？[3]

---

[1]　薛爱华，《撒马尔罕的金桃：唐代舶来品研究》，页55—56。
　　译注：此处所论为白居易《柘枝妓》：“平铺一合锦筵开，连击三声画鼓催。
　　红蜡烛移桃叶起，紫罗衫动柘枝来。带垂钿胯花腰重，帽转金铃雪面回。
　　看即曲终留不住，云飘雨送向阳台。”见《全唐诗》，卷446。
[2]　王棨，《神女不过灌坛赋》，《全唐文》，卷769，页7a—8a。
[3]　阎敬爱，《题濠州高塘馆》，《全唐诗》，卷871，页9875。

这首诗虽然平庸，却让我们回忆起白居易《长恨歌》中的诗句，说的是玄宗失去妃子杨玉环之后，无以慰藉，因为她"魂魄不曾来入梦"。它所说的是，当今这个高塘馆虽然远离古代同名的那处高唐遗址，但它风景秀丽，无疑会让古老的楚襄王迷恋至极，他平静的心灵再也不去梦想与那个他已经期盼了好几百年的神女一遇。[1] 也许，阎敬爱是在设法取悦他的地主。

洛 神

唐诗中的洛神形象，不可避免地受到了曹植《洛神赋》中塑造的优雅而世俗的形象的感染。在这些后代的作品中，甚至连这位出身高贵的诗人本人也被写了进去。虽然这些文学作品中有一些暗示他就是魅力非凡的楚王转世再生，但他的这个身份并没有真正实现，与偶尔徒劳地尝试赋予高傲的洛神某些巫山神女的特性相比，并不更为显著。偶尔，诗人会试图将神女的形象牢牢地扎根于从更为虔诚的过去留传下来的所有超自然的氛围中，但是，真正赋予这位神女生命的，乃是三世纪的那篇文学杰作。例如，李峤试着开列一份与这条河相关的更为传

---

〔1〕 译注：实际上，这里提到的古今两处地名音同而字不同。《全唐诗》卷971录李和风《题敬爱诗后》："高唐不是这高塘，淮畔荆南各异方。若向此中求荐枕，参差笑杀楚襄王。"题下注云："初，阎为高塘馆诗，轺轩往来，莫不吟讽，以为警绝，自和风题后，人更解颐。"此例亦可佐证薛爱华此段所论以诙谐方式处理巫山神女主题的观点。

统的神秘事物的名单——这份名单中充满丹凤和仙客，甚至还
包括背上现出神秘洛图的神龟。当我们发现曹植（他通常被称
为"陈王"）本人与这些著名的神物一同出现在舞台上的时候，
多少会有些震惊：

　　　　陈王睹丽人。[1]

但是，这类诗中提到洛神的时候，大多数都没怎么偏离常规的
套路：她是一个飘逝的幻象，她飘摇于水波之上；她体形柔
弱；她腰肢纤细；她罗袜不沾水，实际上，水对于她就像轻
尘对于世间女子一样；她的出现伴随着一阵芳香；她白得令
人悸动，像漂白的丝，像白色的莲花，像柔和的月光，像飘
飞的白雪[2]：

　　　　惊鸿瞥过游龙去！[3]

　　不过，她身上的龙的因素，只不过是一句套话而已——她太
像人了。在李商隐的一首诗中，她展现得最为充分，这几种常见
的主题被糅合在一起。他尽量利用她的神袜来做文章，他想象是

---

[1]　李峤，《洛》，《全唐诗》，卷59，页703。
　　　译注：全诗如下："九洛韶光媚，三川物候新。花明丹凤浦，日映玉鸡津。
　　　元礼期仙客，陈王睹丽人。神龟方锡瑞，绿字重来臻。"
[2]　例如李白《感兴八首》其二，《李太白文集》，卷22，页4b；李峤，《素》，
　　　《全唐诗》，卷60，页712；刘沧，《洛神怨》，《全唐诗》，卷586，页6799；
　　　温庭筠，《莲花》，《全唐诗》，卷583，页6761。
[3]　唐彦谦，《洛神》，《全唐诗》，卷672，页6785。

这双袜子给了嫦娥神力，使她安然踏过月宫的水面[1]：

> 尝闻宓妃袜，渡水欲生尘。
>
> 好借常娥著，清秋踏月轮。

宓妃亦即人格化的洛神，在这里变成了举步轻盈的月中女神。这么说，她不仅主管一条地上的河流，而且还统领着天上的月亮——正如她本人一样，河流和月亮二者也是"阴"的代表。但李商隐把古人的这种玄想当做是一个纯粹的文学想象。对这一凌波微步的人物形象所做的最好描写，就是坚持将其塑造成艺伎和宫廷美人的模型。不过，与一位妓女相比，她却相形见绌，虽然这妓女既没有水面的碧波荡漾，也没有月亮的皎洁光辉。我指的是罗虬赞红儿组诗中的第十四首。诗中说，如果曹植瞥见像红儿那样美貌的女子，他就不会有心情去赞美洛神了。[2]在这两个例子中，仙女的典故都只不过隐喻脂粉而已。

红儿虽然很独特，但却是一个现实人物。而宓妃的命运，即使当她扮演洛神这一角色时，也依然是缺乏个性的。她被用来指代每一个漂亮的女子。孟浩然构想了一幕可爱的玉人在飞雪之中的情景。她究竟是一个人呢，还是一个神？一开始还看不清楚：

---

[1] 李商隐，《袜》，《全唐诗》，页539、6179。

[2] 罗虬，《比红儿诗》，页36b。
  译注：原诗如下："拔得芙蓉出水新，魏家公子信才人。若教瞥见红儿貌，不肯留情付洛神。"

态比洛川神。〔1〕

尽管她披上了一件洁白的神女外套，但很快，她就变成了一个风情万种的贵妇，沿着河滨小径骑马前行。

上文曾提及王棨对巫山神女不太贴切的描写，他似乎对这个洛神也没有什么感觉。在一篇韵文中，他记述了名士们在长安东南曲江池畔的一次春日宴集，乐师与江湖艺人纷纷献艺，而城中的风流男子则向香衣蛾眉、"遥疑洛浦之人"〔2〕的美女大抛媚眼。

权德舆是八世纪末叶一位早熟的作家，官位甚高。在他的一首绝句中，这个颇为单调的主题有了令人耳目一新的变化：

巫山云雨洛川神，珠襻香腰稳称身。

惆怅妆成君不见，含情起立问傍人。〔3〕

诗一开头，洛神的形象与巫山神女便融为一体。接下来写道，这个人物腰肢纤细，不可思议，不管是神女还是人间女子，这腰身都颇为少见。在结尾处，人们才发现那只是一位心绪怅惘的美人，不惜下问仆人她的情人是否到来。

---

〔1〕　孟浩然，《和张二自穰县还途中遇雪》，《全唐诗》，卷160，页1632。
　　　　译注：全诗如下："风吹沙海雪，渐作柳园春。宛转随香骑，轻盈伴玉人。歌疑郢中客，态比洛川神。今日南归楚，双飞似入秦。"
〔2〕　王棨，《曲江池赋》，《全唐文》，卷770，页20a—21a。
〔3〕　权德舆，《杂兴五首》，《全唐诗》，卷328，页3675。
　　　　按：英译此诗第四句，"傍人"（身边的人）译为"a ferryman"，似误认为"榜人"而错译。

尽管有诸如此类不同寻常的主题处理，我们仍然不能说洛神激发产生了许多原创性的诗作。至少在唐代，曹植的作品最终促使了一大批古典文学典故的产生（正如菲莉斯的面具、克洛伊特的服装一般），但却从未让人想到，那是位可敬的神女，来自一条古老的河流那一片晶莹的水域。[1]

汉　女

在著名的江河神女中，作为一个文学形象，汉女最受冷落。她的个性形象根本没有得到全面的塑造。她无疑是美丽的，但是，除了高贵的名字，她没有什么明确的特征，无法显示她的与众不同。她似乎需要一个伴侣，才能从别人那里借来一点光彩。因此，我们经常看到她与一个形象发展得较为充分的水神一起出现。比如，在杨广（或称隋炀帝）所作的这首由四句构成的乐府诗中：

> ·夜露含花气，春潭漾月晖。
> 汉水逢游女，湘川值两妃。[2]

---

〔1〕　译注：菲莉斯（Phyllis），田园诗中的乡村少女和情人名。克洛伊（Chloe）：希腊田园诗中的牧羊少女、乡村姑娘。
〔2〕　《隋炀帝集》，页84b。

同样，杜甫在一首表面上赞扬某个地方鱼产丰美的诗中，让湘妃与汉女一起歌舞，伴随着鼍龙和鲸鱼，雷电闪烁，兆示神灵就在附近。[1]也许，这种夸张对大江大河之神来说是合适的，但用在这里，却使人感觉这两个神女全被鱼龙翻腾的水怪淹没了。

当然，诸如此类的神灵成双出现，并不总是要求汉女在场，亦即不要求她像圣灵一样，总是作为神灵队伍中资历较低的成员出现。杜甫另有一篇写湖南北部洞庭湖区的作品，就将湘娥与《九歌》中身世暧昧的"山鬼"相提并论，一些权威学者认为山鬼就是巫山神女。[2]可以这样认为，这首诗中的山灵在唐代还没有被赋予一个特定的身份，因而她也就（如果她确实是女神的话）可能从南方这个伟大的湘水女神处获得支持，获益匪浅。

在一篇以采莲为主题的、充满讽喻的长篇辞赋中，初唐年轻才子王勃也将同一对神灵写到了一起。确实，这篇作品不止在华丽的句子中，把洞庭紫波与潇湘绿水相对，而且把它们标志为水下世界的中心与焦点，而令人尊敬的汉水却被压缩成了一条小支流。无论如何，王勃把那些可爱但也许并不婀娜苗条的女人作为典故来使用，给他笔下的水中植物注入了活力。他甚至把粉红的莲花比作美人的酡颜。当我们在这条古典河流翻滚的波涛中，在水面上闲荡的美人群中，看到汉女和湘娥，也不会感到惊讶。[3]

---

[1] 杜甫，《渼陂行》，《引得》，页28。

[2] 杜甫，《祠南夕望》，《引得》，页544。

[3] 王勃，《采莲赋》，《全唐文》，卷177，页12a—16a。
  译注：《采莲赋序》："昔之赋芙蓉者多矣，虽复曹、王、潘、陆之逸曲，孙、鲍、江、萧之妙韵，莫不权陈丽美，粗举采掇，岂所谓究厥丽态，穷其风谣哉？顷乘暇景，历睹众制，伏玩累日，有不满焉。遂作赋曰：……"

另一位诗人则注意到汉女腮上有粉红莲花一般的色彩——不过，
这是人工敷成的色彩。他就是李群玉，这位作者写过诗，吟咏
洞庭湖、湘水以及常在这些地方出现的那些著名而时髦的女神。
在一篇描写蔷薇的动态、色彩以及微妙气味的富有美感的作品
中，他自承看见临水的一枝蔷薇，"如窥汉女妆"。[1]这或许算
不上一次伟大的自白，但是，当某些爱花之人在这么多盛开的
莲花丛中，看到有一枝蔷薇在轻柔地摇曳，他们会感到十分
满足。

　　汉女形象至少有一次被提升，她不再是宴会上舞厅中那张痴
笑而羞红的脸，而是作为一种自然力，就像达尔文医生笔下的一
位科学女神，其描绘恰到好处。这是在顾况写的一首诗中。八世
纪七十年代，长江下游一场洪水肆虐，带来了毁灭性的破坏，诗
中却认为负责掌管水波的龙宫颇为无辜，这真有点奇怪。随着大
江之水滚滚奔腾流向海洋，那些显然是从入海口浮出水面的鲛
人，忽然发现她们可以用淡水出产的藕丝来编织珍贵的海绵，而
由于龙王水库水源枯竭，在难以扼阻的汹涌水流中，发生了一场
惊人的聚会：

　　　　汉女江妃杳相续。[2]

---

〔1〕　李群玉，《临水蔷薇》，《全唐诗》，卷569，页6591。
〔2〕　顾况，《龙宫操》，《全唐诗》，卷265，页2941。
　　　　译注：全诗如下。序曰：壬子、癸丑二年大水，时在滁，遂作此操。盖大
　　　历中也。诗曰：龙宫月明光参差，精卫衔石东飞时，鲛人织绡采藕丝。翻
　　　江倒海倾吴蜀，汉女江妃杳相续，龙王宫中水不足。

湘　妃

也许湘妃不可避免地要为自己创作一首哀悼其高贵夫君的挽歌。在一部琴曲古谱录中，宋代僧人居月列举了许多上古琴弄作品，其中就有《湘妃怨》一曲，据云为女英所制。[1]《新唐书·仪卫志》在大横吹部节鼓二十四曲中，亦列《湘妃怨》于第二十三。[2]湘妃大概并未谱写此曲，以寄心中愁怨。不管怎么说，即使没有传世的例证，要推测这支琴曲（如果它只是一支曲调）的内容也不太难。在以此为题的唐诗中，"怨"就是通常所见的弃妇荡妇之怨，湘妃只不过提供了一层可爱的伪装而已。她无尽的眼泪和永不褪色的斑竹泪迹，在描写精英阶级那些被冷落、被遗弃或者寡居的女人之哭泣时，都是太过常见的老套。感兴趣的读者可于近来出版的一本晚唐诗英译集中，找到孟郊笔下的一个例子，他对此题及其他类似主题都情有独钟。[3]另一例见于陈羽所写的同题为《湘妃怨》的两首诗之一，他是一位九世纪初年的诗

---

〔1〕　居月，《琴曲谱录》，页35。

〔2〕　《新唐书》，卷23下，页7b。

〔3〕　孟郊，《湘妃怨》，《全唐诗》，卷372，页4183。英译见葛瑞汉（A. C. Graham），《晚唐诗》（企鹅丛书，1965年），页66。他还作有《巫山曲》、《巫山高》以及《楚怨》。我以前的一位学生大卫·波洛克（David Pollock）向我提出，竹子是长生不死的象征，因其有生命力顽强的根系，还有奇妙的再生能力。译注：孟郊还有《湘弦怨》《楚竹吟酬卢虔端公见和湘弦怨》《闺怨》等篇，亦与此一主题相关。

人和宫廷官员[1]：

> 二妃怨处云沉沉，二妃哭处湘水深。
> 商人酒滴庙前草，萧索风生斑竹林。

看来，这讨嫌的商人已经亵渎了一处圣地，"风生"就是古代神
灵特别是楚襄王之神愤怒的呼啸。但是，商人并非有意的奠酒祭
神行为，至少使一个垂死的神灵复活了。以风喻王的意象十分常
见。在许浑的一首诗中，我们又一次看到这样的例子。许浑生活
于九世纪中期，曾任刺史一职。当他听过琴弦上弹奏的古老的哀
怨之曲后，他在一首七律诗的末句写道：

> 风起寒波日欲曛。[2]

　　但是，在现存的以传统的《湘妃怨》为题的诗作之外，还
有一批其他诗作，其标题虽然多种多样，然而风格和内容却属
于同一类型。其中有一些堪称佳作，虽然其描写的场景只是一
些颇为琐细的事件，另一些诗质量平平，却要装出庄严肃穆的
样子，处于二者之间的也时或一见。"尧女泣苍梧"也可以只
是为描述本地风光和名贤所用的一系列典故之一，对这些名
贤，到访洞庭湖的诗人觉得理应精心赋诗几首，以表达适当

---

[1]　《全唐诗》，卷348，页3894。另一首见《全唐诗》，卷348，页3889。
　　　译注：《全唐诗》录第一首诗，题作《湘君祠》，并注："一作《湘妃怨》。"
[2]　许浑，《经李给事旧居》，《全唐诗》，卷536，页6118。

的怀念。[1]在贵族文人奉献的诗文中，湘妃可以哭泣，而成群结队、等级较低的神灵却木然无动于衷。杜甫在湖南所作的一组献谀诗中就是这样写的。[2]以适当的典故描述二妃庙、九疑峰乃至一条受困的龙，这见于一首旨在安慰远赴南方蛮荒之地任职的同僚的诗中。[3]这种安慰显得太轻淡描写了。即使像李贺这样一时无双的诗人，他在一首充满了常见意象（露、月、竹等等）而又相当感伤，但同时又是精心构撰、无理而妙的诗中，仍然要重复这样一个惯用的主题——一个孤独的女子被装扮成了湘娥：

> 水弄湘娥佩。[4]

　　在作家孙逖笔下，湘娥形象被处理得更为严肃。这位作家对斟词酌句感觉极佳，可是在我们这个时代，他所享有的声誉比刚才提到的三位诗人小得多。他对舟行情有独钟，写了许多有关扬子江和其他水路的诗歌。在一幕赏心悦目的美景中，他的扁舟划过龙湍，似乎盼望见到水下神祇所住的亭阁，那里有"江妃舞翠房"。[5]与孙逖同为八世纪人的张九龄也写了许多有关湘江的诗

---

〔1〕　宋之问，《洞庭湖》，《全唐诗》，卷51，页621。

〔2〕　杜甫，《苏大侍御……苏至矣》，《杜诗引得》，页237—238。
　　　　译注：此诗中有"昨夜舟接天，湘娥帘外悲。百灵未敢散，风破寒江迟"之句。

〔3〕　元稹，《奉和窦容州》，《全唐诗》，卷413，页4578。

〔4〕　李贺，《黄头郎》，《李长吉歌诗》，卷2，页68。英译见傅乐山，《李贺的诗歌》，页68。

〔5〕　孙逖，《寻龙湍》，《全唐诗》，卷118，页1192。

作，其特点是完全忽略舜的传说，而对浑朴未凿的自然则怀有一份真诚的敬意。但是，对他而言，湘江是从他南方的家乡流淌远去的，对他来说，这里并不是一个充满典实的流域，而其他许多唐代诗人却是这么看的。

清代的巨型类书《古今图书集成》收集了一大批有关洞庭湖以及汇入洞庭湖的江水的诗。这部集成收录了众多著名诗人的作品，如张说、李白、杜甫、韩愈等，为我们查考相关主题的诗作提供了便利。[1]虽然这些诗人与张九龄不同，南方暖和的土地并不是他们儿时的嬉戏之地，但他们也常常将所见的怡人美景记录下来。自然，他们对洞庭湖超自然性的一面也有所感应。鱼龙曼衍之类的形象也常常出现于他们的笔下。但最为重要的是，每当他们想起这里曾经是古老而浪漫的楚国腹地，他们便不能不心潮澎湃。伟大的楚王曾在这里漫步！多情的神女曾在这里向她选定的寥寥数人展示自身，而现在人们记得她，多半是把她当作古代的王后，而不是一位真正的神祇。

在许多有关洞庭湖区以及管领洞庭湖的神祇的诗作中，湘妃表现出巫山神女的属性，这是毫无足怪的。归根结底，她们都是传统的楚地女神，正如维纳斯与阿芙洛狄忒般彼此等同。在九世纪，喜爱洞庭湖的朱庆馀借一觞酒力之助，写下这样的诗句：

> 帆自巴陵山下过，雨从神女峡边来。[2]

---

〔1〕《古今图书集成》，"山川典"，卷298。
〔2〕朱庆馀，《与庞复言携酒望洞庭》，《全唐诗》，卷568，页6572。

在这里，巫山神女在迷蒙的雾气中，朝着洞庭湖飘飘而来，呈现出她的另一个自我形象。差不多在同一个时代，那个落落寡合而风格多变的诗人李群玉，写到湖中那个神圣小岛上的湘水二女，"飘飘在烟雨"。[1]湘妃显然是从上游而来的姐妹巫山神女的变形。在刘禹锡笔下，我们还会碰到同一时代另一个类似的例子。在这首诗中，二妃身份之不确定并不那么明显，但是，要看出这一点也不需要多大的智慧：

> 湘水流，
> 湘水流，
> 九疑云物至今愁。
> 君问二妃何处所，
> 零陵香草露中收。[2]

这首乐府诗的传本有几处异文，例如"露"一作"雨"，等等。如果用"露"字，作者的意旨很明白：露通常用来象征眼泪，自然与痛苦的季节秋天连在一起。反过来，如果用"雨"字，则显然是指巫山神女——不过，我们不必硬要偏爱这个字。如果巫山神女确实在这里，她会更巧妙地伪装成"露"。无论如何，在湘水上游，零陵是一个比较不寻常的地方，它所产的香甜的罗勒著称于东亚。在这首诗中，芳草的气味就代表着神女本人的芳香。

下一步就很容易把神女——或者神女们——变成在江滨飘游

---

〔1〕 李群玉，《湘中古愁》三首之三，《全唐诗》，卷568，页6572。
〔2〕 刘禹锡，《清湘词》二首之一，《全唐诗》，卷356，页4009。

的幽灵：

> 不知精魄游何处，落日潇湘空白云。[1]

这两句出自胡曾的一首诗。九世纪末期，胡曾在节度使幕府的帷帐里写下这首诗，他把神女描绘成依恋人间而徘徊不去的神灵，与凡人死后变成的鬼魂没有两样。她像云一样在江水之上飘游，落日闪耀的光线照射她纤弱的身体，使她变得透明。也许这些射穿她的光轴，代表了从傍晚的天空往下照射的伟大的帝舜神圣的男性力量。

对湘妃形象更为常见的再现，需要借助某些物质标志，正如拉克施密或者卡莉总是手握器物一般。[2]此类常规表现之一要求神女，如果可能的话，必须鼓瑟。瑟是古时候的一种扁形弦乐器，其古典形制究竟如何，久已为人遗忘。这个典故几乎出现在需要古典音乐的任何场合，例如，当吴融展开想象，充满诗意地描写各种景象和音声，他便引入"尧女瑟"，将它当作最为可爱的弦乐器，颇为类似俄耳浦斯的竖琴。[3]同样，杜甫在称赞一幅山水画的诗作中提到斑竹，它们生长于江岸潮湿、朦胧的背景之中，那也是灵鬼居住之地，但他也特意注明，他不曾见到湘妃与她那非凡的瑟。[4]

---

[1]　胡曾，《湘川》，《全唐诗》，卷647，页7420。
　　　译注：全诗云："虞舜南捐万乘君，灵妃挥涕竹成纹。不知精魄游何处，落日潇湘空白云。"
[2]　译注：拉克施密（Lakshmi），印度的财富和丰饶女神。卡莉（Kali）：印度教女神，形象可怖，既能造福生灵，也能毁灭生灵。
[3]　吴融，《御沟十六韵》，《全唐诗》，卷685，页7866。
[4]　杜甫，《奉先刘少府新画山水障歌》，《引得》，页64。
　　　译注：诗中有句云："不见湘妃鼓瑟时，至今斑竹临江活。"

从上文已经看得很清楚，当以诗歌的形式再现帝舜及其二妃的戏剧故事时，清雅的斑竹本身也许是最经常需要用到的道具。二妃的眼泪（为了要染红竹竿，就必须是血色的眼泪）在六朝和唐人诗歌中随处可见。这些眼泪过多出现，有时候并不恰当，容易使读者厌烦得哈欠连天。正如那些长年可见的垂柳，不管其曾经激起中国中古早期诗人多少灵感，对我们这个时代的人来说，它们并没有多大吸引力。然而，这种陈词老套偶尔也会暗含一个好的比喻，尤其在九世纪诗人的作品中。在这些作品中，这种陈词老套经常变成双重疏离的隐喻。在杜牧看来，竹竿上显现的不仅只有神女的泪痕：

血染斑斑成锦纹。〔1〕

一幅锦缎编织有红色的团花纹饰，在唐代，这是一个足够鲜活的典故。这个意象，只有当诗人考虑自己运笔创作的情形时才会出现，因为笔杆正是用斑竹这种著名的植物制成的。温庭筠所作更有过之而无不及。在一首以翠玉（大约是天青石或者蓝宝石）制成的女子发钗为主题的七绝诗中，他把宝石转换成几股从古老的水中神女的脸颊滚落的水蓝色泪水：

翠染冰轻透露光。〔2〕

---

〔1〕　杜牧，《斑竹筒簟》，《全唐诗》，卷524，页5990。
〔2〕　温庭筠，《瑟瑟钗》，《全唐诗》，卷583，页6772。
　　　译注：全诗如下："翠染冰轻透露光，堕云孙寿有余香。只因七夕回天浪，添作湘妃泪两行。"

竹子在这里甚至没有出现。皮日休有一句诗，把粉红的石榴子比作湘娥泣血的珠泪，诗中也没有出现竹子。[1]（皮日休喜爱植物隐喻。与李贺诗中的隐喻相比，他的隐喻更富有意象性，象征性则相对较少。他把湘妃塑造成一位美人鱼的形象，以造成这样一个场景，在那里，她将"嫩似金枝"的浮萍悬挂起来，将其制成送给神女的翠钿。[2]）李咸用则将屡见不鲜的湘妃泪弃置一旁。一位私交很好的僧人送给他一包茶叶，他据此精心构撰，驰骋幻想，作了一首诗，诗中想象当他搅动茶粉，仿佛看见湘娥的绿鬓在茶碗中旋转。[3]也许更为奇幻的是一块奇石的变形，不止一位唐代诗人表现过这种变形。八世纪的游客对此情景显然都很熟悉：这石头幻化成一位妇人的形象，她正在寻找失去的夫君。她身上披着青苔碧藓，如同披着一袭古代衣袍，石面晶莹闪烁的露珠，当然是已经石化的神女那永恒的泪珠。[4]

　　我们有幸找到了一首由湘娥本人写的诗，或者是由她的某一位不那么显要的姐妹所作。在官修的唐诗总集中，有一首诗的作

---

[1]　皮日休，《石榴歌》，《全唐诗》，卷611，页7055。
　　　译注：原诗有句："澜斑似带湘娥泣。"
[2]　皮日休，《浮萍》，《全唐诗》，卷615，页7095。
　　　译注：原诗云："嫩似金脂飐似烟，多情浑欲拥红莲。明朝拟附南风信，寄与湘妃作翠钿。"
[3]　李咸用，《谢僧寄茶》，《全唐诗》，卷644，页7387。
　　　译注：诗句有云："半匙青粉搅潺湲，绿云轻绾湘娥鬓。"
[4]　李白，《望夫石》，《全唐诗》，卷185，页1889；武元衡，《望夫石》，《全唐诗》，卷316，页3546。
　　　译注：李白《望夫石》："仿佛古容仪，含愁带曙辉。露如今日泪，苔似昔年衣。有恨同湘女，无言类楚妃。寂然芳霭内，犹若待夫归。"武元衡《望夫石》："佳名望夫处，苔藓封孤石。万里水连天，巴江暮云碧。湘妃泣下竹成斑，子规夜啼江树白。"

者仅题为"湘中女子"。[1]这首鬼诗是咏诵给一位姓郑的仆射听的，那时他正在湘中旅行。这首诗有可能是现实中某位名妓所作，她出现时假托神女之名，是为了告诉这个可爱的仆射，他们之间短暂的艳遇，虽然有秋夜的美酒和音乐助兴，但却已经永远成为过去了。

> 红树醉秋色，碧溪弹夜弦。
> 佳期不可再，风雨杳如年。

从仅仅以龙形出现的江中神女开始，湘妃走过了一条漫漫长路。就像这个江边的可人儿一样，她的古老形象已经随着岁月的流逝而日渐模糊。但是在唐代，她并没有被完全遗忘。幻想家李贺就是仍能记住这个形象的诗人之一，而且特色鲜明。他那篇迷人的混成曲《假龙吟歌》，不仅充满了龙，而且充满了神女、神鸟，他还特别叙及江妃。[2]神鸟在这里出现，是值得我们注意的。龙、鸟以及我们的神女，都是在云中飞行的生物。颁给巫山女神的名字"神女"，使我们想起"天女"这个名字。"天女"既可以指一位神女，也可以指预告暴风雨来临的燕子，二者都同样合适。[3]此外，据说尧女湘妃曾教她们所深爱的舜像鸟一样飞翔的本领。[4]

---

〔1〕湘中女子，《驿楼诵诗》，《全唐诗》，卷866，页9804。
〔2〕李贺，《假龙吟歌》，《李长吉歌诗》，"外集"，页173—174。
〔3〕薛爱华，《唐代的祥瑞》，《美国东方学会会刊》，卷83（1963年），页204。
〔4〕艾利雅得，《巫术：古代迷狂之术》，页448，据沙畹（Edouard Chavannes）译《司马迁〈史记〉》，巴黎：1895年，I，页74，注3，材料原始出处是刘向《列女传》。

神鸟和神龙二者相同。翼龙和始祖鸟即是一体。

在《九歌》中，湘夫人也以"帝子"的别名出现：

> 帝子降兮北渚。

中古诗人自然接受这个等式，"帝子"也单调地、有规律性地出现在赞美中国中部洞庭湖区之超自然性的诗作之中。众所周知，李白对女神容易动情，他不止一次提到湘妃，用的正是她的这个别名。例如：

> 帝子泣兮绿云间，随风波兮去无还。[1]

这里提示的信息是老生常谈，其语言则模仿《九歌》。诗中较不常见的是"绿云"，我愿意认为那是在水下世界湿漉漉的天空中流动的云彩。下面这首同样出自李白之手的绝句，以更具震撼性的对颜色的展示，描绘了年轻女神所管辖的这片水域。那是一组以洞庭湖为题的五首诗中的第二首：

> 帝子潇湘去不还，空余秋草洞庭间。
> 淡扫明湖开玉镜，丹青画出是君山。[2]

---

〔1〕 李白，《远别离》，《李太白文集》，卷3，页1a。
〔2〕 李白，《陪族叔刑部侍郎晔及中书贾舍人至游洞庭》，《李太白文集》，卷18，页6b—7a。

如同我们经常看到的，神女本人已经消逝了，但她在湖中的那座神圣小岛，连同那里秀美的神祠，依然还在代表着她，同时提示我们，她终究是有可能归来的。这首诗中，依然没有什么全新独到的观念。

在文学传统主流中不那么位居中心、然而也因此更为有趣的，是与李白同时的李嘉祐所写的一篇长篇巫事诗，这首诗是他目睹了江南荒野乡村中一场普通人家的赛神仪式之后所作。在诗的开头，他提到当时南方简单的宗教仪式与从古代楚国诗歌内容中抽绎出来的宗教仪式之间的关系。[1]在这弥漫着古典祭祀酒香的氛围中，帝子飘掠过湘江江岸。这类酒以气味浓烈的桂皮和椒籽来调味。[2]读者由此联想到李贺的巫事诗歌。在顾况笔下，有一首绝句也有同样的一些原始风味。顾况是一位画家兼书法家，他也因为很有幽默感而闻名。虽然诸如洞庭湖、楚王如云的魂灵、竹丛、令人心碎的猿啼（那是楚王魂灵的声音）之类的常规主题意象全都出现了，但这些诗句暗示的却是一场巫术仪式，蜀

---

[1] 根据传统，屈原本人已经用文学语言将诸如此类的蛮野之歌雅化。刘禹锡在谪居南方郡州时，也试着做过同样的事。参考薛爱华，《朱雀：唐代的南方意象》，页42。

译注：这是指李嘉祐《夜闻江南人家赛神因题即事》，见《全唐诗》卷206。其诗云："南方淫祀古风俗，楚妪解唱迎神曲。锵锵铜鼓芦叶深，寂寂琼筵江水绿。雨过风清洲渚闲，椒浆醉尽迎神还。帝女凌空下湘岸，番君隔浦向尧山。月隐回塘犹自舞，一门依倚神之祐。韩康灵药不复求，扁鹊医方曾莫睹。逐客临江空自悲，月明流水无已时。听此迎神送神曲，携觞欲吊屈原祠。"

[2] 霍克思将"椒"误释为pepper，见霍克思《楚辞：南方之歌》，页37。中国人称常用的一来来自东南亚的pepper的代用品为胡椒，但这并不是在周代及周代以后的芳馨仪式上所用的那种中国本土所产的重要香料。

143

地的善男信女们正在黑暗中歌唱[1]：

> 帝子苍梧不复归，洞庭叶下荆云飞。
> 巴人夜唱竹枝后，肠断晓猿声渐稀。

拂晓时分，那位古代楚王被冷落在荒野之中，就像一幅古画或者
一首歌曲的记忆一样渐渐消退。神女本人也变得苍白，失去生命
力。在李群玉许多有关南方水域的诗作中，也有一首写法与此类
似。他指点着春天芳草中的帝子祠，但是，

> 往事隔年如过梦。[2]

接下来，我们又一次置身于鬼神幻影之中。公元751年，钱起着
手撰作一首以湘灵为题的诗，诗中充满金石音声和芳馨气味。他
把正在鼓瑟的湘灵称为"帝子"。前一年，他曾旅宿洞庭湖区的
一个驿馆。夜里，他听见一个神秘的声音正在庭院中吟哦：

> 曲终人不见，江上数峰青。

到了眼下，当他思索如何处理这个神圣的题材，如何斟词酌句
时，他发现，幽灵送给他的这两句诗，正好用来作此诗的结尾，

---

[1] 顾况，《竹枝曲》，《全唐诗》，卷267，页2970。
[2] 李群玉，《湘阴江亭却寄友人》，《全唐诗》，卷569，页206、6597。前文曾
　　论及本诗，见页62—63。

妙手天成。

　　所有这些关于帝子的初步材料，都仅仅是我们思考帝子如何在一篇脍炙人口的唐诗中发生了令人难以置信的性别变换的序曲。距唐代很久以前，帝子就已约定俗成，用以指舜之二妃中年纪较小的妹妹，在某种程度上，她也比她的姐姐更有吸引力，更多娇美的女人味。因此，当我们发现，在现代人对这篇由早慧的诗人王勃所作的难忘、难懂、令人困惑而难以对付的诗篇的解释中，帝子已经被大多数人（也许是全部）变形为一位人间男性，不免有一些震惊。这篇名作曾经被多次翻译。所有译者不仅冒犯了作者，也冒犯了这位神女。他们不约而同地接受了中国现代批评家的结论，即王勃诗中的"帝子"应该译作 le jeune roi（法文：年轻的国王），der junge könig（德文：年轻的国王），royal builder（建阁的皇室成员），emperor's son（皇帝的儿子）。为什么呢？仅仅是因为这首诗是为重修一座江滨高阁而作，而此阁早年是由唐朝的一位皇室成员修建而成。这些翻译者文学感受力不够，却勇于独创。在他们的误释中，这首诗并非为湘妃而作，而是献给身份高贵的王子。有兴趣的读者可能希望追踪一下这段历史。[1]这里只作一下翻译，并努力传达诗中所要表达的真正意思，不管它是如何地缺乏文学性。这就要求我们按照明显而又传统的理解，将帝子认作是诗的中心人物：

　　　　滕王高阁临江渚，佩玉鸣鸾罢歌舞。

---

〔1〕《华裔学志》（*Monumenta Serica*）上将刊发我的一篇文章，对这首优秀而难解的诗作进行详细的阐释。

画栋朝飞南浦云，珠帘暮卷西山雨。

闲云潭影日悠悠，物换星移几度秋。

阁中帝子今何在，槛外长江空自流。

这里译为 reach 的"浦"和译为 holm 的"渚"二词，与其他词语一起，构成了关于洞庭湖中女神圣岛的标准词库。只不过这里的"浦"、"渚"在幻想中进一步转换，变成了顺大江而下的另一处地方，但那里依旧是她的领地。有关她的诗反复使用这些词语。至关紧要的句子"帝子今何在？"，或者如我所翻译的，"帝子如今在什么地方才能找到？"，在很多唐人诗作中留下了回声，在那些诗中帝子总是指称一位大江大河的神女。七世纪一位名叫杨炯的学者，为人峻厉，在提到巫山神女时，他实际上使用了同样的措辞："美人今何在？"[1]八世纪的刘长卿在其绝句《湘妃》中，也写道："帝子不可见。"[2]不管它们译成英语会是什么样子，所有这些例子在中文中都是同一个古典句式非常简单的变体而已。王勃所写的这一句，原封不动地再次出现在八世纪马怀素写的一首献给金城公主的诗里。金城公主被遣嫁给并不班配的一位吐蕃赞普，就像湘夫人被迫从帝舜于南方的苍梧之野一样。[3]让我们期待，虽然帝子的可爱形象，会使人自然而然地想象江边高阁中有一位风情万种的尤物，但

---

〔1〕　杨炯，《巫峡》，《全唐诗》，卷50，页611。

〔2〕　刘长卿，《湘妃》，《全唐诗》，卷147，页1480。

〔3〕　马怀素，《奉和送金城公主适西蕃应制》，《全唐诗》，卷93。
　　　译注：原诗作："帝子今何在，重姻适异方。离情怆宸掖，别路绕关梁。望绝园中柳，悲缠陌上桑。空余愿黄鹤，东顾忆回翔。"

王勃绝不会用帝子来指称阁的主人滕王。让我们将这位东亚的奥西曼达斯（Ozymandias）永远驱除掉![1]不管怎么说，神女跟他没有一点关系。

---

[1]　译注：英国诗人雪莱（1792—1822）诗作《奥西曼达斯》（Ozymandias）中所写的万王之王，功业盖世，然最终仍将随时光而消逝。

与圣泉的欢乐隔绝，

一位仙女躺着，倾听喑哑的流水声……

她盼望着，盼望着，却无人呼唤她。

流水唤醒的音节如金声玉振。

劳伦斯·杜雷尔，《无辜的人群》，译自萨福[1]

---

[1] 译注：劳伦斯·杜雷尔（Lawrence Durrell，1912—1990），英国诗人，出生于印度，早年所作诗多与希腊与埃及有关。萨福（Sappho），希腊抒情女诗人，出生于公元前七世纪后期。

人们热衷于将水中神女世俗化,将古代龙女人类化,而李贺却以反对这一潮流为己任。

现在,李贺终于变得很时髦了,因此,如果要在这里概述他的史料严重不足的生平细节[1],精心鉴赏他的作品,乃至于对他的诗作做一番浅显的分析,那都是没有意义的。人们为此而做的努力已经很多,而且遍布各种语言。我宁愿只集中讨论其天才的一个方面,许多世纪以来,李贺这一方面的才华曾经饱受批评家的漠视、误解乃至于毁谤,近来总算逐渐受人欣赏了。这些批评家对李贺于古代神女之热爱既视而不见,对李贺开发自身丰厚的语言资源的才能也懵然无知。宋代以降,那些严厉的、清教徒式的评论,对李贺诗的主题与写法都作了简单化的处理,将其仅仅解释为轻薄而已。[2]

李贺对这个主题的兴趣,与他的语言偏爱并非没有关系。不妨说他热衷于沉浸在神灵显现的幽暗思绪之中,部分是因为这些人物给了他大量机会,可以尽情满足他对某些特殊的色彩

---

[1] 对于初学者,我愿意向读者推荐朱自清《李贺年谱》(香港:1970)。

[2] 参看傅乐山,《李贺的诗歌》,页 XLV:"传统注家,特别是像清代注家王琦那样的儒家理性主义者,在阐释李贺作品时经常误入歧途,越走越远,因为他们既不理解李贺那种神秘的气质,也不理解他的爱国之心。"

词语的偏爱。他喜爱光谱中与深绿色调相关的那些颜色，他也喜欢白色，那是金属、死亡、幽灵以及荒寂的梦中世界的色彩。令人好奇的是，他对神灵世界之痴迷达到极致，是在其生命的最后岁月，是当他从京城回到家乡及其后——这个时期，他接续《楚辞》传统，写下了《湘妃》《巫山高》《贝宫夫人》等诗。在他现存的诗作中，以奇异与超自然为主题的类型诗作占很大一部分，这组诗自成一体，充满牛鬼蛇神、女巫、神出鬼没的动物、魔法、梦魇以及可怖的气氛。在李贺死了很久以后，批评家经常称其为"鬼才"。[1]因此，他热爱古代楚地的诗歌，喜爱诗中的那些水中神女，也是顺理成章的。

他的许多诗中有巫术色彩——明显表现在那些神女诗中，也表现在那些被直接贴上巫歌标签的诗作中（例如，那两首《神弦曲》）[2]，这不仅是因为李贺喜爱《楚辞》，而且因为古老的乐府诗歌，尤其是六朝早期的吴歌对他的影响。[3]但是，单说它们对李贺产生影响，几乎是可笑的。这些古代诗歌同样也影响了其他唐代诗人。不过，一方面是借用古典主题作为适当、可靠的模板，或者，抓住那些早已光彩夺目的形象，通过转换，为作者再次赋予其意义服务；另一方面则是作者利用其个人十分珍爱的某一形象，进行彻底改造，使之仿佛第一次开

---

〔1〕 参看荒井健，《李贺》，东京：1959 年，页 5—6。

〔2〕 《神弦歌》和《神弦别曲》。

〔3〕 最为突出的是被称为《清商曲》的那类作品。此一类别也包含诸如《玉树后庭花》《春江花月夜》等著名曲调，这两个曲调分别给了陈后主和隋炀帝以创作灵感。参看王运熙，《六朝乐府与民歌》，上海：1955 年，页 167—170；朱自清，《李贺年谱》，页 9—10。

花结果一般，这两者之间是有很大区别的。李贺处理这些巫歌的做法，一如当年莎士比亚对待意大利故事的做法。尽管他的诗利用了过去，他却恰恰是模仿者的对立面——他是一位具有高度原创性的创造者。当他采用这些古代诗歌的语言形象之时，并未忘记对它们重新编写，并在此基础上将其改造成完全属于自己的东西。就如同勃拉姆斯的《海顿主题变奏曲》一样，他的再创作没有丝毫的学究气、"拟古气"或是什么老面孔。

确实，李贺诗中的某些水中神女，在以前的古典文献中找不到明显的记录；她们是全新的，仿佛昨日才刚刚诞生。她们是李贺自出心裁的作品，尽管或许某一篇古老辞赋中曾有只言片语提及她们。这些对神女形象新的再现，确认了它们所描写的神灵是真实的，其力度几乎令人难以抗拒。这完全不是我们司空见惯的那些神祇，也不像很多李贺的同时代人通常所做的那样，表面上是写神女，实际上是赞颂某位大众喜爱的妓女。她们确实怪异、不像人类，而且（除非有李贺那样的才华）是难以言喻的。诗人李贺竭尽心力，表达这些神灵与各种正常生活经验的疏离。在某种意义上，他本人就是一位着魔的巫师，描述他心目中独特的女保护神。但是，他的语言不是巫师那种歇斯底里的歌唱，而是以优雅的词句配合最高难度、最富幻想性的形象化描写。与此同时，他将自己描绘成终究可望而不可即的神灵在人间的爱人。[1]

---

[1] 可以把李贺看作是一种巫师，他是通过诗歌而不是通过鬼魂附身，来表达自己的迷狂——我的这个看法来自傅乐山 1967 年 2 月在柏克莱加州大学东方学讨论会上的发言，在傅乐山《李贺的诗歌》页XXXVIII中，他也表达了同样的看法。

他满怀激情，努力复活、实现这一场美梦，想展示自己对一种类似宗教的理想的献身精神（这样的雄心壮志，与他那个时代文学生活的步调颇不一致。在那个时代，对多情的人来说，古代神女只能是化石般的遗迹，或者只能是陈腐的话题。李贺至少能够为这些已经黯淡的人物形象注入生命活力）。对中国神话叙述者来说，这是举世无双的成就。李贺属于"入迷的"那一类土耳其吟游诗人，只是规模特别壮丽宏大而已。这些行吟诗人将其对所深爱的女人的神秘想象，落实到词语和音乐之中，他们曾经在现实世界苦苦追寻过这些女人。[1]这些诗人在使用韵文音节时，遵循的是古代巫术的传统，而根本不管土耳其奥托曼帝国宫廷诗人所遵循的那些定量规则。但是，与其说李贺接近乐府诗背后的那些民间诗人，不如说这些行吟诗人更接近民间诗歌。

霍克思教授一方面指出李贺半带色情的想象鲜艳明丽，同时又极力表明诗人自己并不"信仰"他所表现的那些神灵形象。[2]对此，我不得不表示未敢完全苟同。在我看来，他必须在某种意义上信仰他们，才能为他们注入鲜活的生命。我一方面坚持认为一位好的诗人首先是一位语言巨匠，亦即一位语词

---

[1] *Asik.* 这一巧妙的类比，是菲利斯·布鲁克斯提出的。

译注：Asik, 阿拉伯语，意为"吟游诗人"。

[2] 霍克思，《中国诗歌中的神仙》，页 322—323。李贺对于超自然世界的兴趣并不仅限于这里所提出或翻译的那些诗作。舜之二妃、素女以及女娲作为仙女音乐家，全都出现在《李凭箜篌引》之中；他对西王母（见《瑶华乐》）也并非漠不关心；诸如伶伦和轩辕之类几乎被人遗忘的原始神祇及其创制的古代音乐也在他的诗篇中复活了。有关例证，参看霍克思，《中国诗歌中的神仙》，页 323—334；又，荒井健，《李贺》，页 50、55、60、131、144。

作品的创造者；同时，我难以避免地在李贺身上找到了某些类似术士和牧师的东西。我确信，他相信自己在诗中的再创造归根结底是真实的：对他来说，在某个神奇的世界里，女神是存在的。

李贺对文字声律的痴迷，似乎也胜过大多数比他更有名的同时代人。我无意在此对他诗作的这一方面详加分析，只想简单提及一个有待更多研究的事实。由于蒲立本教授已经为我们作了阐释[1]，因此我们现在可以听到的李贺诗歌的声韵，与九世纪人所听到的几乎一样，再不必让这些声韵经过由高本汉教授所重建的七世纪初的语音系统的过滤。但是我怀疑，李贺有时候也许会坚持使用某些韵目，这些韵目所代表的语音在他那个时代早已废弃不用了。例如，虽然《神弦别曲》的用韵很清楚地是按照九世纪韵部，与蒲立本所重建者相同，但是《帝子歌》则是严格按照《切韵》的韵部。蒲立本的工作也有助于复原模拟效果，例如，在《贝宫夫人》诗行的第二、第四字位置（句中停顿处）和《神弦别曲》中的节律停顿处，都有如同金石的响亮之声。

也许，对李贺文字力量最好的概述（必须承认，这是印象式的描述），来自比李贺年长的友人韩愈的一段赞辞：

> 云烟绵联，不足为其态也；
>
> 水之迢迢，不足为其情也；
>
> 春之盎盎，不足为其和也；

---

[1] 蒲立本，《李贺诗的押韵类型》，《清华学报》，（新刊）1 卷 7 期，1968 年。

> 秋之明洁，不足为其格也；
>
> 风樯阵马，不足为其勇也；
>
> 瓦棺篆鼎，不足为其古也；
>
> 时花美女，不足为其色也；
>
> 荒国陊殿，梗莽丘垅，不足为其恨怨悲愁也；
>
> 鲸呿鳌掷，牛鬼蛇神，不足为其虚荒诞幻也。[1]

现在是转而直接讨论一些这类诗作的时候了。

对古代江河神女中影响最大、也最为深远的湘水神女，李贺自然不会轻易放过。湘水神女的统治区域也沿着长江到处扩展，到达无法确定的远方。正如我们稍后将提到的一篇散体故事那样，她有时候也会被认作是受人尊敬的洛神，有时候则被认作巫山神女。如此说来，这一点已经十分清楚：她已经变成中国中部所有河流的女主人。如同李贺的许多诗歌一样，他的《湘妃》[2]相当棘手、错综复杂，几乎不可翻译，因为其用典繁复，使用隐喻，难以沟通。注释是不可缺少的，但先要来看一看原诗：

> 筠竹千年老不死，长伴秦娥盖湘水。
>
> 蛮娘吟弄满寒空，九山静绿泪花红。
>
> 离鸾别凤烟梧中，巫云蜀雨遥相通。

---

[1] 据杜牧转述，见《李长吉歌诗》序，页XII。

[2] 李贺，《湘妃》，《李长吉歌诗》，卷1，页60；傅乐山，《李贺的诗歌》，页58。

幽愁秋气上青枫，凉夜波间吟古龙。

接下来作一个简短的解释：

> 自从舜死以来，斑竹已存活了许多世纪；
>
> 竹子就像神女（秦娥）的灵魂，长久徘徊于江畔。
>
> 蛮族的女巫依然哀悼舜的死去，她们试图用魔咒引诱舜归来。
>
> "九山"相传是埋葬舜的地方，那里覆满了长绿的植物，点染了神女的眼泪。
>
> 神女是一只神鸟，在亚热带的苍梧之地潮湿的树林里与她的伴侣分离。
>
> "巫云"是巫山云雾神女；"蜀雨"是其爱人使其受孕的精魂。楚王从远方赶来与她会合。他们其实就是湘妃及其爱人舜。
>
> 即使连秋天的呼吸（寒冷的、悲哀的、致命的）也将这种气息注入象征神王的枫香树。
>
> 在江上，雄性鼍龙（国王、雨的召唤者、古代的龙）听了女巫的歌唱而精神抖擞，女巫扮演了神女夫人。在此，必须区分 *ku lung* "古龙"（古代的龙）与柬埔寨语 *kurung*（"国王"），二者只是一音之转。

在另一首诗作《帝子歌》中[1]，李贺在赞颂湘水神女时，使用

---

[1] 李贺，《帝子歌》，《李长吉歌诗》卷1，页56；傅乐山，《李贺的诗歌》，页50。

了《九歌》中给予她的别名。读者也会识别其中出自王勃著名的《滕王阁序》的典故，它不仅使用"帝子"一词，而且提到古老的乐府诗作《白石郎》：

> 白石郎，临江居，
> 前导江伯后从鱼。[1]

"临江居"（在长江边居住 dwells by the Kiang，也可以译作"住处俯瞰长江"dwells overlooking the Kiang）在王勃的杰作中变成了"临江渚"，在李贺的化用中，这个句子只是提到了这位神秘的绅士，其实另有所指。但是，在古代典故之外，这首诗充满神灵的光辉、惊心的啼叫和超自然的雾气。诗是这样写的：

> 洞庭帝子一千里，凉风雁啼天在水。
> 九节菖蒲石上死，湘神弹琴迎帝子。
> 山头老桂吹古香，雌龙怨吟寒水光。
> 沙浦走鱼白石郎，闲取真珠掷龙堂。

在这首复杂的诗中，神女呼唤她的伴侣，那是一位江神（用的是他的旧名"白石郎"），这江神可能是由巫师扮演的。下面逐句解释：

> 湘水神女从其洞庭湖驻地飞出一千里，

---

[1]《乐府诗集》，卷47，页6a。

在清凉的秋风中，雁叫声掠过倒映天空的湖面：她正在飞翔！

神的冷风一吹，野生植物便在湖滨的石上枯死了，

她的姐妹用音乐声呼唤她。或许呼唤她的是一位男性神？

桂木成熟了——发出南方土地特有的神圣气味。

龙女就是蛇身的神女——她在寻找着她的配偶。

从一首民歌中，他现身为一个神秘的人物，

但他对龙珠不屑一顾：这东西唾手可得，他随即扔了回去。

这种想象是以中古的语言来解释《九歌》中那些古老巫歌的情调，在《九歌》中，恳求的巫师往往被冷落一旁，没有希望。而李贺在这里却调换了爱人和被爱的人的角色。白石郎就是舜的化身，他出人意料地鄙弃神珠——那就是他年老的龙女妻子。

有必要顺便提及李贺另一首诗。在这首诗中，李贺的用典不是涉及一位而是涉及多位超自然人物形象，其中有自鸣得意地装扮成"江娥"的湘妃，还有女娲。二者都以适当的形象，出现在他赞美著名的箜篌演奏家李凭的诗中，[1]李凭的音乐感动了人神两界。虽然这首诗赞美的主要是这位箜篌圣手超人的音乐才能（李贺也被音乐迷住了），但它也充满了极具李贺神女诗特色的那

---

〔1〕 李贺，《李凭箜篌引》，《李长吉歌诗》卷1，页35—36；傅乐山，《李贺的诗歌》，页10—11。

些意象：冷、白、金、龙、水。在这些诗中，它们达到了高度和谐：秋，凝云，素女（又一位神女），玉，芙蓉，露，"冷光"，星，女娲石，雨，蛟，月，湿。箜篌弦声有一股神力，使积云凝结不动，有一句诗典型地描写了这种情景：

> 空山凝云颓不流。

行文至此，我准备试着将一首献给单个神女即"贝宫夫人"的诗译成英语。说到底，这是一项无法完成的任务，因为唐诗原文中那种金石谐调的音声之美，无法从中文转换到英文。诗中的多重典故和双重意象，也只能够略作暗示。李贺所描写的那居于堂皇的水下国度的神仙王后，较之安徒生笔下严寒宫殿里的冰雪女王，不仅更加冷若冰霜，也更加心如古井。某些欧洲语言中的同源词，或许可以用作李贺这些描写的开场小号，或者令人眼明的序曲。李贺想象出一幕生动的图像：一个冰冻的、固定的、长生不老的、银色的、石化的、静态的、披金戴玉的神人。神女是不死的，她不惧怕任何改变，也不惧怕任何腐朽，她与凡夫俗子完全不同。在我们自身的文学遗产中，也有一些作品提到这类人物如矿石一般不朽。例如，成功的科学吟游诗人伊拉斯穆斯·达尔文就曾写过这样一个她：

> 水边仙女从水晶洞穴中呼唤着，
> 将曼妙的身姿隐于潺潺的泉水中。[1]

---

[1]　达尔文，《植物园：诗二章》，伦敦：1795 年，页 117。

这个水边仙女是一个人造仙女，是头脑想象出的，而不是从心中产生的。接下来，还有一种水边仙女，出自心灵，带有宗教的想象，威廉·布莱克对此并非无所知：

> 奥松展开丝滑的罗网，牢不可破的圈套，
> 为你捕捉柔和如银，或炽热似金的女子。[1]

然而，诸如此类的其他例子也不会让李贺吃惊。其中一个就是神话故事《水下女神》中那位不幸的女主人公，这故事出自莫特—福克男爵弗里德里希笔下：

> ……在江河、湖泊和溪流中，繁衍着不同种属的水神。在叮当作响的水晶穹顶下，长着美丽而高大的刺桐，结着蓝色和红色的果实，在花园中闪闪发光。穿过穹顶可以看到有着太阳和星星的天空。在明净的海滩上有人在漫步，海滩上布满美丽多彩的贝壳，那是美丽的古老世界。人们对此却并不在意，因为潮水已经给它们蒙上了神秘的银色面纱。

还有诸如此类的其他故事。黄河里的贝壳神宫也正是这样，那是中国水下神女们——那些冰冷、美丽、蛇一样的女水神们居住的水晶宫殿。

这些冷漠的动物在中国文学中有一段漫长而生动的历史。有

---

[1] 威廉·布莱克（William Blake），《阿尔比恩女儿的幻象》。
译注：阿尔比恩（Albion）是苏格兰或不列颠的雅称。

时候，他们类似道教神话中的金刚仙女和银色精灵，"肌肤若冰雪"[1]；有时候，他们很像李白想象圣山泰山时说的那个"玉女"。[2]最重要的，十世纪时，光耀前蜀、格调高雅的禅僧贯休，觉察到神仙的矿物本质，他是这么认为的："存在于这个梦幻国度的实体，是真实的钟乳石，凝固的盐化物，或者是原始岩浆结晶形成的宝石。"[3]（这些是我自己的话，用以评论贯休非凡的仙境诗歌。）尽管有这些非常值得尊敬的先驱和同类作品，但没有一位如玉般的神女，像李贺笔下的"贝宫夫人"一样光彩熠熠。[4]这是一首不仅在中国文学中罕见、而且在世界文学中少有的诗：

> 丁丁海女弄金环，雀钗翘揭双翅关。
>
> 六宫不语一生闲，高悬银榜照青山。
>
> 长眉凝绿几千年，清凉堪老镜中鸾。
>
> 秋肌稍觉玉衣寒，空光帖妥水如天。

这需要做一些解释：

---

〔1〕《庄子》，译文见薛爱华，《古代中国》，纽约：1967 年，页 63。

〔2〕李白，《游泰山六首》，《李太白文集》卷 17，页 8a。

〔3〕薛爱华，《贯休游仙诗中的矿物意象》，页 101。关于其他类似的材料，参看此文各处。

〔4〕李贺，《贝宫夫人》，《李长吉歌诗》卷 4，155；傅乐山，《李贺的诗歌》，页 221。

神女无事可做，只是用手指盘弄着珠宝，不变的金环就像她自己。

她的头饰是雀钗，就像中古公主的花冠。（此句模仿白居易《长恨歌》中对杨贵妃头饰的描写："翠翘金雀"。）

宫中连闲言碎语也没有——一切都已在万古之前说过了。

金属制成的仙镜，映出了变化的大地的青山，大地在镜中变成了静态的、看不见摸不着的场景。

神女本人是永生的——她的翠色的眼饰也不需要改变。

不像那只看着自己在镜（金镜！）中正在老去的形象而恐惧战栗、束手无策的鸾，神女省视自身，无动于衷。（Simurgh 一词来自波斯语，被移植入英语。我用此词作为中文中幻想出来的动物"鸾"的同义词——"*phoenix*"已先被用来指称"凤"。我很高兴傅乐山在翻译这首诗的时候，采用了这个词。）[1]

"秋"通常意味着"白色"和"清冷"——甚至意味着"死亡"，死亡是一种从此稳定不变的状态。她穿的衣服不仅有着玉一般的颜色，十分美丽，而且像玉一样，又硬又冷，还像冰和玻璃。

她的天空呈现出恒久不变的光亮——如深渊的水般一片碧蓝。

---

[1] 有关这种鸟的更多情况，参看薛爱华，《撒马尔罕的金桃：唐代舶来品研究》，页288，注251。另参看傅乐山，《李贺的诗歌》，页221。

九世纪人常常把妓女、歌女、情人以及宫廷丽人，装扮成那些曾经广受喜爱、而今却已被上层宗教忽视的神女，李贺似乎讨厌这种做法，但他至少有一个意味深长的例外。这就是题为《洛姝真珠》的那首诗。[1]考察这首诗本身，我们很难不同意日本的李贺研究专家荒井健的结论，即这个可爱的真珠，就像李商隐笔下的月娥，是一个实在的洛阳美女。[2]作出这个决定不免有些勉强，由于大型类书《古今图书集成》将这首诗列在水中神女的题下。诗的开头写一个真珠小娘从蓝天飞下来到了洛阳。她戴着鸟形的花冠，就像贝宫夫人一样；她梦见了蜀山，就像巫山神女一样。她是一只鸾，也是一只凤。实际上，她具有江河仙女的所有属性。在最后四句诗中，她被比作那些轻盈的洛阳女子，但她们相形见绌。或许真有一位佳人隐藏在诗行之间？还是李贺在告诉我们，没有凡俗女子能与他笔下的神女相提并论？无论如何，假如他描写的是个青楼女子，那她也披上了仙人的伪装。她十分迷人，但却奇特而超然，像是来自古老的神话之中。

---

[1]　李贺，《洛姝真珠》，《李长吉歌诗》，卷1，页58；傅乐山，《李贺的诗歌》，页54。
　　译注：原诗如下："真珠小娘下清廓，洛苑香风飞绰绰。寒鬓斜钗玉燕光，高楼唱月敲悬珰。兰风桂露洒幽翠，红弦袅云咽深思。花袍白马不归来，浓蛾叠柳香唇醉。金鹅屏风蜀山梦，鸾裾凤带行烟重。八窗笼晃脸差移，日丝繁散曛罗洞。市南曲陌无秋凉，楚腰卫鬓四时芳。玉喉窱窱排空光，牵云曳雪留陆郎。"
[2]　荒井健，《李贺》。

有聪明的鳄鱼，它们的女儿比拉普兰[1]的女巫

更为狡猾，比尼罗河的莲花更加优雅可爱。

——托马斯·洛弗尔·贝多斯《死亡的笑话书》, I, I

---

[1] 译注：拉普兰，在芬兰、挪威的北部，拉普兰人是当地的土著，有独特的极地风光和土著民族风情。

旧式龙女

到唐代为止，虹女和龙女的文学传统已经分成两股潮流，一股在诗歌中占主流地位，另一股则在散文中占主流。简而言之，其差异在于：自《楚辞》产生以来，诗人们描写一个人的形象，通常是一个国王或者一位儒生，而不是古代巫师，以及描写他们与神女的遇合，都是按部就班，当然也允许有各种各样的润饰。对神女来说，她以迷人的人的形象出现，只不过被隔绝于水下的居所；她与上古身上长鳞的水中女神少有类同。诗人记述相会时的心醉神迷和别离时的悲伤。这幕情节极为短暂。有时候，男主人公透过云雾，只能看到神女模糊的影子，稍纵即逝，如梦如幻；或者只能听到她歌唱的回音。而另一方面，通俗的散文故事以及作为其根基的口头传说，则有不同的侧重点。它们倾向于围绕发展完整的情节来组织故事。情节结构将一系列故事单元编织起来，其中一些是传统所要求的，另外一些则是作者本人的想象创造。其所构成的故事也各不相同：有的柔婉，有的悲伤；有的充满戏剧性，有的让人恐怖；有的精心修饰，有的比较粗糙。这些故事所表现的主题多半都有人做过研究，巨细靡遗，特别是艾伯华。我不打算在这里重述，只想说说在唐代古文发展历程中具有特别意义的一些作品。其中的一个主题是前人经常提及的，即溺水而亡的女子变成水神的主题。[1]周昭王与东瓯国所贡二女的故事，就是早期的一个例子。东瓯大概是来自中国东南端的一个非汉人民族。我们看到的是这则寓言四世纪时的形态，虽然传到我们手里时，它并不是一篇情节完善的短篇故事，但它展示了一定数量的个性化描写，尽管还比较粗糙。[2]二女极其美丽，还是富有才华的音乐家。她们轻盈缥缈，步尘无迹，日中无影。昭王携二女泛舟于江汉之间，俱溺水而亡。人们立祠祭祀他们，向他们祷告，祈求他们保护，以免受到危险的龙的侵犯。二女与湘水神女很相似，也是两人联翩出现。这一短篇故事中的很多特点，在其他散文故事与诗歌作品中也有所体现，只是稍有不同而已——尤其是诸如神女转瞬即逝、能够升空飘浮、超凡脱俗的美丽，以及仙界音乐家的身份等特性。另一方面，溺水而亡的女子（往往是自杀）变成神，这一母题居民间祭祀之核心，而在高雅的上层阶级对这个古老主题所作的变形中，却通常不见影踪。

偶尔，水神也会不幸落入笨汉之手，无助而且倒霉[3]：

> 丹徒民陈悝，于江边作鱼簄，潮去，于簄中得一女，长

---

[1]　艾伯华《中国东部和南部的地方文化》页40认为，这些祭祀与南方，说到底是与海滨以及海上神女尤其有关系。

[2]　《拾遗录》，《太平广记》，卷291，页2b。关于这一故事的更多版本，参看艾伯华《中国东部和南部的地方文化》页33、37及其后。

[3]　《洽闻记》，《太平广记》，卷295，页1b。

六尺，有容色，无衣裳。水去，不能动，卧沙中，与语，不
应。有一人就奸之。悝夜梦云："我江神也。昨失路落君篚
中，小人辱我，今当白尊神杀之。"悝不敢归，得潮来，自
逐水而去。奸者寻亦病死矣。

这个故事中的大江之神仍然与鱼相当接近。大散文家柳宗元则
于贬至偏远南方的途中，在长江中游碰到了一位伪装的水中女
神，她的样子更像鱼，却没能唤起多少同情心。这篇九世纪的
故事[1]，讲述的是这位才华横溢的文学巨匠止宿驿亭之时，一
个黄衣妇人连续三次入梦来访。她自称家在"楚水"，请求柳宗
元救她。柳宗元不明白如何才能救她，直至出席当地官员招待他
的宴会，才知道他晚餐时要吃鱼。他向吏人了解，得知前一日网
获一尾黄鳞鱼，其头已断，将为膳。柳宗元命令把鱼扔回江中。
那天夜里，那妇人最后一次在梦中出现——她没有头。这个短篇
小说，尽管有恐怖的一面，却充满了逼真的气氛，它绝不是一篇
简单的民间故事。

　　在更高雅一些的真实龙女故事的世界中，"龙"是给予人们
悦慕的女性人物的光荣称号。那段并不引人注目的柳子华艳遇故
事，就是一个很好的例子。在这篇行文雅洁的神秘故事中，女主
人公扮作贵族妇女，迷住了县令，让他离开了成都县衙[2]：

<hr>

[1]《宣室志》，《太平广记》，卷467，页5b—6b。
[2]《剧谈录》，《太平广记》，卷424，页2b。
　　译注："子华罢秩"意为柳子华任职期满，原文译为 Tzu-hua gave up his reg-
ular duties，意为子华停止履行职责即弃职不任事之意，似有误解。

　　　一旦方午，忽有犊车一乘，前后女骑导从，径入厅事，
　　使一介告柳云："龙女且来矣。"俄而下车，左右扶卫，升阶
　　与子华相见。云："宿命与君合为匹偶。"因止。命酒乐，极
　　欢，成礼而去。自是往复为常，远近咸知之。子华罢秩，不
　　知所之，俗云入龙宫得水仙矣。

在这个故事中，除了大声宣告这个美丽的尤物是龙女之外（从古
典巫术传统来看，她还相当大胆），其情节与唐代有关仙女的百
余篇艳遇故事皆颇类似。狐仙故事只不过是这一主题变形中最著
名的而已。

　　美丽龙女甚至能够进入到深宫内苑。唐玄宗曾在洛阳做了一
个白日梦，梦到一个天生丽质的年轻女子，自称是负责护卫皇宫
的龙女。龙女深知皇上精通音乐，特来要求皇上赐一曲以娱其族
类，以作为其日夜警卫的酬报。李隆基（这里用他的本名）还在
恍恍惚惚的梦境之中，当即创制一首合适的曲调，龙女随即消失
了。醒来后，他用琵琶记下梦中所谱的那首乐曲，并请宫廷乐队
到那个神圣的池塘（护卫宫禁的龙女住在这里）旁边来演奏。池
中波涛汹涌，神女随后现身。看到这幕情景，李隆基激动不已，
遂于池上立庙，并下令每年到这里祭祀她。[1]

　　龙女故事有一个相当特别的变形，经由柳宗元之笔传到我
们今天，柳宗元就是在我们刚才看到的黄鳞鱼故事中自称为主
人公的那位。这第二段故事的不同寻常之处，在于其完全没有
性，没有鬼怪，没有恐惧。相反，它引人注目的地方正是其人

---

〔1〕《逸史》，《太平广记》，卷420，页4a。

性，与此相连的是它还有一定程度的科学好奇心。此篇题为《谪龙说》。[1]有一位叫做马孺子的朋友告诉作者，他在大约十五六岁的时候，曾与一些年轻人一起玩耍。他们看到一位奇女，随着一道强烈的光线而坠落到地上。她身披白条纹深红色斗篷，头戴步摇之冠。年轻人投来的淫荡目光，让她感觉受到了凌辱，她愤怒地宣布自己是一位无拘无束的神仙，自由自在地漫游于星辰之间，呼吸阴阳之精，根本不把蓬莱、昆仑之类人间仙境那种低层次的快乐放在眼里。但是上帝对她的狂妄放肆感到恼怒，将其贬谪到男人的世界。现在，她的贬谪只有七天就要到期了，虽然时间这么短，但她仍然不愿意住在这座小城里，担心会被小城的肮脏所玷污。于是，她便退居一座佛教尼姑庵。等预定时间到了，她便反披斗篷，化为白龙，回翔登天。柳宗元相信讲述者所言是真实的，并表达了他对粗俗对待这个异己然而风度优雅的龙女的惋惜之情。他的故事，虽然听来严肃，却让人难以置信，与常见的龙女艳遇故事相比，属于略有不同的一类。这段故事恰好属于"谪仙"一类——这些道教神仙与窈窕女仙的故事，他们会因与其仙界地位不相称的过失而被谪落凡间，且要度过一段为时短暂、但通常还不太沉闷的时光。李白也自称是一位这样的"谪仙"。但是，这类女性中有一些并不排斥那些英俊少年的甜言蜜语——其他人则谨守冰清玉洁。马孺子所说的那个龙女，身为处女，对所受羞辱极为愤怒，在这一方面，她与其大部分姐妹迥然

----

〔1〕　柳宗元，《谪龙说》，《全唐文》，卷584，页17a—17b。

不同，就是一个守贞的例子。[1]

龙妻找到尘世情人与人间丈夫这个主题，偶尔也会有艳情的背景。这些大概就是所谓的旅行者故事，是由航海者、骆驼客以及诸如此类的人带到中国来的，一般讲述者都会在故事表面涂上一层中国色彩，最后，古典传奇故事的重要作家选中这些故事，并将其改写成精致的散文体。下面就是一段伪异国艳遇故事，是以西域（Serindia）绿洲国家和阗为背景的[2]：

> 于阗城东南有大河，溉一国之田，忽然绝流。其国王问罗洪僧，言龙所为也。王乃祠龙，水中有一女子，凌波而来，拜曰："妾夫死，愿得大臣为夫，水当复旧。"有大臣请行，举国送之。其臣车驾白马，入水不溺，中河而后，白马浮出，负一旃檀鼓及书一函。发书，言大鼓悬城东南，寇至，鼓当自鸣。后寇至，鼓辄自鸣。

尽管这篇故事诸元素中，中国特色占主导地位，但这个虚构的求婚情节仍然回响着旃檀鼓声，经久不息，令人惊奇。

---

[1] 当然，被放逐的神女这一主题绝对不是只限于水下神女和龙女。《墉城集仙录》（《太平广记》卷62，页4a—4b）中的杜兰香故事就是一个例子。在这个故事中，一个渔父在洞庭湖岸边发现一个女婴正在啼哭。他把女婴带回家，并照顾她。她长成一个可爱但却有点奇怪的少女。最后，她对其养父披露她是一位"仙女"，有罪被谪人间。谪期一到，她就消失不见了。

[2] 段成式，《酉阳杂俎》，卷10，页78。
译注：Serindia 是斯坦因创造的词，指包括新疆在内的中亚地区，词的前半 Seres 是汉语"丝"的变音，指中国，后半部 india 指印度，意谓此地居中印两国之间。

　　前文曾经述及汉以前的一些例子：化为彩虹的男性龙与人间女子结合之后，生下神王。同样，随着东汉以后几个世纪间中国社会变得越来越男性化，甚至越来越以男性为主导，有时候，神话就会给江河湖泊的神女派发丈夫。这些水下龙王在北方尤为显见，因为北方是男性权威传统的发源地，而在古代南方水源丰富的、有些地方还属于蛮夷之区的长江流域，则允许这个地区水下像鱼一样的公主们有更多自由，更多独立性。即使后代的正统思想给她们分派父亲、丈夫或者兄弟，当她们的主人和保护者，这些人物在文学中也仍然形象模糊，黯淡无光，与水域真正的统治者、那些可爱的神女生鲜活泼光彩熠熠的形象相比，不可同日而语。

　　艾伯华收集了很多民间故事，作为这些常见主题的例证：幸运的年轻人救了龙王的儿子或者女儿而得到奖赏；龙王女儿现身为蟹、鱼和其他水下居民；高超的音乐家、送信使者和其他有福气的年轻人在水下宫殿里与龙王的公主成亲。[1]这些民间母题有很多变形，在唐代的短篇文言故事与小说中也很著名。在这些故事中，当神女不动声色地宣布自己是龙王之女时，她完全是把自己当做一个合格的人，完全配得上受过良好教育的贵族青年的青睐。文学趣味就这样从民间艺术那里移植过来。古代威力强大的江河女王不仅屈从于男权，而且变形为一个多情的梦中女子，就像莫特—福克男爵笔下风流的水下女神一样。

　　我们常常可以看到，温暖的六月的夜晚，在湖滨发生令人兴奋的激情故事。有时候，一个年轻的主人公能够做到古代巫师和

---

[1]　艾伯华，《中国民间故事类型》，1937 年，页 64—71。

伟大帝王所做不到的：他真的去拜访神女在水下的宫殿。在这
些短篇故事中，龙女在人类男子面前是以人类的形貌出现的，
而且，其生活环境亦同于人间，通常，其首次露面都是在陆地
上。她们往往被囚禁在陆地上，只是因为微不足道的小罪过，
或者因为家务纠纷而受到短暂处罚，这可以与从天而降放逐人
间的仙女相提并论。这种放逐会持续一段时间，直到故事主人
公将她带回她在水下的家中，他成功地、但是有时是无意地充
当了媒介或者催化剂。这些大胆的青年男子是古代迷狂的巫师
在后世的替身，他们受尊贵的人类客户的委托，用心灵追求江
河神女。

　　另一方面，在小说中，龙女有时候也以真实的龙的外形出
现——但通常只是在她们由水底浮到水面的途中。这种时候，
她们会雷鸣，会呼啸，驱动黑色的雨云。她们确实是龙王的女
儿，通常与已经衰微的古代文学描写中的水中神女和彩虹神女截
然不同。后者是梦中情人，婷婷袅袅，煞是可爱——但已经剥
除了所有原始祭祀的痕迹。这两种形象，一种是龙的外形，一种
是窈窕女子，甚至可能在同一篇故事中一起出现。关于这种自我
的化身或者如自我的幽灵，《洛神传》就给我们提供了一个值得
关注的例证。在这篇故事中，美丽的江河神女其实是对富有教
养的上流社会女性的理想化，带有情爱意味，虽然归根结底她
是从古代妖妇形象演变发展而来的。她以前的身形以及她龙蛇
的本质，则由一个见多识广而身为晚辈的同伴来承担——一个虽
然身为爬虫之属、但却很有吸引力的年轻的百事通。[1]在其他龙

----

〔1〕　译注：此处"百事通"似指《洛神传》的织绡："俄有一青衣，引一女曰：

女故事中也是如此。

在考察这段故事之前，让我们简略地来看一个唐代故事中的例子。在这篇故事中，真正的龙女很幸运，她不必像传统故事中那样，只能屈居次席，而真正的主角是以人类形象出现的迷人神灵。这篇小说被李复言收入他的传奇小说集[1]，这些故事写于九世纪，那正是一个以娴熟构撰传奇故事而名扬遐迩的时代。这一小说集被视作著名宰相牛僧孺所撰的类似小说集的续编。[2]我们要看的这个例子说的是有一位年轻的江湖游士，名叫刘贯词。苏州有一位富裕的士人与之相善，士人许诺，如果游士帮他捎信到北方家中，他将给游士一笔财富。这位士人（因为他看上去像士人）解释说，他的家在洛水附近，他的家长是鳞虫之属，住在桥柱之下。刘贯词同意捎信，他到了桥下，闭上眼睛，发现自己已经到了水下。他被带到一座富丽堂皇的大厦中，那里设施齐备，与人世间的房子一模一样。其苏州友人的母亲出来欢迎他，他递上带来的书信。接着，他按照友人先前的教导，要求引见这户人家的年轻女儿。女儿现身，那是一位约莫十六岁的人间女子，既活泼可爱，又聪明伶俐。（一会儿暗示这个龙家族像人的一面，一会儿暗示其像蛇的一面，使这些故事特色鲜明，也使读者可以

（接上页）'织绡娘子至矣。'神女曰：'洛浦龙君之爱女，善织绡于水府。适令召之耳。'旷因语织绡曰：'近日人世或传柳毅灵姻之事，有之乎？'女曰：'十得其四五耳。余皆饰词，不可惑也。'旷曰：'或闻龙畏铁，有之乎？'女曰……"以下多为萧旷问，织绡答。见《古今说海》卷22。

[1]《续玄怪录》。这篇故事又收入《太平广记》，卷421，页1b—3b，题为《刘贯词》。参看内田道夫，《〈柳毅传〉：以水神故事展开为中心》，《东北大学文学研究部年报》，第6号（1955年），页119—121对这篇故事的讨论。

[2]《玄怪录》。

放任自己的偏好，不管是喜欢故事玄怪的一面，还是喜欢其浪漫
的一面。你可以根据自己的个性，偏爱龙的怪异的变形，也可以
偏爱那些带有异国情调的闺中少女，还可以兼爱两者。）女儿保
护刘贯词，使他不致受其贪暴的母亲之害，在太夫人似乎要为这
个年轻人准备膳食那一刻，她身上龙的本性暴露无遗。但是这个
居心不良的老妇人最终给了年轻人一只铜碗，以偿还这个家庭欠
下的人情债。年轻人回到地上世界，将这只碗卖给一个胡客，得
到了一大笔钱。胡客告诉他，此乃罽宾国镇国神碗，四年前就是
洛阳的这个龙子盗走了神碗。因此，罽宾守龙为此盗窃之事上诉
天神（天神在这里地位高于龙），结果洛阳龙族就派刘贯词送回
神碗。这样，那个盗贼（即刘贯词的苏州友人）便可以重新回
来，像以往那样过着龙的生活，而问心无愧。

　　这一故事的特征，同时也是这类故事中颇具特色的一点，即引
入对龙的物质性和道德性的探讨，虽然这会在某种程度上减缓叙事
的节奏。在这篇故事中，它的表现形式是这样："不管人们怎么怀
疑，在与人类的交往中，龙是令人尊敬的。"举一个例子：当刘贯
词初到洛水桥下，在叩击桥柱之前，他细想自己是否可能在做一件傻
事。但他思考下来的结论是："龙神不当我欺！"后来，他曾一度怀疑
铜碗的价值，但当他念及"龙神贵信，不当欺人"之时，便大为
振奋。

蛟　女

　　龙与生俱来的高贵气质，并没有被蛟龙这一小类别所分享——

或者说，如果有人相信蛟龙也有高贵气质，那就有可能招来致命的后果。有一个古老的传说，充分地展示了蛟的基本特性。原始时代的夏王桀在宫中养有一个龙女。她异常可爱，他把她叫做"蛟妾"，尽管她实际上是一个食人者。无疑，他肯冒这个险，是因为她有能力为他预告吉凶。[1] 后代的蛟很少是这么有用的。

蛟，不管是雄的还是雌的，经常以鳄鱼、大鼍或者其他凶猛的爬行动物的形象出现。如果说龙是水下的主宰，那么，蛟就是水下凶狠的头领——一种不开化的、孔武有力的野兽。但是，大体上说，蛟就像龙一样，其本质属于女性。唐代诗人元稹有一句诗正好可以说明："蛟老变为妖妇女。"[2]

蛟有一种睚眦必报的本性，这在十世纪的一段短篇故事中展示无遗。[3] 故事说的是有个人看到有两只蛟浮于水面，并射杀了其中一只。随后，他在市场上碰到有个女子素服衔泪，过来跟他搭话。她手里抓着一支箭，哭喊着说他的暴力行为终究要遭到报应。她把箭甩还给他，随即消失了。这个人在回家途中暴卒。不过，任何一个被屠杀的野兽的鬼魂都会这样报复的。实际上，并不是所有蛟都有危险性。有一篇七世纪的故事，说的是一位年轻人某日骑在马背之上晓行洛阳，随着情节的发展，它变成了一篇相当常见的神仙浪漫故事。他看到一位美丽女子正在洛桥下哭泣，

---

〔1〕《述异记》，卷上，页4a。
〔2〕薛爱华，《朱雀：唐代的南方意象》，页220。
　　译注：此诗见《元氏长庆集》卷17，题为《送岭南崔侍御》。
〔3〕《异苑》，《太平广记》，卷469，页4a。
　　译注：《异苑》作者为南朝刘敬叔，虽然被编录于《太平广记》之中，仍不宜称其为十世纪的作品。

原来她是蛟女，因为触犯了本族的某些律条而被逐出家门。他们两
人的关系按部就班地发展下去，后面的事我们就不必再关注了。[1]

但大多数蛟肯定是凶恶的。下面这一篇十世纪的传奇故事，
大意说的是蛟女（不是美女）的诱惑足以致命。[2]有个男人看见
一具妇人尸体浮水而来，他想这应该是个溺水而亡之人，即命仆
人将尸体勾到岸上来。忽然，这尸体变成一条巨蛇，跃回池中。
这个男人病倒了，他有个朋友来向他解释，原来老蛟经常装成穿
着俗艳的妇人，在水滨游荡，这男子方才知晓，他原先所见的溺
死妇人，其实是这样一种怪物。这篇中另有一段故事与此类似，
说的是几个女人如何在江岸试图引诱男人到水中，但被村民赶走
了。村民解释说，她们其实都是蛟。还有一篇唐代故事的背景设
在石穴旁的水池中，但其引诱却是色情的——这是妖妇常玩的
把戏：

> 有少年经过，见一美女在水中浴。问少年："同戏否？"
> 因前牵拽少年，遂解衣而入，因溺死。数日，尸方浮出，而
> 身尽干枯。其下必是老蛟潜窟，媚人以吮血故也。[3]

---

[1]《异闻集》，《太平广记》，卷298，页4a—4b。
[2]《北梦琐言》，《太平广记》，卷425，页4b—5a。这个母题可以至少上溯到
《搜神记》。参看《太平广记》卷468页3b所载一段故事。该故事说的是一
个男人在舟中与一美丽妇人做爱，结果她变成一只大鼋，要把他拖走。万
幸的是，他成功逃脱了。
译注：前一段故事题为《武休潭》，后一段故事题为《张福》。《张福》篇
所述情节与原文略有出入。
[3]《通幽记》，《太平广记》，卷425，页7b。
译注：此篇题为《老蛟》。

但有时候，即使龙女也有可能变得像蛟一样凶恶。据说，有位年轻男子乘舟在江西旅行，偶然碰到一处亭宇，在小湖之畔，赏心悦目，亭上有额，题曰"夜明珠"。有女郎六七人在那里，她们倒酒款待他。其中一位女郎唱起一首歌，歌中充满感伤：

> 海门连洞庭，每去三千里。
> 十载一归来，辛苦潇湘水。

这个年轻人离开时，从他的舟上回头望去，发现那些女郎全都不见了。后来，有人告诉他，头天夜里，就在他喝酒的那个地方，有四个人溺水而亡，但这伙人中有一个得以逃生。逃回的人说，据他了解，洞庭湖龙王诸女夜宴宾客，取四人之血作酒。我们的主人公记起他喝过龙女们倒的酒，惊恐不已，随即吐出好几升血。[1]

龙女就是这样：有时候她是短命夭折的夫人，有时候她是龙传说中的权威，有时候则是嗜血的吃人者。到了唐代，古老的司雨神女已经演变成许多各不相同的门类，每个门类之下都有彼此关联的种和属，所有这些门类种属不仅受到中古信仰和态度的影响而有所改变，而且受到新的文学成规的影响而有所改变。对于各种各样妖艳的龙女，都可以这么说：无论是嗜血食人，还是和蔼可亲，她们都绝不是怯懦者。至于受她们迷惑的年轻男性，就不是如此了：他们自视太高，一点也不怀疑自己的魅力。可是当冷清、孤独的黎明到来时，他们就变得困惑、可怜、软弱，一脸无辜的样子。善良的年轻男子，无论他如何饱读诗书，都根本不是这些诡计多端的放荡

[1] 《感怀诗》，《全唐诗》，卷864，页9773。诗的作者被写作"龙女"。

妖妇的对手，对这一点，我们所有的作者都视为理所当然。生活在二十世纪的我们，也许比较喜欢那种机灵而又无赖的主人公，但是唐代小说作者从来没有创作过这样的传奇。

海湖神女

出自大面积水域的那些神女，与江河神女有所不同，她们在中国文学中出现得并不早，即使当她们真正出现的时候，通常也是臣服于男性神祇的威权之下。有一篇故事旧题产生于三世纪，但其年代可能更晚一些，说的是那位早已成为历史的周朝的创建者之一周文王，梦见一个美丽妇人来访，她宣称自己是泰山之神的女儿。泰山俯瞰东海，而她被嫁于西海之神为妇。[1]这段逸事听起来已经像是中古传说，要想在真正的周代文学中寻找类似的内容，只会徒劳无获。也有情节与此很相似的（但作者并未设法将其说成远古时代的作品），那是一篇六世纪或者更晚时代的故事。这篇故事给我们提供了一个有关年轻士人被水中神女引诱（或者至少被她吸引）这一主题的早期例子。故事背景是在五世纪后期江苏的一条水路上。一个年轻书生泊舟于祠庙旁，他在那里一边休息，一边欣赏圆月。一位约莫十六七岁的极其可爱的女子出现在他面

----

[1]　《博物志》，《太平广记》，卷291，页1b—2a。故事通行的版本中显然掺和了三世纪以后的内容。

译注：此篇故事题为《太公望》。此即著名的太公望为灌坛令而风不鸣条的故事。

前，她身边跟着一群侍女。一开始，她把橘子掷到他的怀里，诱惑之意相当明显。他们一起喝酒，唱歌，过了一夜，然后她与随从一起离去了。第二天，他到祠庙中去，发现墙壁上画着她及其侍女的画像。画壁上有一行题字，称她为"东海姑"。[1]神女在其祠庙附近出现，这是一个古老的母题，在这个例子中，虽然那位女子与当地祠庙环境之联系并不密切，但她的海却近在眼前。

现在总算有可能来想象这样一位海中神女，或者她的姐妹们，她们都沉浸于海水之中。于是，她又变得更像龙，更像一种实实在在地出没于波涛之间的动物，更像一只美人鱼，而不是一个公主。关于后面这种类型故事的典型例子，见于十世纪的一篇作品，虽然其写作年代还无法确定。[2]故事说的是一位年轻士人从一座寺庙的周武帝塑像的冠上偷走一颗珍珠。他有很多债要去收回来（在这些故事中，这是一个常见的主题），因此，他欣然将这颗珍珠卖给几个胡人，得到一大笔钱。这是一颗神奇的珍珠，胡人带他去到海上，让他一起观看这宝珠展现神力。好多位海神先后出来，想要赎回宝珠。最后，两个美丽的龙女到来，她们跳入盛放宝珠的瓶中，与珠一起融化成了药膏。胡人解释道，这两位龙女都是宝珠的守护神。接着，胡人的首领将药膏涂在脚上，在水上凌波而去，旋即消失了。[3]这篇故事中并没有中古时代中国人所喜闻乐

---

〔1〕《八朝穷怪录》，《太平广记》，卷296，页3b—4a。
　　　译注：此篇题为《萧岳》。
〔2〕《广异记》，《太平广记》，卷402，页4a—4b。
　　　译注：此篇题为《宝珠》。
〔3〕内田道夫，《〈柳毅传〉：以水神故事展开为中心》，页138—139怀疑这篇故事以及类似的有关龙和珍宝的故事都受到印度的影响。他很可能是对的。

见的、同时也是屡见不鲜的爱情内容，但是，穷困的士人、神奇的宝珠以及神秘的胡人，这几个因素的结合在唐代极其普遍，它足以使海上龙女远离舞台中心。

有一个居于二者之中的例子，见于一篇十世纪的故事之中。在这篇故事里，神女带着一群侍女（就像我们前面讲到的那段江苏故事中，那幅栩栩如生的壁画中所描绘的那样），她一会儿是非常真实的人间女子，一会儿又带有些许动物气。[1]故事的讲述者是一位宫中内臣。他说，有一次他的船在海上遇上狂风暴雨，好几次船都快要倾覆了：

> 海师云："此海神有所求，可即取舟中所载弃之水中。"物将尽，有一黄衣妇人，容色绝世，乘舟而来，四青衣卒刺船，皆朱发豕牙，貌甚可畏。妇人竟上船，问有好发鬘，可以见与。其人忙怖，不复记，但云物已尽矣。妇人云："在船后挂壁篋中。"如言而得之。船屋上有脯腊，妇人取以食四卒。视其手，鸟爪也。持鬘而去。舟乃达。

唐代文学中保存了一些外国湖泊或海洋神女的记载（记载的语言中并没有将"大湖"与"海洋"区分开来）。从起源上看，这些故事全都是外来的，只是部分地披上一层薄薄的中国外衣。那位不知疲倦的外来传说收集者段成式，为我们保存了两个很好

---

[1] 《稽神录》，《太平广记》，卷314，页3b。
译注：此篇题为《朱廷禹》。又据原文，朱廷禹是转述他的一位亲戚的经历，故事中的船也是这位亲戚的。

的例子，很有特色。其中一个说的是突厥人的祖先，一位叫做射摩合利（Jama Shali）的海神。每天日暮时分，他的女儿即到来，以白鹿迎其入海，到黎明，他又从海底出来。紧接这段序曲之后，是一段复杂的民间传说。那可能会引起未来的民族史学家的兴趣[1]，但是，从严格意义上说，它已超出文学的领域之外了。另一段故事表面上看也是民间传说，却不是这么一回事，它讲述的是西方而不是北方民族的故事。其背景在吐火罗国，却是在古代波斯国王统治之下，这一点颇令人不解。这个不幸的君王想修筑一座新城，这座城有一个名字叫"缚底野"，其读音很像"Bactria"（巴克特里亚，即大夏!），让人生疑。但是这个萨珊王（他看起来是这个身份）的修筑工程却很不顺利——他的城墙总是立不住。直到她的女儿截断小指，用其血迹绕城一圈，连成一条线，泥瓦匠们才把城砖砌牢。接下来，她变成了湖的神女，一口清澈池塘的女主人，这池塘周回五百余步，就在城的外边。[2]

士子与江河神女的浪漫故事

古老的江河神女在唐代小说中占有很高的、特殊的地位。不管是把她们拔高，还是将她们贬低，中古早期散体小说都倾向于

---

[1] 《酉阳杂俎》，《太平广记》，卷480，页6a—6b。
　　译注：此篇题为《突厥》。
[2] 《酉阳杂俎》，卷14，页105。译文见魏理，《真实的唐三藏及其他》，页171，题作《波斯王的女儿》。

将她们写得比诗歌中更为亲昵。在诗歌所创造的神话中，主人公（不管是国王、诗人还是巫师，所有这些，就像奥丁神[1]一样，归根到底是同类）在河岸边遇到神女，建立了某种关系，但最终来说并不令人满意。她总是美丽得难以用笔墨形容，但是，即使在她有意助人之时，她也是孤傲冷淡的。然而，在比较新出的这些散体故事中，主人公（不管是诗人、年轻士人还是地方官员，在成熟的中国传说中，他们归根到底也全都是同类）与她亲密地交谈，甚至可以到波涛之下，去拜访她的珍珠宫殿。她不再像彩虹发出神秘的光彩，也不再像难以捉摸的龙那样带来疾风骤雨，而是穿着透明的、彩虹色的衣裳，妖艳地到处招摇。尽管我们为了礼貌起见才把她当作龙，但她的神秘性依然存在——而且，就像龙一样，她的神灵变幻，也超出了世俗的理解。

著名的传奇文学作品，少有对她在水下的住处投以一瞥者。我们可以设想那个地方宏敞而又朦胧，富足而又壮丽。但是关于水下宫殿，有一篇作于九世纪的不大有名的故事，却给我们提供了一个很好的常规视角。这篇故事中并没有什么特别的神仙女主人公值得夸耀，虽然篇中也配备了通常所见的那种儒雅的男主人公。在故事中，一个穷困的年轻书生正在靠近扬子江口的太湖设网捕鱼，以当晚餐。他捕到一只奇异的巨龟，但是将其慷慨地放生。数年后，这只神龟又出现在他的船舷边，并邀请他赴水下之宴。乌龟、鱼、鼍之类成群结队，恭恭敬敬地护卫着他去赴宴。[2]

---

〔1〕 译注：奥丁神（Odin），北欧神话中的主神，世界的统治者。
〔2〕 译注：据此篇原文，巨龟乃请士人退远避害，以下情景皆士人在远处所闻见，无亲赴夜宴之事。

他一边怡然自得地欣赏着湖中宫殿，一边倾听湖神、江神和湘王演唱的各种乐曲。不过，故事中对这些快乐歌唱的神灵并没有一一描写，我们也不必去关注他们。人间世界精英们所住的深宅大院中所有的那些家具，水下宫殿应有尽有——美丽的亭宇、珠镶玉嵌的大厅、彩织的舞毯，以及其他各种物品。这些精美的楼台装饰并不是原来就有的，而是作为侍从的众多蛟和巨蛤们吐出神仙之气而神奇地变化出来的。[1]太妙了——但是，与古代那些贝壳装点的房屋可就大相径庭了。

女 娲

在唐代读者所看到的描写中，这样优雅的居处环境，并不是所有古代江河神女都有的，即使最伟大的女神也未必拥有。女娲地位的下降是其中最为剧烈的。某些民间传说和其他简短故事中曾写到无名的蜗牛女郎，从中似乎可以找到女娲的一点踪迹。[2]九世纪时有一篇关于邓元佐的奇闻怪事，就是一个例子。故事说的是我们这位故事讲述者，交了桃花运。某天，他在一座奇怪的房子里与一位可爱女子共度良宵。天明，他才察觉，原来他的爱巢竟是一个蜗牛

---

[1] 《集异记》，《太平广记》，卷309，页1a—5a。
　　译注：此篇题为《蒋琛》。
[2] 例证见艾伯华《中国民间故事类型》，1937年，页59—61，其原型出自《搜神记》。

壳，夜间那些可口的饭菜原来净是青泥。[1]这样的房子对习惯于潮湿环境的神灵来说似乎正相适宜：当然，为了迷惑年轻而有魅力的男人，她也为自己在自然界的住处加上了某些华丽的装饰。

不过，若想估算在那个古老的造物者女神的外表之下，究竟有多少经过改头换面的鱼和青蛙，是不会有结果的。我们至少知道，那段验证无误的、关于女娲墓穴没入黄河水中的故事，表明对她的祭祀还残存着，虽然规模很小。

神　女

尽管巫山神女在唐诗中依然极为常见，但她在唐代散文故事中的命运却比女娲好不了多少。统计与她相关的故事究竟有多少，不管是间接提及的，还是乔装打扮的，似乎不大可能，但我已经发现了两篇有关她的故事，确认无疑。其中一篇故事发生在五世纪，一位贵族青年邂逅一个衣服鲜丽的女人。她身上散发着人间所不曾有的香氛，手里拿着花。她把他带到溪边一座奢华的宫殿里，一群美丽的仙女给他端来了点心。这里既有冗长而屡见不鲜的绮遇故事，也有那种司空见惯的清晨的别离。年轻人发现他原来是在"巫山神女祠"过的夜。[2]在这些小小的绮遇故事

---

〔1〕《集异记》，《太平广记》，卷471，页1a—1b。
〔2〕《八朝穷怪录》，《太平广记》，卷296，页2b—3b。
　　译注：此篇原题《萧总》。

中，梦幻般住处的母题照常不变，虽然在这个例子中，男主人公
被饶了一次：他没有很恶心地发现，自己竟然跟软体动物住在一
起。故事的场景一般是在一座古老的寺庙、一间倾圮的屋宇——
现在成了狐狸的洞穴。

但即使巫山神女也有可能以卑微的形象出现，低微至像演
变到后来的女娲一样。在散文故事中，她可能被贬低到鱼的地
位——鱼是龙的卑微的化身。有一篇中古早期的故事，说的是
在公元477年，有个人正在溪边钓鱼。他钓到一条大白鱼，这
条鱼随即化成一个可爱的少女。他娶她为妻，她回高唐老家探
望，也只暂时离开他，而高唐正是古代祭祀那个伟大的雨虹神女
之地。[1]原来她本人就是巫山神女。

另一篇故事，发生在六世纪，也许就写于那个时期（可以肯
定，这故事在唐代才为人所知），说的就是彩虹女的故事，她明
明白白就是巫山神女，虽然没有特别点明：

> 首阳山中有晚虹，下饮于溪泉。有樵人阳万于岭下见
> 之，良久化为女子，年如十六七，异之，问不言，乃告蒲津
> 戍将宇文显取之，以闻。明帝召入宫，见其容貌姝美，问，
> 云："我天女也，暂降人间。"帝欲逼幸，而色甚难，复令左
> 右拥抱，声如钟磬，化为虹而上天。[2]

---

[1]　《三峡记》，《太平广记》，卷469，页2a—2b。本书的年代及其作者皆不详，
　　大概是唐代的，也可能是先唐的。
　　译注：此篇原题《微生亮》。
[2]　《八朝穷怪录》，《太平广记》，卷396，页8b。

在这个故事中我们看到的是：丝毫没有粉红而迷人的脸颊、薄薄
的衣衫，或者丰盛的食物，只有一个相当纯洁的虹的化身。虽然
我们在这里看到的在某些方面更接近原初的传说，但这个故事对
于中国的情爱史并无尺寸之功，而在另一方面，诗歌中神女角色
的多变，却从这里受益良多。

洛　神

　　洛神的处境在散文体文学中要好得多，这主要是因为她的故
事从曹植那首诗开始，就已经广为人知了。唐末，她的故事又在
一篇散文体作品中复活。这篇故事相当长，也写得相当漂亮，确
有某些文学价值。这是薛莹所写的诸多龙故事中的一篇。[1]它所
表达的是对曹植作品的评说，虽然经过乔装打扮，但最终表现的还
是唐代短篇小说中常见的主题——一个年轻书生与一位美丽神女在
凡间的浪漫遇合。故事至少早到九世纪，但却声称发生于比九世纪
早得多的时代。在故事中，某天夜里，处士萧旷正在洛水之滨静
憩，他取琴弹奏，引来一位神秘女子的注意。她自称是洛神，并
与这位年轻男士展开了一场有关曹植那篇名作的批评讨论。有一
刻，她羞怯地问萧旷，是否同意曹植把她描写成"婉若游龙"。

----

[1]《洛神传》，载《龙女传》（《唐代丛书》，卷 14，页 63a—73a）。本文所涉
　　及的故事见页 66a—69b。
　　译注：《唐代丛书》不分卷，只分集，此处"卷 14"或另有所指。

但是，故事中仅此一次提及她作为龙的终极属性。与此不同的是，她煞费苦心地表明她是一个真正的女人、那个姓甄的皇后的魂灵，曹植已经把甄后的身份与水神宓妃融合在一起，以免引起尴尬，或使人猜测有什么危险的政治内涵。一旦这种历史背景得以确立，对神女在过去那一著名事件中所扮演的角色的"真实"记述也就小心翼翼地由此展开，而叙事才能向前推进。一个侍女前来报告，"织绡娘子至矣"。这里，作者向我们推出了这篇故事中最为有趣的人物，虽然洛神在名义上比她位高一等。织绡娘子作为龙的属性也更清晰地显露出来，不过，她也有一点像一位教授或者注释家。实际上，这两位神女比大部分唐代短篇小说中写到的那些容光焕发的同类更有学问，也更好为人师。洛神称新来的这位神女是"洛浦龙君之爱女"。从这儿往下，开始了一段师徒式的问答，而萧旷就像初学者那样发问。织绡娘子在回答中，含沙射影地攻击了唐代其他学者的作品，但对待他们小说中所声称的事实则语气温和。其所涉及的一个值得注意的例子就是柳毅的故事（很明显，其在当时已经广为流传），我们将在后面对此细加考察。百事通类型的传说与这种对话相嫁接，在这篇故事中也占有一定分量——特别是"五行"学说。织绡娘子用一套在她看来"合理"的术语，来解释那些众所周知的历史事件和神仙故事。她拆穿了人间普遍流传的关于龙的本性的种种猜想，并特别为此沾沾自喜。让我们从这个节点开始追踪这篇故事：

　　旷因语织绡曰："近日人世或传柳毅灵姻之事，有之乎？"女曰："十得其四五尔，余皆饰词，不可惑也。"旷曰："或闻龙畏铁，有之乎？"女曰："龙之神化，虽铁石金玉，尽可透达，何独畏铁乎？畏者蛟螭辈也。"旷又曰："雷氏子佩丰城剑[1]，至延平津，跃入水，化为龙[2]，有之乎？"女曰："妄也。龙木类[3]，剑乃金，金既克木，而不相生，焉能变化？岂同雀入水为蛤[4]，雉入水为蜃哉？[5]但宝剑灵物，金水相生而入水，雷生自不能沉于泉耳。其后搜剑不获，乃妄言为龙。且雷焕只言化去，张司空[6]但言终合，俱不说为龙。任剑之灵异，亦人之鼓铸锻炼，非自然之物，是知终不能为龙明矣。"旷又曰："梭化为龙如何？"女曰："梭，木也，龙本属木，变化归本，又何怪也？"旷又曰："龙之变化如神，又何病而求马师皇疗之？"[7]女曰："师皇是上界高真，哀马之引重负远，故为马医，愈其疾者万有余匹。[8]上天降鉴，化其疾于龙唇吻间，欲验师皇之能。龙后负而登天，天假之，非龙真有病也。"旷又曰："龙之嗜燕

---

〔1〕　雷华，雷焕之子。

〔2〕　完整的故事见查平《作为王朝护身符的剑：丰城双剑与汉高祖之剑研究》。查平小姐指出，这一故事现存有九种版本，她本人在其论文页 2—24 翻译了其中七种。丰城令雷焕，奉其上司张华之命，掘得一双神剑，阴阳相配。它们藏于一石函之中。张华佩带一剑，雷焕佩带另一剑。张华被诛之后，剑失所在。雷华将其父之剑失手落入延平津。他派人潜到水里去找，却只看到两条龙正在那里嬉戏——它们就是神秘地重新聚合的双剑。这就是干将和莫邪，在古代民间故事中它们已经非常有名，又被吸收到这一想象出来的历史情节中。

〔3〕　按"五行"理论，龙是东方神兽，于时属春，正是草木生长之时。而在更早、也更普及的观念中，龙与水、因而也与女人联系在一起，与此相矛盾。

〔4〕　比较我们的黑雁传说。

〔5〕　蜃音 chen。

〔6〕　张司空即张华。

〔7〕　马师，既是"马医"，也是一个复姓。此故事见《列仙传》。

〔8〕　译注："愈其疾者万有余匹"，此句薛爱华漏译。

血，有之乎？"女曰："龙之清虚，食饮沆瀣，若食燕血，岂能行藏？盖嗜者乃蛟蜃辈耳！无信造作，皆梁朝四公诞妄之词尔。"旷又曰："龙何好？"曰："好睡。大即千年，小不下数百岁。偃仰于洞穴鳞甲间，聚积沙尘。或有鸟衔木实，遗弃其上，乃甲坼生树，至于合抱，龙方觉悟，遂振迅修行，脱其体而入虚无，澄其神而归寂灭〔1〕，自然形之与气，随其化用，散入真空，若未胚腪，若未凝结，如物在恍忽精奇杳冥。当此之时，虽百骸五体，尽可入于芥子之内，随其举止，无所不之，自得还元返本之术，与造化争功矣。"旷又曰："龙之修行，向何门而得？"女曰："高真所修之术何异？上士修之，形神俱达；中士修之，神超而形沉；下士修之，形神俱坠。且当修之时，气爽而神凝，有物出焉，即老子云'恍恍忽忽，其中有物'也。其于幽微，不敢泄露，恐为上天谴谪尔。"

织绡娘子责怪问话者追问那些他所无法理解的事，随后就转移话题，休息片刻，喝了些酒，然后开始了活泼而不那么好为人师式的谈话。年轻的萧旷落座，如小说作者所写，"左琼枝而右玉树"。昵洽关系进一步升级，我们也从文中得到微妙的暗示：他们云雨一场。鸡叫了，男主人公不得不离开两位龙女。她们俩各自创作了一首诗，纪念这个悲伤的时刻。织绡娘子的绝句是这样写的：

> 织绡泉底少欢娱，更劝萧郎尽此壶。

---

〔1〕 寂灭，是"涅槃"的一种译法。

　　愁见玉琴弹别鹤，又将清泪滴真珠。

萧旷本人当然就是那只别鹤，她们向他奉上一杯饯别酒。清泪和
真珠是一致的：它是美人鱼凝结的泪珠，而美人鱼又是鲛绡的编
织者，而鲛绡是用轻绡即珠蚌的足丝制成的。所以，她的诗里预
告了实际别离时所要赠送的礼物：洛神赠送给萧旷的是明珠和翠
羽——翠羽象征着蓝色的天空。（很久以前，曹植在《洛神赋》
中写到一场互赠礼物仪式时，就早已提到这两样礼品。）地位较低
的织绡娘子赠给萧旷轻绡一匹，并交代："若有胡贾购之，非万金
不可。"最后，神女预言萧旷终将成仙，然后消失了。萧旷去游历
圣山嵩山，在那里，他向朋友讲述了他的奇遇。有人将这些奇遇写
了下来。但后来，他遁世不复见，大概是到神仙极乐世界去了。

　　我们的作者首先依据曹植的作品，其次根据《九歌》和宋玉
的作品，以双重混成曲的方式，完成了一件原创性的工作。大多
数常见的唐代小说主题在这篇故事中都有，并巧妙地交织在一
起：年轻的饱读诗书的书生与仙女的浪漫绮遇，神奇而又流行的
道教的厚重色泽，与习见的"儒家"的套话嫁接到一起；根据标
准的上层阶级形而上学的信仰而理性化的龙传说的梗概；神秘的
胡人急切寻找的使人暴富的礼物；神话人物的历史化；以及其他
各种主题——有些来自通俗传说，有些来自精英阶层习见的宗教
信仰。萧旷，表面上是故事主人公，但是其形象并没有得到很好
的个性化塑造，而以精心修饰的公主形象出现的洛神，似乎只会
傻笑。织绡娘子，尽管（也许是因为）她一本正经地自称是本族
类的专家，其形象却塑造得最好。虽然她对龙的本体论的观点是
高级的，甚至是激进的（这些观点上古的龙王们并不知道），她

却打动了我们。这就像一个很有吸引力、而又有几分神秘的外星来客，她在一所人间大学的研究院开始第一年学习，一方面，她非常渴望克服自己的女孩子气；另一方面，又夸大她刚刚学来的那一套知识，装出一副老练沉稳的样子。

湘·妃

在薛莹笔下，洛神被简化成一位愤怒的宫廷女子，决心严守自己的身份，不与那些历史悠久的洛水神灵相混杂，她乐于有这样一次虽然短暂但是愉快的复活。此外，她就被唐代散文体文学作者忽略了——或者说，从现存的文学作品中的例证来看，似乎是这样的。湘水神女（如果有好多位神女的话，这里就应该是复数）的遭遇则好得多，在这一时期的古典短篇小说中，其所受到的关注与赞美与诗歌几乎一样多。总而言之，在士人圈内，无论如何，她似乎是存活到中古早期的所有古老水系女神和丰饶女神中最有活力的。

在数世纪以前，二妃就已在散文中出现，见于一篇关于"江之二妃"的"传"体故事之中，江之二妃显然与湘水二妃是相同的。[1]这篇虚构的道教圣徒传显示，这两位神女外表与人无异，在长江和汉水岸边徜徉。她们碰到一个男子，就与他展开一场

---

〔1〕 康德谟，《列仙传》，北京：1953 年，页 101。康德谟认为她们就是汉女，这是相当合理的。

充满情色意味的有趣的言辞游戏。到她们消失不见了，他还不知道她们是神女。通篇大抵上就是一段简短而没有结尾的轶事。[1]同样的故事另有一个稍微不同的版本，说的是一个男子在汉江边漫游[2]，"见二女，皆丽服华装，佩两明珠，大如鸡卵。"通行文本中不见此句，句中给二女配上了神奇的夜明珠，明珠是龙日常的玩物，象征着这两位奇怪的女人其实是水底神灵，是隐秘的龙。[3]

在大多数唐代短篇小说中，二女并不是如此简单地出现——实际上，她们适合于作各种不同的处理，有时候，其方式相当令人意外。偶尔，她们也会受到猥亵和侮辱性的对待。下面是九世纪的一个例子：

> 蒲津有舜祠，又有娥皇女英祠，在舜祠之侧，土偶之容，颇尽巧丽。开成[4]中，范阳卢嗣宗假职于蒲津。一日，与其友数辈同游舜庙，至娥皇女英祠。嗣宗戏曰："吾愿为帝子之隶，可乎？"再拜而祝者久之，众皆谓曰："何侮易之言默于神乎？"嗣宗笑益酣。自是往往独游娥皇祠，酒酣多为亵默语。俄被疾，肩舁以归。色悸而战，身汗如沥，其夕遂卒。家童辈见十余人捽拽嗣宗出门，望舜祠而去。及视嗣

---

[1] 《列仙传》，卷上，页10b—11b。参看康德谟《列仙传》，页99—100，在那里，作者把这篇故事与常见的溺死女子传说相联系。
    译注：此篇原题《江妃二女》。

[2] 《列仙传》，《太平广记》，卷59，页3a—3b。
    译注：此篇原题《江妃》。

[3] 康德谟《列仙传》提出，两明珠代表太阳和月亮，因此两位神女是太阳神女羲和与月亮神女常羲（亦即嫦娥）。有此可能。

[4] 开成，唐文宗年号（836—841）。

宗尸，其背有赤文甚多，若为所扑。蒲之人咸异其事。[1]

我们已经提到企图强奸蒲津彩虹神女的故事。显然，我们在这里看到的是巫山神女与湘妃相融合的另一案例。无论如何，嘲弄两位神女不会不受到惩罚，她们的丈夫舜很快就惩治了这个卑鄙的人间情敌。

其他男子与舜及其二妃亦有邂逅，他们则要幸运得多。下面是另一篇唐代故事：

> 萧复亲弟少慕道不仕，服食芝桂，能琴，尤善《南风》。因游衡湘，维舟江岸，见一老人，负书携琴。萧生揖坐，曰："父善琴，得《南风》耶？"曰："素善此。"因请抚之，尤妙绝，遂尽传其法。饮酒数杯，问其所居，笑而不答。及北归，至沅江口上岸，理《南风》，有女子双鬟，挈一小竹笼，曰："娘子在近，好琴，欲走报也。"萧问何来此，曰采果耳。去顷却回，曰："娘子召君。"萧久在船，颇思闲行，遂许之。俄有苍头棹画舸至。萧登之，行一里余，有门馆甚华，召生升堂，见二美人于上。前拜，美人曰："无怪相迎。知君善《南风》，某亦素爱，久不习理，忘其半，愿得传受。"生遂为奏，美人亦命取琴。萧弹毕，二美人及左右皆掩泣。问生授于何人，乃言老父，具言其状。美人流涕曰："舜也。此亦上帝遣君子受之，传与某，某即舜二妃。舜九

---

[1]《宣室志》，《太平广记》，卷310，页5b—6a。
　　译注：此篇原题《卢嗣宗》。

天为司徒，已千年，别受此曲，年多忘之。"遂留生啜茶数
碗。生辞去，曰："珍重厚惠，然亦不欲言之于人。"遂出
门，复乘画舸，至弹琴之所。明日寻之，都不见矣。[1]

　　这篇故事是年轻书生与神女遇合主题的变形，面面俱到，也
不装腔作势，读来相当愉快。故事按部就班地展开，但却缺乏常
见的那种巧妙的情色对话成分，更不用说在诸如前面那篇洛神故
事中相当引人注目的那场关于神仙动物学的讨论会。然而，作者
颇为强调其主人公的服食这一点，服食意味着他慕道求仙。"能
琴"是古典时代一项精致的本领，一个对古老而美好的事物情有
独钟的人理应有这样的本领。有几位唐代学者曾试图在民间音乐
和南方歌谣中寻找"南风"一类的当代音乐，这一点前文曾经谈
论过。年轻的萧生就是虚构出来的所有这类音乐研究家的代表。
在故事中，舜并没有作为威严赫赫的神灵出现。他已经变成了万
众景仰的圣人——他离开了他所管辖的庄严的天庭，在人间出现
时就是这样一种形象。那座豪华而转瞬即逝的宫殿是很典型的，
神灵在人间充当中间人的主题也很典型。简而言之，作为一篇唐
代神仙故事，小心翼翼地挑选多个通俗的母题，并将其糅合在一
起，这是一个相当好的例子。故事叙述简单明白，直截了当，既
没有一般故事中常见的那种对琳琅满目的家具的冗长铺叙描写，
也没有一连串多愁善感的诗篇。但是，这两位神女，尽管她们口
口声声自称为神，在故事中却被贬低为一对富裕的寡妇。她们力

---

[1]　《逸史》，《太平广记》，卷305，页4b—5a。
　　　译注：此篇原题《萧复弟》。

图记起当年与显赫的夫君欢聚一堂的宴乐，如今，夫君却去别的地方，忙着别的更重要的事了。

有一篇非常与众不同的故事与诗人李群玉有关，这位诗人热爱中国中部的湖泊和河流，也爱这些水域的神灵。据说，他卸任回家途中，经停于黄陵二妃庙。他在这里留下一组诗献给二妃。二妃庙所在地的荒野环境，字迹渺坏的古代石碑，日暮时分杜宇（象征一个死去的国王）的哀啼，以及神祠和神祠中所驻神灵与舜去世之地间的遥远距离，诗中都一一写到了。当李群玉正在润色修改其中一首诗之时，娥皇和女英二妃之神来拜访他，并答应"二年后当与郎君为云雨之游"。她们随即消失不见。李群玉拜了一下她们的神像，然后继续行程。其后，他碰到了老友段成式。段成式是文化和语言学方面珍异事物的收集者，当时任江西某郡太守。李群玉将自己在二妃庙的奇遇告诉段成式。听了这段神秘的遭遇，段成式开玩笑说，既然二妃说到"云雨"，那就显然意味着李群玉两年之后将与两位神女有一场云雨之欢。"不知足下是虞舜之辟阳侯也"[1]，段成式说。两年后，李群玉卒于洪州，他与神女的约会只能在鬼界进行了。[2]这篇忧伤的故事中似乎有些许事实，但我们很难将事实与虚构分割清楚，由其同代人或准同代人所写的唐代名人故事往往如此。甚至在著名的神祠见到所祠的神女，也不一定就是杜撰。这种事件真的可能发生，中古时代中国人心里对这一点是深信不疑的。

---

[1] 译注：据《汉书》，审食其从汉高祖刘邦征伐有功，封辟阳侯。曾侍吕后于楚军中，遂见幸。

[2] 《云溪友议》，载《太平广记》，卷498，页5a—5b。

九世纪早期，沈亚之写过一篇众所周知的故事，龙的特性在这篇故事中的湘水神女身上表现得更加鲜明突出。沈亚之是唐代传奇运动的一位领导者和革新者。这意味着，在推广使用优美却不过分修饰的文言来写作奇幻故事方面，他的这个例子很有影响力。作者写道，他听到这个故事是在818年，但很显然，这是他自己根据人们耳熟能详的主题而构撰出来的艺术作品。[1]在简短的小序中，他把故事定义为"怪媚"的情爱故事，很多人淫溺其中，却往往执迷不悟。他的目的是为那些鉴赏能力很高的文人，对这段故事作一个恰当的解释。故事开始于洛阳，于是，可爱的女主人公便自动地与洛水神女联系起来了，虽然到故事最后，女主人公其实是与更奇异的湘水神女有关。这位神女是一位非常尘世化的美人。一个月华照耀的黎明，在洛水桥下，有人看到她正在哭泣。男主人公姓郑，是洛阳太学进士。那是武后统治的时代，他正在往太学去的路上。这位美丽的女子自称是一位孤儿，因受嫂子虐待，故决定赴水而死。年轻的郑生劝她与自己一起回家。他称她为"汜人"，因为她谙熟《楚辞》，也因为她能写美丽无比的诗句，还知道怎样为诗句谱上传统的乐调。故事中以一首篇幅较长的《风光词》为例，此篇以常规的辞赋风格写成，其中的典故神秘地隐喻了她从前的贵族出身。由于郑生家境并不十分富裕，这位少女时常织出轻绡一端，卖与经商的胡人，获值甚

---

[1] 我根据的是《唐宋传奇集》页131—132中所录的版本，《唐代丛书》卷9页1a—2b的版本较差，讹脱较多。后一文本有多处无法理解，但偶尔也有一些富有启示。例如，较好的版本写作（在桥下见到的）龙女"翳然蒙袖"，这是习俗对未婚女子的要求；较差的版本则作"蒙袒"。汉字"袒"与"袖"极为相似。

多。几年以后，郑生将游长安，少女才自承是湘水蛟宫的小女
儿，谪居人间。现在谪期已满，她必须与爱人诀别。他拒绝分
手，可是毫无效果。十年后，郑生之兄在可以望见洞庭湖中圣岛
君山的高楼上，举办一场盛大宴会，郑生即席吟咏了两句悲伤的
诗，他径自把自己那段失落的爱情与伟大的湘水神女联系在一
起。他刚吟完，就有一艘雕画华丽的船驶来，上面有一批貌似仙
人的随从，还有神仙乐师。其中有一位女子，形类氾人。她载歌
载舞，歌声悲诉着这可望而不可即的重逢。须臾，突然来了一阵
风涛，所有幻影全都消逝了。[1]

这篇故事中有许多熟悉的母题。其中，神女是因为受到惩罚，
谪居人间，生活在较为低下的人类环境之中，贬谪有一个确定的期
限；联想到《楚辞》；送给郑生的礼品是龙织的昂贵的轻缯，那是
富裕的胡人梦寐以求的（读者可能回想起来，后面这两个主题在
《洛神传》中都很引人注目；织绡娘子与氾人也极其相似）；故事
中穿插的感情充沛的诗篇；神女最后在云和雨之中显现；最后确
认其身份为龙，江河神女，梦中之人；以及失落的爱情等等。

在唐代关于龙女的短篇小说中，最具情节剧特点、也许也是
最为精心构撰的例子，是八世纪时李朝威所作的柳毅故事。[2] 这

---

[1] 有兴趣的读者可以在《岳阳风土记》页 9a 中找到对这段故事的简短叙述，
其中包括氾人所唱的那首离别歌诗。

[2] 现存版本很多。我用的是汪辟疆《唐人小说》的本子。此篇曾被翻译，题
为"龙王的女儿"，其篇名又被用为同名小说集《龙王的女儿》的名称
（见书目"龙王"条）。内田道夫《〈柳毅传〉：以水神故事展开为中心》曾
对此篇故事作过全面研究。他发现这篇故事在《搜神记》中有一篇处于萌
芽状态的始祖，还有几篇后来的同类作品。这篇故事对宋代文学影响很大，
对元代戏剧影响更大。内田道夫还注意到这篇故事中融合四个古代传说的

篇故事有译本，很容易找到。因此，这里只简单介绍故事的
梗概。

落第举子柳毅正准备返回他在湘江之滨的老家，突然遇到一
个妇人，她正在道畔牧羊，虽然满脸忧伤，却十分美丽。她自称
是洞庭龙君之小女。她刚从她那败家子丈夫的家里逃出来。她请
求柳毅在南行途中捎信给她的父母。柳毅承担了这一任务——故
事在这里有个暗示：他们两个可能重逢。柳毅走到湖边，他在湖
中华丽的宫殿里找到了龙君。他表明自己是人类，但同时也是龙
君湘水流域的同乡，并递上了信件。一声响亮的哀叹震动龙宫。
一条巨大的赤龙腾空而起，为家族荣誉而复仇去了，情景蔚为壮
观："千雷万霆，激绕其身，霰雪雨雹，一时皆下。"很快，这只
龙带着流落在外的女儿回来了，当此之时，龙宫设宴张乐，大事
庆祝。由于赤龙那时已经吃掉了她那个既讨厌又不般配的丈夫，
龙女就可以与柳毅婚配，但柳毅拒绝了这番美意。他回到地上世
界，成为一个富人，他结了两次婚，但两次婚姻都以妻子先亡而
告终。他结了第三次婚，却发现他的新婚妻子就是龙君小女的人
间化身。她愿意两人共享万岁之寿。他们共同生活了二十年后，
一起离开人世，变成道家神仙，住在洞庭湖中。

尽管这个故事的情节并非原创，它仍然经过精心修饰，也
包含着有关神灵在人类面前出现时应该是怎样一种幻想情景的
内容，富有启发性。例如，当柳毅问到龙王之女放牧的羊群时，
她解释说它们是"雨工"和"雷霆之类"。这里，我们仿佛听到

（接上页）特征：替水中神祇送信，拜访水下宫殿，龙女，最终获得报偿。

了织绡娘子那种手持教科书诲人不倦的回声。再者，在龙宫里，龙君与一位令人崇敬的道教行家讨论"火经"。这本书详细说明人的本性，人与火关系密切，就像龙可以驾驭水一样。通常情况下，无论从哪一方面来看，水下宫殿都更像人间富丽的大厦，而不像上古时代湖神贝壳装饰的房屋。而且，除了出去营救龙君少女的那条复仇的赤龙，柳毅看到的所有神灵都是衣冠楚楚的人类。他们的言谈非常人间化，他们所唱的歌，他们的娱乐活动，在唐代首都也完全有可能见到。事实上，当龙女描述其父所居的龙宫时，就说过："洞庭之与京邑不足为异也。"简言之，像往常一样，古老的神女转变成了人类戏剧中的演员。连伟大的湘水神女也只是强大君王的一个无助的女儿。只有少数几句司空见惯的套话，就像圣诞节演出中由小男生扮演的天使身上的纸翅膀一样，暗示她们本质上仍属于龙蛇一类，而且完全适应水中的生活。

结　语

　　本书所作的探究旨在通过唐代文学的片段，揭示神话、宗教、象征以及浪漫想象诸端彼此之间的纠结。很显然，即使最隐微的诗篇，或者最平顺的故事，也会混合神话与历史、传说与事实、虔诚的希望与理性的信念。这么做的时候，它表达了人们对于古代神仙世界所普遍持有的看法。

　　唐代作家们喜欢把神女表现为缥缈而空灵的人类。他们力图用精美的语词，解释神女的本性及其活动，但是有时候，他们所用的漂亮比喻，与其说完成了既有原创性又富有吸引力的诗意构造，不如说更好地阐述了想象中的永久真实——这是约定俗成的道德与形而上学的组成部分。

　　而且，一个相当持久的形象从文学万花筒中呈现出来。大多数唐代作家都认为，自然神女是那些虽然逝去很久、却在身后享有荣耀的神灵，不管是合法还是淫祀，她们牢牢掌管某个湖泊或某条江河，作为自己的私人领地，于是，她们就能对人们的生活产生重要的影响。当唐代文人踏上漫漫旅途，不管是去新的州县任职，还是被贬谪，或者是作休闲之行，他们都会向这些已经转变身份的神灵祈祷。但是，他们根本不是在向永恒的自然神祈祷，他们祈祷，是希望感动过去时代的那些著名人物残留下来的灵魂或是神仙遗迹，这些人物有幸在古典文学中转化成了神仙。洛神被认为是那个死去的皇后割不断尘缘的灵魂，就是很典型的例子。湘水二妃也是具体有形的神灵，化身为两个可爱的寡妇，她们运气很好，赢得了那个伟大的史前国王的爱情。女娲曾经统治过所有男人，就像后来的武后一样——人们都这么认为。神话变成了历史。

这种转变在唐代散文体故事中表现得特别显著。例如，柳毅故事写了一个神女，她与中古中国的文人雅士所朝思暮想的那种女人非常相似。甚至当龙女在这些故事中出现的时候，尽管已明白贴上龙的标签，她们与其说是神圣的龙蛇之类，不如说是变化多端的水泽仙女。通常，她们在男人面前出现的时候，都是人的样子。

另一方面，有两个极端在散文体故事中表现得十分突出，一个极端是大抛媚眼的妓女，另一个极端是可爱的龙女。而在诗歌中取而代之的情形却是，神仙虽然可爱，却可望不可即，令人着急，诗歌对闺房细节或者龙蛇类的史前史也罕见涉及。

在这两种文体中，水中神女，不管她们披上薄纱涂上胭脂有多么光彩照人，不管她们与其凶猛、有力的原始面貌距离多么遥远，不管（简而言之）她们与染色相片或者流行的彩绘洋娃娃有多么类似，她们依然是无情的自然神灵，是水下世界足以致命的女妖。不管她们被写成雌鼍，还是写成在夜间欢娱的水中仙女，她们最终都会把爱人看作是她们的猎物，要么吸走他们的血，要么夺去他们的阳刚之气。偶尔有一两次，当受到道教通俗传说的濡染，她们才有可能获得某种永久的幸福——但这些泰然自若的女子实际上是化装舞会上的面具，而绝对不是水神和龙女，这些水神和龙女的衣橱已经被她们抄掠一空了。

然而，这些散文体故事似乎比那些诗歌更加天真无瑕，近乎那种天真质朴的趣味，而这些故事中的年轻主人公，也比诗人们对那些难以捉摸的神女进行理想化想象时所呈现出的男性人物更为类似原型巫师。

这两种文体都表现了已黯然褪色的古代英雄的形象，并根据中古时代的趣味和服装作了适当修饰。散文作家让他年轻的吉尔伽美什[1]踏上一段危机四伏的旅程，故事中虽有现代背景，却几乎无法掩盖埋藏在其底层的古典传说，而这个倾倒在石榴裙下的年轻人，跟随风情万种的新爱人到水下世界生活，完全沿袭的是古代世界普遍存在的"追寻"神话[2]的程式。另一方面，诗人则一边渴望，一边梦想，同时将自己、也将奇异的想象绘进他生动的文字画面中。

---

[1] 译注：吉尔伽美什（Gilgamesh），传说中的苏美尔国王，世界最早史诗之一《吉尔伽美什史诗》（*The Epic of Gilgamesh*）的主人公。

[2] 参看诺斯罗普·弗莱："阐明各种文类是如何从'追寻'神话中演变而来，这是批评家要做的一项工作……"弗莱，《身份的寓言：诗歌神话学研究》，纽约：1963 年，页17。

引用书目

一 原始文献

居月，《琴曲谱录》(《五朝小说》)

《旧唐书》(《四部备要》)

薛用弱，《集异记》(《太平广记》)

《晋书》(《二十五史》)

《竹书纪年》(《丛书集成》)

徐铉，《稽神录》(《太平广记》)

康骈，《剧谈录》(《太平广记》)

江淹，《梁江文通文集》

王定保，《摭言》(《太平广记》)

沈亚之，《湘中怨辞》(《唐宋传奇集》)

《宣和画谱》(《丛书集成》)

李复言，《续玄怪录》(《太平广记》)

《宣和书谱》(《丛书集成》)

牛僧孺，《玄怪录》

张读，《宣室志》（《太平广记》）

郑遂，《洽闻记》（《太平广记》）

卢氏，《逸史》（《太平广记》）

刘敬叔，《异苑》（《太平广记》）

戴孚，《广异记》（《太平广记》）

《国语》（《国学基本丛书》）

李贺，《李长吉歌诗》（1964 年）

王充，《论衡》（《国学基本丛书》）

葛洪，《列仙传》（《古今逸史》）

李朝威，《柳毅传》（汪国垣，1932 年）

刘向，《列女传》（《四部丛刊》）

薛莹，《龙女传》（《唐代丛书》）

张彦远，《历代名画记》（《丛书集成》）

李白，《李太白文集》（平冈武夫影印静嘉堂文库藏宋蜀刻本［1958 年］）

《八朝穷怪录》（《太平广记》）

罗虬，《比红儿诗》（《唐代丛书》）

孙光宪，《北梦琐言》（《太平广记》）

葛洪，《抱朴子》

李时珍，《本草纲目》（鸿宝斋本）

张华，《博物志》（《太平广记》）

《史记》（《二十五史》）

郦道元，《水经注》（《四部丛刊》）

《三峡记》（《太平广记》）

《山海经》（《四部备要》）

任昉，《述异记》（《龙威秘书》）

王嘉，《拾遗记》（《太平广记》）

干宝,《搜神记》(《太平广记》)

许慎,《说文解字》

杨广,《隋炀帝集》(《汉魏六朝百三家集》)

《道家杂记》(《太平广记》)

《左传》

朱景玄,《唐朝名画录》(《美术丛书》)

司马光,《资治通鉴》(东京,1892 年)

杨慎,《丹铅总录》(1588 年版)

《东方朔别传》(《本草纲目》)

《太平寰宇记》(台北,1963 年)

《新唐书》(《四部备要》)

计有功,《唐诗纪事》(《四部丛刊》)

陈邵,《通幽记》(《太平广记》)

《魏书》(《二十五史》)

《乐府诗集》(《四部丛刊》)

《墉城集仙录》(《太平广记》)

范摅,《云溪友议》(《太平广记》)

王象之,《舆地纪胜》(1849 年版)

范致明,《岳阳风土记》(《古今逸史》)

段成式,《酉阳杂俎》(《丛书集成》)

二 丛书、类书与总集

《全汉三国晋南北朝诗》

《全梁诗》(《全汉三国晋南北朝诗》)

《全唐诗》(北京,1960 年)

《全唐文》

《二十五史》(开明书局版)

《汉魏六朝百三家集》

《古今逸史》

《国学基本丛书》

《龙威秘书》

《美术丛书》

《四部备要》

《四部丛刊》

《太平广记》

《丛书集成》

鲁迅,《唐宋传奇集》(香港,1964 年)

《唐代丛书》

《图书集成》

《五朝小说》

《文选》(《四部丛刊》)

三　第二手资料

Anderson, E. N. , Jr. (安德森)

1967 "The Folksongs of the Hong Kong Boat Peoples" 《香港疍民歌谣》,
　　　Journal of American Folklore, 80 (1967), 285 – 296.

Arai Ken（荒井健）

1955 "Ri Ga no shi——toku ni sono shikisai ni tsuite"《李贺的诗：专论其色彩》, *Chūgoku bungaku hō*, 3（Kyoto, 1955）, 66 – 90.

1959 *Ri Ga*《李贺》, Tokyo, 1959.

Campbell, Joseph（坎贝尔）

1961 *The Hero with a Thousand Faces*《千面英雄》, Bollingen Series XVII; 3rd printing, New York, 1961.

Carrington, Richard（卡林顿）

1960 "The Natural History of the Mermaid"《美人鱼的自然史》, *Horizon*, 2/3（January, 1960）, 129 – 136.

Chapin, Helen B.（查平）

1940 Toward the Study of the Sword as Dynastic Talisman: The Feng-cheng Pair and the Sword of Han Kao Tsu《作为王朝护身符的剑：丰城双剑与汉高祖之剑研究》, unpublished Ph. D. dissertation, University of California, Berkeley, 1940.

Chavannes, Edouard（沙畹）

1895 *Les mémoires historiques de Se-ma Ts'ien*《司马迁〈史记〉》, Paris, 1895.

Chou Lang-feng（周阆风）

1926 *Shi-jen Li Ho*（Kuo-hsueh hsiao tsung-shu）《诗人李贺》[国学小丛书]

Chu Tzu-ching（朱自清）

1970 *Li Ho nien-pu*《李贺年谱》, Hong Kong, 1970.

Concordance（引得编纂处）

1940 "A Concordance to the Poems of Tu Fu"《杜诗引得》, *Harvard-Yenching Institute Sinological Index Series*, II, Suppl. 14（Cambridge, 1940）.

Coral-Rémusat. Gilberte de（卡洛·雷米扎）

1936 "Animaux fantastiques de l'Indochine, de l'Insulinde et de la Chine" 《印度支那、马来群岛以及中国的神奇动物》, *Bulletin de l'Ecole Francaise d'Extrême-Orient*, 36 (1936), 427 – 435.

Darwin, Erasmus (达尔文)

1795 *The Botanic Garden. A Poem in two parts* 《植物园：诗二章》Part I Containing *The Economy of Vegetation.* 《植物的系统》Part II. *The Loves of the Plants, with Philosophical Notes* 《植物之爱：附哲学札记》, 3rd ed., London, 1795.

Davidson, H. R. Ellis (戴维森)

1968 *Gods and Myths of Northern Europe* 《北欧的神与神话》, Penguin Books, 1968.

Dragon King (龙王)

1954 *The Dragon King's Daughter: Ten Tang Dynasty Stories*《龙女：十篇唐人小说》, Peking, 1954.

Eberhard, W. (艾伯华)

1937 *Typen chinesischer Volksmärchen* 《中国民间故事类型》, F F Communications No. 120; Helsinki, 1937.

1942 "*Lokalkulturen im alten China*" 《古代中国的地域文化》, I, *T'oung Pao*, Supplement to Vol. 37 (1942); II, *Monumenta Serica*, Monograph 3 (1942).

1968 *The Local Cultures of South and East China* 《中国东部和南部的地方文化》, translated from the German by Alide Eberhard (Leiden, 1968).

Eliade, Mircea (艾利雅得)

1964 *Shamanism: Archaic Techniques of Ecstasy* 《巫术：古代迷狂之术》, New York, 1964.

Erkes, E. (何可思)

1928 "Shen-nü-fu, The Song of the Goddess, by Sung Yüh"《宋玉〈神女赋〉》, *T'oung Pao*, 25（1928）, 387 – 402.

Frodsham, J. D.（傅乐山）

1970 The Poems of Li Ho（791 – 817）《李贺的诗歌》, Oxford, 1970.

Frye, Northrop（弗莱）

1963 *Fables of Identity*：*Studies in Poetic Mythology*《身份的寓言：诗歌神话学研究》, A Harbinger Book, New York, 1963.

Fujino Iwatomo（藤野岩友）

1951 *Fukei bungaku-ron—Soji o chūshin to shite*《巫系文学论：以〈楚辞〉为中心》,〔A Study of Literature with the Medium Tradition in Ancient China〕, Tokyo, 1951.

Gautier, Judith（戈蒂耶）

1901 *Le Livre de jade*：*poésies traduites du chinois*《玉书：中国传统诗歌》, enlarged edition, Paris, n. d. , preface of 1901.

Glueck, Nelson（格律克）

1965 *Deities and Dolphins*《神与海豚》, New York, 1965.

Graham, A. C.（葛瑞汉）

1965 *Poems of the Late T'ang*《晚唐诗》, Penguin Books, 1965.

Graves, Robert（格雷夫斯）

1958 *The White Goddess*；*A Historical Grammar of Poetic Myth*《白色神女：诗歌神话的历史语法》, New York, 1958.

Hastings, James（哈斯廷斯）

1962 *Encyclopedia of Religion and Ethics*《宗教与伦理百科全书》, New York, 1962.

Hawkes, David（霍克思）

1961 "The Supernatural in Chinese Poetry"《中国诗歌中的神仙》, *The Far*

East: *China and Japan* (University of Toronto Quarterly Supplements No. 5. Toronto, 1961), 311 –324.

1962 *Ch'u Tz'u*; *The Songs of the South*: *An Ancient Chinese Anthology* 《楚辞: 南方之歌》, Beacon Paperback, Boston, 1962.

1967 "The Quest of the Goddess"《神女之探寻》, *Asia Major*, 13 (1967), 71 –94.

Hiraoka Takeo (平冈武夫)

1958 *Rihaku no sakuhin*《李白的作品》, Kyoto, 1958.

Ikeda Suetoshi (池田末利)

1953 "Ryūjin kō"《龙神考》, *Tōhōgaku*, 6 (June, 1953), 1 –7.

Kaltenmark, Max (康德谟)

1953 *Le Lieh-sien tchouan* (*Biographies légendaries des Immortels taoïstes de l'antiquité*) 《列仙传》, Pekin, 1953.

K'ang P'ei-ch'u (康培初)

1962 "*Shuo lung*"《说龙》, Ta-lu tsa-chih, 25/8 (October 31, 1962), 24 –26.

Lu K'an-ju (陆侃如)

1920 *Sung Yu*《宋玉》, Shanghai, 1929.

Maeno Naoaki (前野直彬)

1963 *Tō Sō denki shū*《唐宋传奇集》(2 vols., Tokyo, 1963 –1964).

Maspero, Henri (马伯乐)

1924 "Légendes mythologiques dans le Chou King" (《〈书经〉 的神话》), *Journal Asiatique*, 214 (1924), 1 –100.

1950 *Le Taoïsme* (Mélanges posthumes sur les religions et l'histoire de la Chine, II 《道教: 中国宗教与历史遗著集之二》, Paris, 1950.

Mori Mikisaburo (森三树三郎)

1969 *Chūgoku kodai shinwa*《中国古代神话》, 2nd ed. Tokyo, 1969.

Needham, Joseph（李约瑟）

1954 *Science and Civilization in China*, *I*《中国科学技术史第一卷》, Cambridge, 1954.

1974 *Clerks and Craftsmen in China and the West*《中西学者和工匠》, Cambridge, 1970.

Plummer, Charles, and John Earle（普兰默、厄尔）

1965 *Two of the Saxon Chronicles Parallel*《两种撒克逊编年史比较 I》, Oxford, 1965.

Pulleyblank, E. G.（蒲立本）

1968 "The Rhyming Categories of Li Ho（791 – 817）"《李贺诗的押韵类型》, *The Tsing Hua Journal of Chinese Studies*, n. s. 7/1（August, 1968）, 1 – 22.

Rotours, Robert des（戴何都）

1966 "Le culte des cinq dragons sous la dynastie des T'ang（618 – 907）", *Mélanges de Sinologies offerts à Monsieur Paul Demiéville*《唐朝五龙崇拜》, 载《献给戴密微先生的汉学论集》, Paris, 1966, 261 – 280.

Rouselle, Erwin（鲁雅文）

1941 "Die Frau in Gesellschaft und Mythos der Chinesen"《中国社会与神话中的女人》, *Sinica*, 16（1941）, 130 – 151.

Schafer, E. H.（薛爱华）

1951 "Ritual Exposure in Ancient China"《中国古代仪式》, *Harvard Journal of Asiatic Studies*, 14（1951）, 130 – 184.

1954 *The Empire of Min*《闽帝国》, Tokyo, 1954.

1956 "The Development of Bathing Customs in Ancient and Medieval China and the History of the Floriate Clear Palace"《中国上古中古沐浴习俗演变与华清宫之历史》, *Journal of the American Oriental Society*, 76（1956）, 57 – 82.

213

1962 "The Conservation of Nature under the T'ang Dynasty"《唐代的自然保护》, *Journal of the Economic and Social History of the Orient*, 5 (1962), 279 – 308.

1963a "The Auspices of Tang"《唐代的祥瑞》, *Journal of the American Oriental Society*, 83 (1963), 197 – 225.

1963b *The Golden Peaches of Samarkand: A Study of T'ang Exotics*《撒马尔罕的金桃: 唐代外来文明研究》, Berkeley and Los Angles, 1963.

1963c "Mineral Imagery in the Paradise Poems of Kuan-hsiu"《贯休游仙诗中的矿物意象》, *Asia Major*, 10 (1963), 73 – 102.

1963d "Notes on T'ang Culture"《唐代文化札记》, *Monumenta Serica*, 21 (1963), 194 – 221.

1965 "Notes on T'ang Culture II"《唐代文化札记二》, *Monumenta Serica*, 24 (1965), 130 – 154.

1967a *Ancient China*《古代中国》 (with the Editors of Time-Life Books; Great Ages of Man Series; New York, 1967).

1967b *The Vermilion Bird: T'ang Images of the South*《朱雀: 唐代的南方意象》, Berkeley and Los Angles, 1967.

Schwarz, Ernst (施瓦茨)

1967 "Das Drachenbootfest und die 'Neun Lieder'"《端午节与九歌》, *Wissenshaftliche Zeitschrift der Humboldt-Universität zu Berlin Gesellschafts-und Sprachwissenschaftliche Reihe*, 16 (1967), 443 –452.

Sierksma, F. (西克斯玛)

1966 *Tibet's Terrifying Deities: Sex and Aggression in Acculturation*《西藏可怕的诸神: 文化适应中的性与侵犯》, Rutland and Tokyo, 1966.

Stein, R. A. (石泰安)

1935 "Jardins en miniature d'Extrême-Orient"《远东的缩微花园》, *Bulletin de l'Ecole Francaise d'Extrême-Orient*, 42（1942）, 1 – 104.

Sun Tso-yun（孙作云）

1936 Chiu Ko Shan kuei k'ao《九歌山鬼考》, *Ch'ing-hua hsueh pao*, II
（1936）, 977 – 1005.

Thiel, Jos（西耶尔）

1968 "Schamanismus im alten China"《中国古代的巫术》, *Sinologica*, 10
（1968）, 149 – 204.

Thomas, Elizabeth M.（托马斯）

1959 *The Harmless People*《无害的人民》, Vintage Books, New York, 1959.

Uchida Michio（内田道夫）

1955 "Ryū-Ki-den nit suite-suishin setsuwa no denkai wo chushin ni"（《〈柳
毅传〉：以水神故事展开为中心》, *Tōhoku daigaku bungakubu kenkyū
nempō*, 6（1955）, 107 – 141.

Von Zach, Erwin（冯查赫）

1958 *Die chinesische Anthologie*《文选》（Harvard-Yenching Institute Studies,
XVIII, Cambridge, 1958）.

Waley, Arthur（魏理）

1952 *The Real Tripitaka and other Pieces*《真实的唐三藏及其他》,
London, 1952.

1956 *The Nine Songs：A Study of Shamanism in Ancient China*《九歌：中国
古代巫术研究》, 2nd impression, London, 1956.

Wang P'i-chiang（Wang Guo-yuan）（汪辟疆［汪国垣］）

1932 *T'ang-jen Hsiao-shuo*《唐人小说》, Shanghai, 1932.

Wang Yun-Hsi（王运熙）

1955 *Liu-ch'ao yüeh-fu gü min-ko*《六朝乐府与民歌》, Shanghai, 1955.

Wen Ch'ung-I（文崇一）

1960 "Chiu-ko-chung Ho Po chih yen-chiu"《〈九歌〉中河伯之研究》, *Bulletin of the Institute of Ethnology*, *Academia Sinica*, 9（1960）, 139–162.

Wen I-to（闻一多）

1935 "Kao-t'ang shen-nü chuan-shuo chih fen-hsi"《高唐神女传说之分析》, *Ching-hua hsueh-pao*, 10（1935）, 837–865.

1948 *Wen I-to ch'uan-chi*《闻一多全集》, Shanghai, 1948.

1956 *Shen-hua yu shih*《神话与诗》（Wen I-to Ch'uan-chi hsuan, No.1, Peking, 1956）.

Wong Man（王曼［译音］）

1962 "Prologue to ' Prince Teng's Pavilion ' "《滕王阁序》, *Eastern Horizon*, 2/8（August, 1962）, 21–28.

Yang Chia-lo（杨家骆）

1964 *Li Ho shi chu*《李贺诗注》, Taipei, 1964.

Yang Shou-jing（杨守敬）

1904 *Li-tai yu ti yen-ko hsien-yao t'u*《历代舆地沿革险要图》（1904–1911）.

译后记

译书是件辛苦活，翻译学术著作也不例外。2003 年译完宇文所安教授的《迷楼：诗学与欲望的迷宫》之后，我心里暗想：以后再也不干这类为人作嫁的事了。不曾料到，没过几年，我就重作冯妇，再操译笔了。而且，最自我讽刺的是，这次还不是被动受邀，而是主动请缨，是我向三联书店提议购买薛爱华著作的版权，并且自告奋勇，愿意承担其中《神女：唐代文学中的龙女与雨女》一书的翻译任务。

我第一次接触薛爱华的书，就喜欢上了，那是在 1995 年。2006 年，我在华盛顿大学（University of Washington）做访问研究，在美丽的西雅图住了一年。西雅图是薛爱华教授的故乡，机缘凑巧，天时、地利、人闲，于是读了一些薛爱华的论著，更觉得有译介的必要。次年回国后不久，就向三联书店编辑冯金红女士提出这个建议。薛爱华享誉美国汉学界几十年，其学术影响也早已跨越大西洋和太平洋，在欧洲和东亚学术界产生了巨大影响。仅以东亚而论，早在 1978 年，日本学者西胁常记就将《神女：唐代文学中的龙女与雨女》一书译为日文，在日本东海大学出版社出版（日译本题为：《神女：唐代文學における龍女と雨女》)。1995 年，吴玉贵先生将《撒马尔罕的金桃：唐代舶来品研究》译为中文，由中国社会科学出版社出版，中译本改题《唐代的外来文明》，2005 年，陕西师范大学出版社又将此书做成彩色插图珍藏本，可见它在读书界是颇受欢迎的。2007 年，日本学者吉田真弓又将《撒马尔罕的金桃：唐代舶来品研究》一书译为日文，在东京勉诚出版社出版（日译本题为：《サマルカンドの金の桃：唐代の異国文物の研究》）。其实，除了《神女》和《撒马尔罕的金桃》，薛爱华其他几种唐代研究专著，特别是《朱雀：唐代的南方意象》，也很有译介的价值。

中国传统以四种神兽匹配四方，所谓东方青龙、西方白虎、南方朱雀、北方玄武。朱雀是最为著名、也最为典型的南方意象，《朱雀：唐代的南方意象》这个书名起得好，很有象征意义。所谓"南方"，是指唐代的南越（岭南），包括今广东、广西以及越南北部。所谓"意象"，不仅涉及矿物、植物、动物等具体名物，也涉及民族、人种、语言、地理（包括自然地理和人文地理）、民俗信仰、气候色彩等方面。从成书时间来看，《朱雀》一书紧接在《撒马尔罕的金桃》（《唐代的外来文明》）之后，与《撒马尔罕的金桃》最为相近。《朱雀》中所选择的"南方意象"尤其是矿物、植物、动物等名物，早在《撒马尔罕的金桃》中就受到重点关注，二书思路一脉相承，异曲同工，无论是从名物研究角度，还是从物质文化研究角度，都给人以丰富的启迪。不同的是，《撒马尔罕的金桃》更多地讨论唐代与其西部边疆及其与西域的关系，而《朱雀》则是讨论唐代的南部边疆。由于中国古今疆域变化的复杂性，这两本书中所采用的视角，兼有从边疆看中国、从周边看中国的双重意义。《朱雀》一书采取了历史学、人类学、民族学、语言学等多学科研究方法，兼之其论述对象又是温暖明艳的南越之地，在阅读过程中，脑中总会不自觉地浮现出绚丽斑斓的色彩。

顾名思义，《神女：唐代文学中的龙女与雨女》一书的文学研究色彩较为浓厚。它主要讨论各种文学描写中的神女（从女娲、巫山神女、洛神到汉女和湘妃），以及神女的各种变形，视野开阔，研究取材则涉及诗歌、小说、传说、民俗信仰等各方面。虽然书名中有"唐代"之限定，实际上，本书论述只是以唐代为中心，而大笔开合，上下勾连，对唐代以前、从先秦到汉魏六朝的江河神女崇拜也着笔甚多。不用说，唐诗与唐传奇是作者重点关注的对象，其中诸多关于神女的描写与讨论，有不少是前此从未有人涉及的。"李贺笔下的神女"内容丰富，故作者另眼相待，为此设立专章，这也是全书最引人注目的一部分。多年前，刘石教授曾选译此一部分，刊载于《古典文学知识》，大概也是有见于此吧。中国文学传统与不同层次的民俗信仰之间错综复杂的关系，在薛爱华笔下逶迤展开，引人入胜。这既指示了一个研究方向，也开拓了一个研究领域。

本来，《朱雀：唐代的南方意象》已经另外邀约了译者，后来因为某种意外，翻译的任务又落到了我身上。时间太紧，我实在不能独立承担，只好请叶蕾蕾帮忙。叶蕾蕾是南京师范大学英语系的本科和硕士，毕业后任教于南京信息工程大学，现在正随我攻读国际汉学研究方向的博士学位。她的研究课题是《美国东方学会会刊》（*Journal of the American Oriental Society*，简称 *JAOS*），薛爱华就是她要重点关注的学者之一。我们的分工是：我翻译前六章，她翻译后六章，然后交换校订对方的译稿，最后由我统稿。此外，我还请她对《神女》译稿校订一过。近几年来，我每年都在南京大学文学院为博士生开设"欧美汉学原典选读"课程，曾经选用《神女》和《朱雀》作为教材。备课之时，自己先译出全文，在带领同学细读文本的过程中，往往又能发现问题，订正讹误。教学相长，信然。至于翻译过程的辛苦，诚不足为外人道。如今回首，只留下获得新知和享受阅读的美好记忆，可供长久回味。与这种享受相比，过程中的点滴辛苦真是微不足道的。这一点，相信叶蕾蕾也与我有同感。

1967 年，《朱雀》一书初版时，德国学者、波鸿大学的 Bodo Wiethoff 在《东方》（*Oriens*，Vol. 21，1968—1969）上撰文，称"薛爱华是我们这个时代最具原创性的汉学家之一"，并称"此书会使每位汉学家和对中国感兴趣的读者爱不释手"。William Watson 也在《伦敦大学亚非学院学刊》（*Bulletin of the School of Oriental and African Studies*，*University of London*，Vol. 32，No. 1，1969）发表书评，称赞此书"文献丰富"，"对西方理解中国文学做出了里程碑式的贡献，甚至应该作为唐代研究者的必读书目。"1973 年，《神女》出版之后，哈佛大学 Michael Dalby 即在《亚洲研究学刊》（*Journal of Asian Studies*，Vol. 34，No. 3，1975）发表书评，称："多年来，薛爱华教授致力于重建遥远的唐代生活画面，这是个令人望而生畏的艰巨任务"，"他的作品兴味盎然，文笔雅洁，学术文章中罕有其比。""此书有声有色，对未来中古文化史的相关课题研究，是一个重大推进。"1991 年，薛爱华去世，柯睿（Paul W. Kroll）在《美国东方学会会刊》（*JAOS*，Vol. 111，No. 3）撰文，对他做了高度的评价，称赞他涉猎广泛，在中国中古文学、宗教、物质文化、自然史、观念史、形象史以及文化史等研究领域，都有卓越建树，堪称是过往四十年美国中古中国研究的同义词。他以渊博的知识、丰富的文献和优美的文字所建构的包括日常生活、风物、语言、思想及其想象的唐代世界，将成为后人研究不可或阙的基础。这样的学术成果，相信也会受到中国读者的欢迎。

最后，再次感谢三联书店特别是冯金红女士接受我的建议，使我能够将个人的喜爱，与更多读者分享。

程章灿

2014 年 1 月 16 日，时客居台北

修订说明

　　《朱雀：唐代的南方意象》和《神女：唐代文学中的龙女与雨女》，是美国当代著名汉学家薛爱华的名著，学术界早有定评。2014年10月，二书中译本由我与叶蕾蕾合作译出，由生活·读书·新知三联书店出版，颇受学术界和读书界的好评。八年来，二书多次重印，《朱雀：唐代的南方意象》还被评为三联书店2014年度十佳好书。薛爱华九泉有知，定会感到欣慰。

　　薛爱华学问渊博，二书所论，涉及的专业知识面甚广，我们在翻译中虽然黾勉从事，认真对待，琢磨每一句原文、每一种名物，但仍时有力不从心之处。趁这次重版，我们对二书译文进行了校订，涉及译文、引文校核、译注等方面。古人说，校书如扫落叶，旋扫旋生，在校订译文的过程中，我们也有类似的感慨。校订后的译文一定还有瑕疵，欢迎读者批评指正。

程章灿　叶蕾蕾

2022年9月21日于南京